잘못은 우리 별에 있어

THE FAULT IN OUR STARS by John Green

존 그린 장편소설

김지원 옮김

잘못은 우리 별에 있어

The fault in
Our
Stars

B 북폴리오

조수가 밀려들어오자 네덜란드 튤립 맨은 바다 쪽을 바라보았다.

"결합하고, 답변하고, 독을 퍼뜨리고, 감추고 드러내는 자. 보라, 솟구쳤다 가라
앉으며 모든 것을 휩쓸어 가는구나."

"그게 뭐죠?"

내가 물었다.

"바다."

네덜란드인이 대답했다.

"음, 그리고 시간하고."

- 피터 반 호텐, 『장엄한 고뇌』

이것은 작가의 말이라기보다는 몇 쪽 앞에 작은 글자로 인쇄되어 있는 내용을 다시 한 번 상기시키는 것에 지나지 않는다. 이 책은 픽션이다. 내가 만들어 낸 내용이다.

이야기 안에 뭔가 사실이 숨겨져 있지 않을까 찾아내겠다고 노력해 봐야 소설에도, 소설을 읽는 독자들에게도 하등 도움이 되지 않는다. 그런 시도는 우리 인류가 기본적으로 가정하고 있는 '가공의 이야기도 현실적일 수 있다'는 개념 그 자체를 공격하는 것이다.

이 문제에 대한 여러분의 협조에 감사드린다.

1

열일곱 살 겨울 후반에 엄마는 내가 우울증이라는 결론을 내렸다. 아마도 내가 집에서 거의 나가지 않고, 침대에서 상당히 많은 시간을 보내며, 같은 책을 읽고 또 읽고, 잘 먹지 않고, 내 어마어마하게 많은 자유시간 대부분을 죽음에 대해 생각하며 보내기 때문이었을 것이다.

암에 대한 안내책자나 웹사이트나 기타 등등을 보면 항상 암의 부작용 목록 중에 우울증이 포함된다. 하지만 사실 우울증은 암의 부작용이 아니다. 우울증은 죽음의 부작용이다. (암 역시 죽음의 부작용이다. 거의 모든 게 다 그렇지, 뭐.) 하지만 엄마는 나에게 치료가 필요하다고 생각해서 주치의인 짐 선생님에게 데려갔고, 선생님은 내가 무기력증과 완벽한 임상학적 우울증 속에서 허우적거리고 있는 게 확실하기 때문에 처방전을 바꾸고 또한 일주일에 한 번씩 열리는 서포트 그룹 집회에 참석해야 한다고 말했다.

이 서포트 그룹에는 암으로 인한 질병의 여러 단계에 있는 사람들이 참석하는데, 계속해서 바뀌는 것이 특징이다. 왜 계속 바뀌느냐고? 죽음의 부작용이지, 뭐.

서포트 그룹은 당연하게도 초 우울하다. 이들은 십자가 모양으로 생긴 성공회 교회 석조 지하실에서 매주 수요일마다 만난다. 그리고 모두 다 십자가 모양 한가운데 두 개의 선이 만나는 부분, 즉 예수의 심장이 위치했었을 부분에 모두 원형으로 둘러앉는다.

내가 이걸 알게 된 건, 여기서 유일하게 열여덟 살이 넘은 서포트 그룹

리더인 패트릭이 이 빌어먹을 모임에서 항상 예수의 심장에 대해서 이야기하며 우리들, 어린 암 생존자들이 예수의 성스러운 심장 바로 위에 앉아 있느니 어쩌니 하는 말을 늘어놓기 때문이다.

신의 심장 위에서 벌어지는 일은 다음과 같다. 여섯 명이나 일곱 명이나 열 명쯤 되는 참석자들이 걸어오거나 혹은 휠체어를 타고 들어온다. 그러곤 맛대가리 없는 쿠키와 레모네이드를 먹으며 '신뢰의 원(Circle of Trust)' 안에 앉아 패트릭이 천 번째쯤 우울하고 비참한 자기 인생 이야기를 하는 것을 들어 준다. 자기 거시기에 어떻게 암이 생겼고, 다들 그가 죽을 거라고 생각했지만 죽지 않고 어떻게 성인이 되어 미국에서 137번째로 살기 좋은 도시의 교회 지하실에 서서, 이혼남에 비디오 게임 중독자에 친구 하나 없이 자기의 암(癌)타스틱한 과거 이야기를 팔아 근근이 먹고 사는지, 그리고 어떻게 직업적으로 눈곱만큼도 도움이 안 될 것 같은 석사 학위를 향해 느릿느릿 나아가는지, 또 우리 모두가 그렇듯 다모클레스의 칼이 머리 위로 떨어져 수 년 전 암이 그의 쌍방울을 가져가는 대신에 남겨 준, 성인 같은 사람들이나 겨우 인생이라고 불러 줄 만한 삶에서 탈출하는 축복만을 기다리고 있는지 말이다.

그런 주제에 너희들도 엄청난 행운아가 될 수 있다고 떠들지!

그런 다음에 서로 자기소개를 한다. 이름, 나이, 병명 같은 것. 그게 우리가 오늘 하고 있는 일이다. 내 차례가 되면 나는 이렇게 말할 것이다. '나는 헤이즐이고, 열여섯 살이야. 원래 갑상선 암이었지만 폐에 벌써 한참동안 멋들어진 암세포 위성 병변(기존 암세포와 인접해 새로 생긴 작은 점들. 악성화의 가능성이 있다: 주)이 자리를 잡고 있지. 그래도 난 괜찮게 살고 있어.'

한 바퀴 다 돌고 나면 패트릭은 항상 누구 하고 싶은 이야기가 있느냐고 묻는다. 그러면 머저리 서포트 순환이 시작된다. 다들 병과 치고 박고 싸우고 이기고 줄어들고 검사받은 이야기에 대해 늘어놓는다. 패트릭에게 좀 공정성을 발휘하자면, 그는 우리가 죽음에 대해서 이야기하는 것도 허락해 준다. 하지만 대부분은 죽지 않을 거다. 대부분은 패트릭처럼 어른이 될 때까지 살 것이다.

(그 말은 다들 암뿐만 아니라 지하실 안의 다른 사람들까지 이기고 싶어 하므로 상당한 경쟁이 일어날 거라는 의미이다. 난 이게 좀 불합리하다고 생각하는데, 만약 내가 앞으로 5년 간 살아남을 가능성이 20퍼센트라고 치면 수학적으로 계산할 때 다섯 명 중 하나라는 말이 된다…….
그러면 주변을 둘러보고 건강한 사람이라면 누구나 할 법한 생각을 하게 마련이다. 난 이 망할 자식들 넷을 무찔러야 하는 거야, 라고.)

서포트 그룹에서 유일하게 봐 줄 만한 부분은 아이작이라는 남자애다. 얼굴이 길쭉하고, 마르고, 금발 머리로 한쪽 눈을 덮고 있는 애다.

그 애는 눈이 문제였다. 아이작은 걸릴 가능성이 환상적으로 낮은 무슨 안암(眼癌)을 앓고 있다. 한쪽 눈은 어릴 때 도려냈고, 지금은 눈이 (진짜 눈과 유리 눈 양쪽 다) 초 기괴하게 커 보이게 만드는 두꺼운 안경을 쓰고 있어서 마치 머리에 이 가짜 눈과 진짜 눈 두 개만 달랑 달린 채 사람을 빤히 쳐다보고 있는 것 같은 느낌을 준다. 아이작이 그룹에서 아주 드물게 이야기할 때 주워들은 걸 종합해 보건대 남은 눈에도 목숨이 위태로울 만큼 치명적으로 암이 재발한 모양이다.

아이작과 나는 단둘이서만 한숨을 통해 대화를 나눴다. 매번 누군가가 항암 다이어트나 상어 지느러미 분말을 들이켜는 거나(상어 지느러미는 암 치료용 대체요법으로 사용되기도 한다: 주) 뭐 그런 이야기를 늘어놓으면 그 애는 나를 쳐다보고 아주 살짝 한숨을 쉰다. 나는 미세하게 고개를 흔들고 응답의 한숨을 내쉰다.

그래서 몇 주 간 서포트 그룹에 계속 참석한 끝에 나는 이 모든 일에 대해 거의 발버둥을 치며 비명을 지르기 직전의 상태가 되었다. 사실 내가 어거스터스 워터스를 알게 된 그 수요일에도 나는 엄마와 함께 소파에 앉아 〈아메리카 넥스트 탑 모델(국내에서는 〈도전 슈퍼모델〉이란 제목으로 방영된 미국 인기 TV 프로그램: 주)〉 이전 시즌 12시간 연속 방송 중 3화를 보면서(솔직히 이미 다 본 거지만, 어쨌든) 서포트 그룹에 가지 않기 위해 최대한의 노력을 기울이고 있었다.

나: "난 서포트 그룹에 가는 것을 거부하겠어요."

엄마: "우울증의 증상 중 하나가 외부활동에 관심을 보이지 않는 거래."

나: "그냥 〈아메리카 넥스트 탑 모델〉이나 보게 해 주세요. 그것도 외부 활동이라고요."

엄마: "텔레비전은 수동적인 활동이야."

나: "윽, 엄마, 제발요."

엄마: "헤이즐, 넌 십대야. 더 이상 어린애가 아니잖니. 친구를 사귀고, 집 밖으로 나가서 네 생활을 할 필요가 있어."

나: "제가 십대처럼 살기를 바라시면 서포트 그룹에 보내지 말고 가짜 신분증을 만들어 주세요. 그럼 클럽에 가서 보드카를 마시고 마약을 할 수 있으니까요."

엄마: "우선 넌 마약을 안 하잖니."

나: "그게 엄마가 저한테 가짜 신분증을 구해 주면 알게 될 만한 지식이라고요."

엄마: "넌 서포트 그룹에 가야 돼."

나: "어어어어어어어억."

엄마: "헤이즐, 넌 삶을 누릴 자격이 있어."

그 말에 나는 입을 다물었지만, 서포트 그룹에 참석하는 게 '삶'이라는 단어와 어떻게 관련이 되는 건지는 전혀 이해할 수가 없었다. 어쨌든 내가 못 봤던 〈아메리카 넥스트 탑 모델〉 1.5화를 녹화해 준다는 약속을 받고서 나는 서포트 그룹에 가기로 했다.

내가 서포트 그룹에 간 건 예전에 겨우 18개월짜리 자격 취득 교육을 받은 간호사들이 나한테 알아먹지 못할 외국 이름이 붙은 화학물질을 투여하게 놔뒀던 것과 같은 이유에서였다. 부모님을 행복하게 하고 싶어서. 세상에서 나이 열여섯에 암에 걸리는 것보다 더 지랄맞은 일이 딱 하나 있는데, 그건 암에 걸린 자식을 갖는 거다.

엄마는 4시 56분에 교회 뒤쪽의 원형 드라이브웨이에 차를 세웠다. 나는 시간을 죽이기 위해 두 번째로 내 산소 탱크를 만지작거리는 척했다.

"엄마가 대신 들어다 줄까?"

"아뇨, 괜찮아요."

원통형의 초록색 탱크는 겨우 몇 킬로그램 정도밖에 나가지 않았고, 내 뒤로는 이걸 끌고 다닐 수 있는 작은 철제 카트도 있다. 탱크는 내 목 바로 아래서 양쪽으로 갈라져서 귀 뒤를 감싸고 콧구멍에서 다시 합쳐지는 반투명한 캐뉼러 튜브를 통해 분당 2리터의 산소를 공급해 주었다. 내 폐가 폐로서는 병신이기 때문에 이 장치는 꼭 필요하다.

"사랑한다."

내가 차에서 내리자 엄마가 말했다.

"나도요, 엄마. 여섯 시에 봐요."

"친구를 사귀렴!"

엄마는 열린 창문을 통해 걸어가는 나에게 외쳤다.

엘리베이터를 타는 건 서포트 그룹에서는 최후의 날을 앞둔 애들이

나 하는 종류의 행동이기 때문에 타고 싶지 않았다. 그래서 계단으로 올라갔다. 쿠키를 집고 종이컵에 레모네이드를 따르고서 몸을 돌렸을 때였다.

웬 남자애가 나를 쳐다보고 있었다.

전에는 한 번도 본 적이 없는 애였다. 키가 크고 늘씬한 근육질인 그 남자애와 비교하니 개가 앉아 있는 초등학생용 플라스틱 의자가 지나치게 작아 보였다. 마호가니 색 머리카락은 곧고 짧았다. 내 나이 또래이거나 한 살 정도 많아 보였고, 의자 끄트머리에 꼬리뼈만 걸치고 한 손을 블랙진 주머니에 반쯤 꽂은 자세에선 어색함이 뚝뚝 흘렀다.

갑자기 내 수많은 결점이 의식되어서 나는 고개를 돌렸다. 한때는 딱 붙었지만 지금은 여기저기가 헐렁한 낡은 청바지에 내가 더 이상 좋아하지도 않는 밴드 광고가 찍혀있는 티셔츠, 거기다 머리는 또 어떻고! 식당에서 잔심부름하는 남자애들 같은 머리모양에 빗질 한 번 하지 않고 나왔다. 게다가 항암치료의 부작용으로 우스꽝스럽게 살찐 다람쥐 같은 볼을 갖고 있다. 아마 평범한 사람들과 비교하면 머리만 완전 대두처럼 보일 것이다. 구강 궤양 부분은 아직 얘기도 안 했다. 그래도 어쨌든 나는 그를 힐끔 보았고, 그 애의 눈은 여전히 나에게 고정되어 있었다.

아마도 이게 남들이 눈이 '마주쳤다'고 말하는 상황이겠지.

나는 원형 자리로 걸어가서 남자애에게서 두 자리 떨어진 아이작의 옆자리에 앉았다. 그리고 다시 힐끔 보았다. 그는 여전히 나를 쳐다보고 있었다.

그냥 터놓고 말하자. 그 남자애는 초 멋있었다. 멋있지도 않은 남자애가 빤히 나를 쳐다보면, 잘해 봤자 어색한 상황이고 최악의 경우에는 거의 폭력이나 다름없다. 하지만 멋있는 남자애는……, 뭐 그런 거지.

나는 전화를 꺼내 버튼을 누르고 시간을 확인해 보았다. 4시 59분. 열

두 살부터 열여덟 살까지의 불운한 애들이 자리를 채웠고, 곧 패트릭이 평온의 기도로 모임을 시작했다. '주여, 우리에게 우리가 바꿀 수 없는 것들을 평온하게 받아들일 힘과, 바꿀 수 있는 것들을 바꿀 용기와, 이 둘을 분별할 수 있는 지혜를 내려 주소서.' 그는 여전히 나를 쳐다보고 있었다. 어쩐지 얼굴이 달아오르는 것 같았다.

마침내 나는 적절한 대응책이 그와 마주보는 거라는 결론을 내렸다. 쳐다보기 분야를 남자애들만 독점하고 있는 건 아니잖아? 그래서 패트릭이 첫 번째로 자기 쌍방울이 없어진 얘기를 늘어놓을 동안 나는 그를 쳐다보았고, 눈싸움 대회가 시작되었다. 잠시 후 남자애가 미소 지었고, 드디어 그의 파란 눈이 다른 곳으로 돌아갔다. 그가 다시 나를 쳐다보자 나는 '내가 이겼어!'라는 의미로 눈썹을 치켜 올렸다.

남자애가 어깨를 으쓱였다. 패트릭은 계속 이야기를 했고 그러다 마침내 자기소개의 시간이 됐다.

"아이작, 오늘은 네가 처음으로 하면 좋을 것 같은데. 힘든 시간을 앞두고 있잖니."

"아, 네."

아이작이 말했다.

"난 아이작이야. 열일곱 살이고, 2주 안에 수술을 받게 될 것 같아. 그러고 나면 장님이 되겠지. 뭐 불평을 하는 건 아니야. 우리들 중 많은 수가 더 안 좋은 상황을 겪고 있다는 거 아니까. 하지만 어쨌든 간에 장님이 된다는 건 좀 지랄 같지. 그래도 내 여자 친구가 도와주고 있어. 그리고 어거스터스 같은 친구들이."

그가 남자애를 향해 고개를 끄덕였다. 이제 그 남자애 이름을 알게 되었다.

"그래서, 뭐 그런 거야."

14

아이작이 말을 이으며 인디언 천막집 모양으로 손가락 끝만 깍지를 끼고서 내려다보았다.

"거기에 대해 스스로 할 수 있는 일은 아무것도 없어."

"널 위해서 우리가 있단다, 아이작. 다들 아이작에게 그렇게 말해 주자꾸나."

패트릭이 말했고, 우리 모두가 단조롭게 합창했다.

"널 위해 우리가 있어, 아이작."

다음은 마이클이었다. 그 애는 열두 살이고, 백혈병이다. 마이클은 항상 백혈병이고, 항상 괜찮다. (혹은 그렇게 말만 하는 건지도 모르겠다. 그 애는 엘리베이터를 타고 다니니까.)

리다는 열여섯 살이고, 멋있는 남자애의 눈을 사로잡을 수 있을 정도로 예쁘게 생겼다. 리다는 서포트 그룹 단골로, 충수암이 있지만 현재는 꽤 오랫동안 관해 상태(remission, 암의 증상이나 증후가 사라진 상태. 일시적일 수도 있고 영구적일 수도 있다: 주)이다. 나는 전에는 그런 병이 있는 줄도 몰랐다. 그 애는 내가 서포트 그룹에 참석한 날마다 항상 그랬던 것처럼 '강해진' 기분이라고 말했고, 산소를 뿜어내는 튜브가 콧구멍을 간질이고 있는 내 입장에서는 잘난 척하는 것처럼 들렸다.

다섯 명이 더 지나간 다음에야 그 남자애의 차례가 됐다. 자기 순서가 되자 그는 살짝 미소 지었다. 그의 목소리는 낮고, 그윽하고, 치명적인 섹시함을 뿜어냈다.

"내 이름은 어거스터스 워터스야. 열일곱 살이고, 일 년 반 전에 골육종이 조금 생겼고 오늘 여기는 그냥 아이작이 부탁해서 온 거야."

"그래서 기분은 어떠니?"

패트릭이 물었다.

"오, 아주 근사해요. 난 위로만 올라가는 롤러코스터를 타고 있다고요,

형님."

어거스터스 워터스는 입가를 치켜 올리며 미소 지었다.

내 차례가 되었다.

"내 이름은 헤이즐이야. 열여섯 살이고, 갑상선 암이 폐로 전이됐어. 그래도 아직은 괜찮아."

한 시간이 빠르게 지나갔다. 기나긴 싸움 이야기, 전쟁에서는 확실히 지고 있지만 사소한 전투에서 승리한 이야기, 움켜쥐고 놓지 못하는 한 줄기 희망, 기뻐하고 비난하는 가족들, 친구들은 이해하지 못한다는 점에 대한 공감, 흐르는 눈물, 서로 간의 위로. 하지만 어거스터스 워터스와 나는 다시 말을 꺼내지 않았고, 마침내 패트릭이 말했다.

"어거스터스, 너도 친구들에게 네 두려움에 대한 이야기를 털어놓고 싶을 것 같은데."

"두려움이요?"

"그래."

잠깐 망설인 후에 그가 말했다.

"난 잊히는 게 두려워. 장님이 어둠을 두려워한다는 속담 있잖아. 그것처럼."

"아직은 장님 안 됐다고."

아이작이 미소를 지으며 말했다.

"혹시 내가 둔해 빠진 말을 한 거야? 난 다른 사람들의 감정을 잘 못 보는 편이거든."

어거스터스가 말했고, 아이작은 웃음을 터뜨렸다. 패트릭이 손가락을 들어 조용히 시킨 후 말했다.

"어거스터스, 제발. '너'와 '너의 투쟁' 이야기로 다시 돌아가자. 잊히는 게 두렵다고 그랬지?"

16

"네."

어거스터스의 대답에 패트릭은 이해를 못하는 표정이었다.

"어, 누구 거기에 대해서 이야기하고 싶은 사람 있니?"

나는 3년 동안 제대로 학교에 다니지 못했다. 부모님이 나의 가장 친한 친구이고, 세 번째로 친한 친구는 내가 존재한다는 사실도 모를 작가다. 또 나는 상당히 수줍음을 타는 사람이고, 절대로 손을 들고 말하는 타입이 아니다.

하지만 이번 한 번만은 말을 하기로 결심했다. 내가 손을 반쯤 들어 올리자 패트릭은 반색을 하며 즉각 외쳤다.

"헤이즐!"

패트릭은 드디어 내가 마음을 터놓을 셈이라고 생각하는 모양이다. 이제야 그룹의 일원이 되는 거라고.

나는 어거스터스 워터스를 쳐다보았고 그도 나를 바라보았다. 그 애의 눈이 너무 파래서 눈 속까지 꿰뚫어볼 수 있을 것 같은 느낌이었다.

"언젠가 그런 날이 올 거야. 우리 모두 죽는 날이. 모두 다. 인류가 죄다 사라져서 누가 이 땅에 존재했다는 사실도, 우리 인류가 여기서 뭘했다는 것도 기억할 사람이 전혀 없게 되는 날이 올 거라고. 너희들은 고사하고 아리스토텔레스나 클레오파트라를 기억하는 사람조차 없어지는 거야. 우리가 하고 만들고 쓰고 생각하고 발견했던 모든 것들이 잊히고 이 모든 것들이 무(無)로 돌아가게 되는 거야."

나는 주위를 가리키며 말을 이었다.

"그런 날이 어쩌면 조만간 올 수도 있고, 아니면 수백만 년 후에 올 수도 있겠지. 우리가 태양이 사라져도 살아남을 수 있다 쳐도, 그렇다고 영원히 살아남지는 못해. 유기체가 지성을 얻기 전에도 세상이 존재했던 것처럼, 유기체가 사라진 다음에도 세상은 존재할 거야. 이런 필연적인 망각이란 게 걱정된다면, 그냥 무시하라고 충고하겠어. 다른 사람들도 다 그렇게 살고 있으니까."

이건 아까 말했던 나의 세 번째 절친 피터 반 호텐에게서 배운 것이다. 그는 나에게 있어서 거의 성경이나 다름없는 책 『장엄한 고뇌』를 쓴 은둔 작가이다. 피터 반 호텐은 내가 만나본 사람 중에서 (a) 죽는다는 게 어떤 것인지 이해하면서, (b) 아직 죽지 않은 유일한 사람이다.

내가 말을 마치고 나자 한참 동안이나 침묵이 흘렀다. 나는 어거스터스의 얼굴 전체로 미소가 퍼져나가는 것을 보았다. 아까 나를 쳐다보면서 지었던 섹시해 보이고 싶어 하는 남자애의 삐딱한 미소가 아니라, 얼굴 가득 넘치는 진짜 미소였다.

"젠장, 너 좀 짱인데."

어거스터스가 나직하게 말했다.

서포트 그룹의 남은 시간 동안 우리 둘 다 더 이상 아무 말도 하지 않았다. 마지막에 우리는 모두 손을 맞잡아야 했고, 패트릭이 기도를 주도했다.

"주 예수 그리스도여, 우리는 암의 생존자로서 여기 주님의 심장 위에, 문자 그대로 '주님의 심장'에 모였습니다. 주님 한 분만이 우리가 우리 자신을 알듯 우리를 아십니다. 시련을 통해 우리를 삶과 빛으로 이끌어 주소서. 아이작의 눈을 위해, 마이클과 제이미의 피를 위해, 어거스터스의 뼈를 위해, 헤이즐의 폐를 위해, 제임스의 목을 위해 기도합니다. 주님께서 우리를 낫게 해 주실 수 있음을, 모든 이해를 아우르는 주님의 사랑과 주님의 평화를 느끼게 될 것을 기도합니다. 그리고 우리가 알고 사랑했으며 지금은 주님께로 돌아간 사람들을 마음 깊이 기억합니다. 마리아와 케이드, 조셉, 할리, 애비게일, 앤젤리나, 테일러, 가브리엘, 그리고……."

목록은 길었다. 세상에는 죽은 사람들이 수없이 많다. 외우기에는 너무 길기 때문에 패트릭이 종이에 적힌 목록을 보고 중얼중얼 읽는 동안 나는 계속 눈을 감은 채 기도하는 척하려고 노력해 보았으나, 실은 내 이름이 다들 듣기를 포기한 저 목록의 제일 끝에 위치하게 되는 날을 생각하고 있었다.

패트릭이 다 읽고 난 후 다 함께 '최선을 다해서 오늘을 살자'는 멍청한 다짐을 외고서야 집회가 끝이 났다. 어거스터스 워터스는 의자에서 일어나 나에게로 걸어왔다. 걸음걸이는 미소와 마찬가지로 삐딱했다. 그는 내 위로 높게 솟아 있었지만 어느 정도 거리를 두어서, 그의 눈을 보기 위해 목을 길게 뒤로 뺄 필요는 없었다.

"이름이 뭐야?"

그가 물었다.

"헤이즐."

"아니, 풀네임 말이야."

"음, 헤이즐 그레이스 랭카스터."

그가 뭔가 말을 하려고 할 때 아이작이 다가왔다.

"잠깐만."

어거스터스가 손가락 하나를 들어 올리며 말하고는 아이작 쪽으로 돌아섰다.

"이건 네가 묘사했던 것보다 솔직히 더 심하던데."

"내가 궁상맞다고 말했었잖아."

"뭐 하러 이런 데 계속 오는 거야?"

"모르겠어. 조금은 도움이 될까 해서?"

어거스터스는 나한테 들리지 않게 말하려는 듯 몸을 기울였다.

"쟤도 단골이야?"

아이작의 대답은 들리지 않았지만, 곧 어거스터스가 말했다.

"내가 말할게."

그는 아이작의 양쪽 어깨를 두드리고 그 애한테서 반걸음쯤 물러섰다.

"헤이즐에게 진료소 이야기 해 줘."

아이작이 간식 테이블에 한 손을 얹고서 왕방울 같은 눈으로 나를 쳐다보았다.

"좋아, 오늘 아침에 진료소에 갔다가 담당 의사한테 난 장님이 되느니 차라리 귀머거리가 되겠다고 그랬어. 그랬더니 그 사람이 그러는 거야. '그런 식으로 되는 게 아니란다.'라고. 그래서 난 '아, 네. 저도 그런 식으로 되는 게 아닌 거 알거든요. 그냥 저한테 선택권이 있다면 장님보다는 귀머거리 쪽을 택하겠다는 거예요. 사실 선택권 따위 없지만요.'라고 대답했지. 그랬더니 그 사람이 '음, 희소식은 네가 귀머거리는 되지 않을 거라는 거야.'라고 했고, 난 '안암 덕분에 귀머거리가 되지는 않을 거라고 설명해 주시다니 정말 감사합니다. 선생님 같은 위대한 지성인께서 황송하게 제 수술을 해 주신다니 정말로 전 운이 좋은 것 같아요.'라고 말해 줬지."

"그 사람 완전 찐따같이 말한다. 그 의사 얼굴을 보기 위해서라도 안암에 좀 걸려 봐야겠는데."

내가 말했다.

"행운을 빌어. 좋아, 난 가야겠어. 모니카가 날 기다리고 있거든. 할 수 있는 동안 걔를 많이 봐 놔야지."

"내일 카운터인서전스 한 판?"

어거스터스가 물었다.

"당연하지."

아이작은 돌아서서 한 번에 두 개씩 계단을 뛰어 올라갔다.

어거스터스가 내 쪽으로 돌아서서 말했다.

"문자 그대로네."

"문자 그대로라고?"

"우린 문자 그대로 예수님의 심장에 있잖아. 그냥 교회 지하실에 있는 거라고 생각했는데, 정말 문자 그대로 예수님의 심장에 있었어."

그의 말에 내가 대꾸했다.

"누군가 예수님한테 말씀 좀 드려야 돼. 이건 위험한 일이라고. 심장에다 암에 걸린 애들을 모아 놓다니."

"내가 직접 예수님께 말씀드릴 거야. 하지만 불행히도 난 문자 그대로 주님의 심장 안에 갇혀 있으니, 아마 내 말을 못 들으시겠지."

어거스터스가 말했다. 나는 웃음을 터뜨렸고, 그는 그저 나를 바라보며 고개만 흔들었다.

"왜?"

내가 물었다.

"아무것도 아니야."

"왜 그런 식으로 날 쳐다보는데?"

어거스터스가 반쯤 미소 지었다.

"왜냐하면 네가 예쁘니까. 난 예쁜 사람들을 보는 게 취미인데, 얼마 전부터 삶의 단순한 기쁨을 부정하지 않겠다고 결심했거든."

잠깐 어색한 침묵이 흘렀다. 어거스터스가 그 침묵을 깨려고 시도했다.

"내 말은, 네가 근사하게 지적했던 것처럼 이 모든 것들이 끝나고 잊힐 거라는 점을 고려해서 말이야."

나는 코웃음을 치거나 한숨을 쉬거나 그냥 숨을 내쉬거나 그랬던 것 같다. 그 소리는 대충 기침하는 것과 엇비슷했다.

"난 예쁘지 않……."

"넌 2천 년 대의 나탈리 포트만 같아. 〈브이 포 벤데타〉의 나탈리 포트만."

"그거 안 봤어."

내가 말했다.

"정말로? 요정 같은 머리 모양의 멋진 여자인데, 권력을 싫어하고 문제가 될 게 뻔한 남자한테 빠져들고 말지. 내가 보기엔 네 자서전이라고 해도 될 것 같은데."

그의 말 한 마디 한 마디가 유혹적이었다. 솔직히 그는 나를 조금 흥분시켰다. 나는 남자애들이 나를 흥분시킬 수 있다는 것조차 몰랐다. 그러니까 현실 세계에서는 말이다.

좀 어린 여자애가 우리를 스쳐 지나갔다.

"어떻게 지내, 알리사?"

그가 물었다. 여자애는 미소를 지으며 중얼거렸다.

"안녕, 어거스터스."

"메모리얼 소속이지."

그가 설명해 주었다. 메모리얼은 대형 연구 병원이다.

"넌 어디 다녀?"

"아동병원."

내 목소리는 내가 예상했던 것보다 더 작게 나왔다. 그는 고개를 끄덕였고, 대화는 이제 끝난 것 같았다.

"음."

나는 예수님의 심장 밖으로 우리를 인도해 주는 계단 쪽을 향해 대충 고개를 끄덕이고서 카트를 기울여 바퀴를 바닥에 대고 걸어가기 시작했다. 그는 내 옆에서 다리를 절며 걸었다.

"그럼 다음번에도 볼 수 있는 거야?"

내가 물었다.

"너 그거 꼭 봐야 돼. 〈브이 포 벤데타〉 말이야."

그가 말했다.

"알았어. 찾아볼게."

"아니. 나랑 같이. 우리 집에서."

그가 덧붙였다.

"지금."

나는 걸음을 멈추었다.

"난 널 잘 알지도 못해, 어거스터스 워터스. 네가 도끼 살인마일 수도 있잖아."

그가 고개를 끄덕였다.

"맞는 말이야, 헤이즐 그레이스."

그가 나를 지나쳐 걸어갔다. 그의 어깨는 초록색 니트 폴로셔츠 안을 꽉 채우고 있었고, 등은 곧았으며 걸음걸이는 확고하고 자신만만했다. 하지만 분명히 의족으로 보이는 오른쪽으로 몸이 아주 살짝 기울어졌다. 골육종은 가끔 사람의 몸 상태를 확인하기 위해서 팔다리를 가져가곤 한다. 그리고 마음에 든다 싶으면 나머지도 다 가져간다.

나는 그를 따라 지하를 떠나 위층으로 올라갔다. 계단은 내 폐의 전문 분야가 아니기 때문에 천천히 올라가야 했다.

드디어 예수의 심장에서 나와 주차장으로 들어섰다. 봄 공기는 완벽함에서 약간 차가운 쪽으로 치우쳐 있었고, 늦은 오후의 햇살이 하늘에서 눈부시게 내리비쳤다.

엄마는 주차장에 아직 안 오신 모양이었다. 이건 특이한 일이다. 엄마는 거의 항상 나를 기다리고 계시기 때문이다. 나는 주위를 둘러보다가 키 크고 풍만한 몸매의 갈색머리 여자애가 아이작을 교회의 석조 벽으로 밀어붙이고 다소 공격적으로 키스하고 있는 것을 발견했다. 그들은 꽤 가까이 있어서 입술이 붙었다 떨어지는 기묘한 소리가 들리고, 아이작이 "언제까지나."라고 말하자 여자애가 "언제까지나."라고 응답하는 것도 들렸다.

갑자기 내 옆에 와서 선 어거스터스가 나직하게 속삭였다.

"쟤들은 공공장소에서의 애정행각의 열렬한 신봉자야."

"'언제까지나'는 무슨 소리야?"

쪽쪽거리는 소리가 더 커졌다.

"'언제까지나'라는 게 쟤들의 신념이야. 둘이서 언제까지나 사랑하고 어쩌고 뭐 그런 거. 내가 어림잡아 계산하건대 쟤네 둘이 작년 한 해 동안 서로에게 '언제까지나.'라는 문자를 4백만 번은 보냈을 걸."

차 두어 대가 더 나타나 마이클과 알리사를 싣고 사라졌다. 이제 어거스터스와 나만 남아서 아이작과 모니카가 기도의 전당에 기대고 있다는 걸 전혀 모르는 것처럼 진도를 빠르게 빼고 있는 모습을 바라보고 있었다. 아이작은 셔츠 위로 모니카의 가슴을 손으로 덮고 손바닥은 가만히 둔 채 손가락만 꼼지락거리며 움직였다. 그게 느낌이 좋을까 궁금했다. 별로 그럴 것 같지는 않지만, 아이작은 장님이 될 거니까 용서해 주기로 결정했다. 아직 굶주림이 느껴지는 동안에 감각도 만족시켜 줘야겠지.

"병원까지 마지막으로 차를 몰고 가는 걸 상상해 봐. 네가 차를 몰 수 있는 마지막 시간을."

내가 조용히 말했다.

나를 쳐다보지 않은 채 어거스터스가 대답했다.

"넌 분위기를 망가뜨리고 있어, 헤이즐 그레이스. 지금 난 수많은 아름답고도 어색한 순간을 영위하고 있는 젊은 커플의 애정행각을 관찰하고 있는 중이라고."

"아이작이 쟤 가슴을 아프게 하고 있는 것 같은데."

내가 말했다.

"그러게. 쟤가 여자 친구를 흥분시키려는 건지 유방암 검진을 해 주고 있는 건지 결정하기가 꽤 힘들단 말이지."

갑자기 어거스터스 워터스가 주머니에 손을 넣더니 그 많은 것들 중에서 하필이면 담뱃갑을 꺼냈다. 뚜껑을 열고 그가 담배 한 개비를 입술에 물었다.

"정말 이러기야? 너 그게 멋있다고 생각하니? 오, 맙소사, 넌 지금 모든 걸 망쳐 버렸어."

내가 말했다.

"무슨 모든 거?"

그가 나를 돌아보며 물었다. 불을 붙이지 않은 담배가 웃음기 없는 그의 입가에서 달랑거렸다.

"매력이 없는 것도 아니고 지능이 떨어지는 것도 아니고 어떤 면으로든 받아들이기 어렵지 않은 남자애가 나를 쳐다보고 글자의 잘못된 사용법을 지적하고 나를 영화배우에 비견하고 자기 집에서 함께 영화를 보자고 하는, 그런 모든 것 말이야. 하지만 당연하게도 언제나 비극적 결함이라는 것이 존재하는 법이고, 너의 비극적 결함은, 세상에! 넌 '빌어먹을 암'을 앓고 있으면서도 담배 회사에 돈을 내고 '더 많은 암'을 불러 올 기회를 사고 있는 거지. 오, 세상에. 숨을 못 쉬는 게 어떤 건지 내가 가르쳐줄까? 지랄같아. 완전 짜증나지. 완전히."

"비극적 결함?"

그는 여전히 담배를 입에 문 채로 물었다. 그 동작에 그의 턱에 힘이 들어갔다. 불행히도 그는 끝내주는 턱 선을 갖고 있었다.

"중대한 결점 말이야."

나는 그에게서 등을 돌리고 어거스터스 워터스를 놔둔 채 모퉁이를 향해서 걸어가기 시작했다. 그때 차가 길을 따라 달려오는 소리가 들렸다. 엄마였다. 엄마는 내가 친구를 사귀거나 뭐 그러기를 바라고 기다리셨던 모양이다.

가슴 속에 기묘한 실망감과 분노가 고이는 것이 느껴졌다. 어떤 감정인지 나 자신도 솔직히 잘 모르겠지만, 그게 대단히 많이 차올라서 어거스터스 워터스의 얼굴을 한 대 갈기고 내 폐를 폐 역할에 충실한 다른 폐로 바꾸고 싶은 기분이었다. 나는 카트에 단단히 고정된 산소 탱크를 옆에 놓고, 컨버스 운동화를 신은 발이 모퉁이 가장자리에 걸쳐질 정도로 바싹 나와서 섰다. 엄마 차가 막 보이는데 누가 내 손을 잡았다.

나는 손을 홱 잡아 뺀 다음 그를 향해 돌아섰다.

"불을 붙이지 않으면 담배는 사람을 죽이지 못해."

엄마가 모퉁이에 도착할 무렵 그가 말했다.

"그리고 난 한 번도 불을 붙인 적이 없어. 이건 그냥 상징이라고. 잇새에 죽음의 물건을 물고 있으면서도 그 죽음을 행할 수 있는 힘은 주지 않는 거지."

"상징이라고?"

나는 멍하니 말했다. 엄마는 그냥 느긋하게 기다리고 계셨다.

"상징이라고."

그가 대답했다.

"넌 상징적인 반향에 따라서 행동을 결정한단 말이지……."

"오, 그럼."

그가 미소를 지었다. 커다랗게 히죽거리는 진짜 웃음을.

"난 비유적 상징의 엄청난 신봉자거든, 헤이즐 그레이스."

나는 차 쪽으로 돌아서서 창문을 두드렸다. 창문이 내려갔다.

"나 어거스터스 워터스랑 같이 영화 보러 갈 거예요. 〈아메리카 넥스트 탑 모델〉 다음 에피소드 몇 편 좀 나 대신 녹화해 주세요."

2

어거스터스 워터스는 무시무시하게 차를 몰았다. 차를 세울 때나 출발할 때나 모든 것이 엄청난 '반동'과 함께 일어났다. 브레이크를 밟을 때마다 그의 도요타 SUV의 안전벨트에 묶인 채 몸이 앞으로 튀어나갔고, 액셀러레이터를 밟을 때는 목이 뒤쪽으로 홱 젖혀졌다. 어쩌면 긴장할 수도 있는 상황이었다. 이상한 남자애와 단둘이 차에 앉아 그의 집으로 가고 있고, 내 병신 같은 폐가 원치 않는 진도를 나가는 걸 막는 일을 훨씬 어렵게 만들 게 분명하니까. 하지만 그의 운전 솜씨가 놀라울 정도로 형편없어서 다른 건 생각할 겨를이 없었다.

한 1.5킬로미터 정도 어색한 침묵 속에 가다가 마침내 어거스터스가 말했다.

"난 운전면허 시험에 세 번 떨어졌어."

"그럴 리가."

그가 웃으며 고개를 끄덕였다.

"음, 내 친애하는 의족 씨로는 압력을 느낄 수 없고, 왼발로 운전을 하는 요령을 익힐 수가 없었거든. 의사선생님들은 절단 수술을 받은 사람들 대부분이 아무 문제없이 운전할 수 있다고 그러지만…… 뭐, 난 아니더라고. 어쨌든 네 번째 운전면허 시험을 보러 갔는데, 역시나 지금 상황이랑 똑같았어."

우리 앞 800미터 지점에서 신호가 빨간 불로 바뀌었다. 어거스터스가 브레이크를 꽉 밟았고 내 몸은 안전벨트의 삼각형 품으로 내던져졌다.

"미안. 신께 맹세하는데 난 정말 살살 하려고 노력하는 거야. 그래서, 어쨌든 시험 마지막에 이번에도 떨어졌다고 확신하고 있었는데 강사가 그러더라고. '네 운전은 불쾌하지만, 기술적으로 안전하지 않은 건 아니야.'라고."

"난 그 말에 동의하기 힘든데. 암(癌)적 이득 아니야?"

내가 말했다. 암적 이득이란 평범한 아이들은 얻지 못하지만 암환자인 아이들은 얻을 수 있는 사소한 것들을 말한다. 스포츠 스타가 사인한 야구공이라든지, 숙제를 늦게 내도 그냥 넘어가는 거라든지, 실력이 부족한데도 운전면허를 얻는 것 등등.

"그러게."

그가 대답했다. 신호가 초록색으로 바뀌었고, 나는 마음의 준비를 했다. 어거스터스가 액셀러레이터를 꽉 밟았다.

"너도 다리를 못 쓰는 사람들을 위한 수동(手動) 조작기가 있다는 거 알지?"

내가 말했다.

"응. 뭐, 나중에 언젠가."

그는 '언젠가'가 존재할 거라는 확신이 과연 있는지 의문이 드는 한숨을 덧붙였다. 골육종은 치유 가능성이 높다고는 하지만, 그래도 반대의 가능성 역시 항상 있는 법이다.

실제로 꼭 집어 물어보지 않아도 누군가의 생존 가능성을 추정하는 데는 여러 가지 방법이 있다. 나는 전통적인 방법을 사용했다.

"저기, 학교는 다녀?"

일반적으로 부모님이 생존을 별로 기대하지 않을 경우에는 학교를 자퇴시키는 법이다.

"응. 노스 센트럴에 다니고 있어. 한 학년 뒤처지긴 했지만. 지금 2학년 이야. 넌?"

나는 거짓말을 할까 생각해 보았다. 아무도 시체는 좋아하지 않을 테니. 하지만 결국에는 그냥 사실대로 말했다.

"안 다녀. 부모님이 삼 년 전에 날 자퇴시키셨지."

"삼 년?"

그가 놀란 얼굴로 물었다.

나는 어거스터스에게 내 기적에 대해 간략하게 설명했다. 열세 살에 4기 갑상선 암 판정을 받았고(그에게 초경 석 달 후에 판정을 받았다는 이야기는 하지 않았다. 마치 '축하해요! 당신은 여자가 됐어요. 그러니까 이제 죽으세요.' 같잖아.) 치료 불가능하다는 이야기를 들었다.

나는 경부근치수술(radical neck dissection)이라는, 이름만큼이나 즐겁기 짝이 없는 수술을 받았다. 그런 다음 방사선 치료를 받고, 그 뒤엔 폐의 종양 때문에 화학치료를 시도해 보았다. 종양은 줄어들었다가 다시 자라났다. 그 무렵 나는 열네 살이었다. 폐에는 물이 고이기 시작했다. 나는 거의 죽기 직전의 모습이었다. 손발은 부풀고, 피부는 쭈글쭈글하고, 입술은 언제나 파란색이었다. 의사들은 숨을 쉴 수 없다고 해도 완전히 겁에 질리지 않게 만들어 주는 약을 말초삽입 중심정맥관(PICC)을 통해 내 몸 안에 엄청난 양을 흘려 넣었으며, 다른 약도 십여 가지쯤 사용했다. 하지만 그렇게 해도 치료를 받는 몇 달 동안 물에 빠져 죽어가는 불쾌한 느낌이 사라지지 않았고, 결국 나는 폐렴으로 집중치료실(ICU)에 들어가게 되었다. 엄마는 내 침대 옆에 무릎을 꿇고 앉아서 물었다.

"괜찮니, 우리 딸?"

나는 엄마에게 준비됐다고 대답했다. 아빠는 이미 부서질 대로 부서져서 더 부서질 것도 없는 목소리로 그저 계속해서 나를 사랑한다고만 말했다. 나 역시 아빠를 사랑한다고 계속 말하고, 모두 손을 잡고 있었다. 숨을 제대로 쉴 수가 없었고 내 폐는 거의 작동하지 않았다. 부모님은 나를 침대에서 끌어내 폐에 공기가 들어갈 수 있는 자세를 찾으려고 노력했고, 나는 부모님이 그냥 포기하지 않는다는 사실에 짜증이 났으며 그 필사적인 행동이 부끄러웠다. 엄마가 나에게 괜찮다고, 넌 괜찮을 거라고, 괜찮아질 거라고 말하던 게 생각나고, 아빠가 울지 않으려고 엄청나게 노력하던 게 떠오른다. 아빠는 종종 그러시는데, 그럴 때면 마치 지진이 난 것 같은 모습이다. 나는 깨어나고 싶지 않았었다.

　모두들 내가 끝났다고 생각했지만 나의 암 전문의 마리아 선생님이 간신히 내 폐에서 액체를 조금 빼내는 데 성공했고 그 직후에 폐렴용 항생제가 효과를 발휘하기 시작했다.

　나는 깨어났고 곧 암(癌)바니아 공화국에서 '효과 없음'이라는 이름으로 잘 알려진 실험 약물을 투여받기 시작했다. 팔란키포(Phalanxifor)라는 약으로, 분자가 암세포에 달라붙어 성장을 늦추는 방식으로 만들어진 거라고 했다. 이 약은 70퍼센트의 환자들에게 효과가 없었으나 나에게는 효과가 있었다. 종양이 줄어들었다.

　그리고 줄어든 상태로 그대로 유지되었다. 팔란키포 만세! 지난 18개월 동안 나의 암 전이세포들은 거의 자라지 않았고, 내 폐는 폐로서 병신 같긴 하지만 산소 투여 및 매일 먹는 팔란키포의 도움으로 이래저래 무기한 투쟁을 계속하고 있었다.

　사실 내게 온 암의 기적은 그저 시간을 조금 버는 것에 지나지 않는다. (아직은 그 시간이 얼마나 되는지 잘 모르겠다.) 하지만 어거스터스 워터스에게 이야기할 때는 최대한 장밋빛으로, 기적의 기적적인 면을 강조해서 이야기했다.

"그럼 이제 너도 학교로 돌아가야겠네."

그가 말했다.

"사실은 못 가. 졸업인정시험(GED)을 통과했거든. 그래서 MCC에서 강의를 수강하고 있어."

내가 설명했다. MCC는 우리 동네의 전문대학이다.

"여대생이라. 그게 그 세련된 분위기를 설명해 주는군."

그가 고개를 끄덕이고는 나를 향해 능글맞게 웃었다. 나는 그의 팔 윗부분을 장난스럽게 밀었다. 피부 아래로 팽팽하고 근사한 근육이 느껴졌다.

2.5미터의 토담이 서 있는 골목을 따라 끽 소리를 내며 차가 회전했다. 그의 집은 왼쪽 첫 번째 집이었다. 2층……. 식민지 시대 풍 주택이다. 집 앞 드라이브웨이에서 차가 끽 하고 멈췄다.

나는 그를 따라 집안으로 들어갔다. 현관에 있는 목판 액자에는 흘림 글씨로 '집은 마음이 있는 곳'이라는 글자가 새겨져 있었고, 알고 보니 집 전체에 그런 문구가 담긴 액자들이 걸려 있었다. 코트걸이 위에는 '좋은 친구는 찾기 어렵고 잊기는 불가능하다'는 일러스트 딸린 문구가 걸려 있었다. 골동품 가구가 놓인 거실의 쿠션에는 '진정한 사랑은 어려운 시기에 탄생한다'는 자수가 놓여 있다. 내가 그걸 보는 것을 알아채고 어거스터스가 말했다.

"우리 부모님은 그걸 '격려의 말'이라고 부르셔. 사방팔방에 있지."

그의 엄마와 아빠는 그를 거스라고 부르셨다. 두 분은 부엌에서 엔칠라다를 만드는 중이었다. (싱크대 옆의 작은 스테인드 글라스에는 동글

동글한 글씨체로 '가족이 전부다'라고 쓰여 있었다.) 엄마가 토르티야에 닭고기를 얹으시면 아빠가 그걸 말아서 유리그릇에 놓으셨다. 두 분은 내가 온 걸 보고 별로 놀라지 않으셨지만, 이해가 갔다. 어거스터스가 나에게 특별해진 느낌을 준다고 해서 정말로 그게 내가 특별하다는 의미는 아니니까. 그는 매일 밤 새로운 여자애들을 집으로 데려와서 영화를 보여 주고 기분을 북돋워 주는지도 모른다.

"얘는 헤이즐 그레이스예요."

그가 소개조로 말했다.

"그냥 헤이즐이라고 부르세요."

내가 말했다.

"어떻게 지내니, 헤이즐?"

거스의 아빠가 물으셨다. 그분은 거의 거스만큼이나 키가 크고, 부모님 나이대의 사람들에게는 흔치 않을 정도로 비쩍 마르셨다.

"괜찮아요."

내가 대답했다.

"아이작의 서포트 그룹은 어땠니?"

"굉장했어요."

거스가 대답했다.

"넌 정말로 분위기 깨는 애로구나. 헤이즐, 넌 집회가 즐거웠니?"

아줌마가 물으셨다. 나는 어거스터스를 기쁘게 하는 대답을 해야 할지 그의 부모님을 기쁘게 해야 하는 대답을 해야 할지 고민하느라 잠시 머뭇거리다가 마침내 말했다.

"대부분의 참석자들이 정말로 상냥해요."

"거스의 치료 때문에 완전히 지쳐 있을 때 메모리얼 병원에 있던 다른 가족들에게 우리가 느꼈던 것도 바로 그거였단다."

그의 아빠가 말씀하셨다.

"다들 굉장히 상냥했지. 강했고. 가장 어두운 시기에 주께서는 최고의 사람들을 인생에 내려 주신단다."

"서둘러. 나한테 장식 쿠션이랑 바늘이랑 실을 줘. 저걸 격려의 말로 남겨 둬야 하거든."

어거스터스의 말에 아저씨는 살짝 짜증난 표정을 지었지만, 거스는 긴 팔을 제 아빠의 목에 감고 말했다.

"그냥 농담한 거예요, 아빠. 저 괴상망측한 격려의 말들이 좋아요. 정말로요. 하지만 전 십대니까 그걸 인정할 수 없다고요."

아저씨가 눈을 굴리셨다.

"너도 우리랑 같이 저녁을 먹고 갔으면 좋겠다만."

그의 엄마가 말씀하셨다. 아줌마는 체구가 작고 갈색머리에 약간 겁이 많아 보이는 타입이었다.

"아마도요? 하지만 열 시까지는 집에 가야 돼요. 그리고 전, 음, 고기는 안 먹는데요."

"괜찮아. 일부를 채식 식단으로 하면 되니까."

"동물이 너무 귀여워서?"

거스가 물었다.

"내가 책임져야 할 죽음의 숫자를 줄이고 싶어서야."

내가 대답했다. 거스는 뭔가 대답을 하려는 듯 입을 열었다가 도로 다물었다.

그의 엄마가 침묵을 채웠다.

"음, 그거 근사한 일이구나."

두 분은 잠시 나에게 그 유명한 워터스 집안의 엔칠라다에 대해 이야기하고 그걸 꼭 먹어봐야 한다는 것, 그리고 거스의 통금시간 역시 열

시라는 것, 자식들의 통금시간을 열 시 외의 시간으로 정하는 사람은 절대로 믿을 수 없다는 것, 내가 학교에 다니는지("걔는 대학생이에요."라고 어거스터스가 끼어들었다), 그리고 날씨가 3월치고는 정말이지 굉장히 특이하다는 것과 봄에는 모든 것이 새롭다는 것 등에 대해서 이야기했고, 단 한 번도 나에게 산소나 내 병세에 대해서 묻지 않았다. 그것은 기묘하면서도 근사했다. 곧 어거스터스가 말했다.

"헤이즐이랑 전 〈브이 포 벤데타〉를 볼 거예요. 그래야 헤이즐이 자신의 영화계 도플갱어인 2천 년대 중반의 나탈리 포트만을 볼 수 있으니까요."

"거실 텔레비전으로 보렴."

아저씨가 유쾌하게 말씀하셨다.

"사실은 지하실에서 볼 생각인데요."

아저씨가 웃음을 터뜨렸다.

"좋은 시도구나. 거실에서 보렴."

"하지만 헤이즐 그레이스에게 지하실을 보여 주고 싶어요."

어거스터스가 주장했다.

"그냥 헤이즐이라니까."

내가 말했다.

"그럼 '그냥 헤이즐'에게 지하실을 보여 주렴. 그런 다음에 위로 올라와서 거실에서 영화를 봐라."

아저씨가 말씀하셨다. 어거스터스는 볼을 부풀리고 한쪽 다리로 균형을 잡은 채 엉덩이를 돌려 의족으로 앞을 걷어찼다.

"알았어요."

그 애가 웅얼거렸다.

나는 그를 따라 카펫이 깔린 계단을 통해 커다란 지하 침실로 내려갔다. 방을 따라 내 눈높이로 선반이 쭉 설치되어 있고, 농구 기념품들이 가득 놓여 있었다. 금색 플라스틱 사람 모형이 점프슛을 하거나 드리블을 하거나 보이지 않는 골대를 향해 레이업 슛을 하는 모양의 트로피들이 십여 개쯤 있다. 그리고 사인 볼과 스니커즈도 굉장히 많았다.

"전에 농구를 했었어."

그가 설명했다.

"꽤 잘했을 거 같은데."

"나쁘진 않았지만, 신발과 공들은 전부 암적 이득이야."

그가 TV 쪽으로 향했다. DVD와 비디오 게임이 피라미드 모양과 비슷하게 산더미처럼 쌓여 있었다. 그가 허리를 굽혀 〈브이 포 벤데타〉를 낚아챘다.

"난 말하자면 백인 시골뜨기 꼬마의 원형 같은 거야. 모두가 잊고 있던 중거리 점프 기술을 되살려 낸 장본인인데, 어느 날 자유투를 쏘게 됐어. 노스 센트럴 체육관의 파울 라인에 그냥 서서 공 보관함에서 공을 들어 던지는 거야. 그런데 갑자기 내가 왜 구형 물체를 환형(環形) 물체에 규칙적으로 던지고 있는 건지 알 수가 없더라고. 내가 할 수 있는 일 중에서 가장 멍청한 짓처럼 느껴지는 거야."

그가 말을 이었다.

"문득 원통형 블록을 원통형 구멍에 집어넣는 어린애들이 생각났어. 그 애들은 그걸 하는 방법을 알아내고 나면 몇 달 동안 하고 또 하잖아. 농구도 기본적으로 그거랑 똑같은데 조금 더 역동적인 버전인 거지. 어쨌든 한참동안 난 그냥 프리드로우만 던지고 있었어. 80개가 연속으로 들어간 건 내 최고 기록이었지만 어쨌든 던지면 던질수록 점점 더 두 살짜리가 된 기분이 들었지. 그러다 이유는 모르겠지만 장애물 경주자들이 생각났어. 너 괜찮아?"

나는 그의 흐트러진 침대 귀퉁이에 앉아 있었다. 뭔가 암시를 하려고 한다든지 그런 건 아니었다. 그냥 한참 서 있었더니 좀 피곤해서 그런 거였다. 거실에서도 서 있었고, 그 다음에는 계단이 있었고, 그 뒤에도 계속 서 있었던 건 나로서는 꽤 오래 버틴 것이다. 기절 같은 걸 하고 싶지는 않다. 기절하는 건 빅토리아 시대 여자 같잖아.

"괜찮아. 그냥 듣고 있는 중이야. 장애물 경주자?"

"그래, 장애물 경주자들. 이유는 모르겠어. 그 사람들이 장애물 경기를 할 때 자기들 앞에 설치된 완전히 제멋대로인 물체를 뛰어넘는 게 생각나는 거야. 그러고는 장애물 경주자들이 이런 생각을 하는지 궁금해졌어. '이 장애물들을 다 치워 버리면 훨씬 더 빨리 뛸 수 있을 텐데.' 같은 거."

"그거 네가 진단을 받기 전 이야기야?"

내가 물었다.

"응, 아, 그것도 있었지."

그가 입술의 반만 움직여 웃고 말을 이었다.

"존재론적 고뇌 속의 프리드로우 날이 우연히도 나의 양발 인생의 마지막 날이었어. 절단 수술 일정을 잡고 그 주말이 지난 다음에 수술을 받았지. 아이작이 겪게 될 일을 나도 살짝 맛본 셈이지."

나는 고개를 끄덕였다. 어거스터스 워터스가 좋았다. 정말, 정말, 정말로 좋다. 그의 이야기가 다른 사람을 들먹이며 끝나는 방식이 좋다. 그의 목소리가 좋다. 그가 존재론적 고뇌 속의 프리드로우를 했다는 게 좋았다. '살짝 삐딱한 웃음' 학과와 '내 피부를 좀 더 피부처럼 느껴지게 만드는 목소리 소유자' 학과 양쪽에서 최고 교수 자리를 거머쥐고 있다는 것도 좋았다. 그리고 그에게 두 개의 이름이 있다는 것도 좋다. 나는 항상 두 개의 이름을 가진 사람들을 좋아했다. 어느 쪽으로 그 사람을 부를지 마음대로 정할 수 있으니까. 거스 또는 어거스터스 중에서. 나? 난 항상 그냥 헤이즐, 다른 거 없는 헤이즐이었다.

"형제가 있어?"

내가 물었다.

"어?"

그는 잠시 다른 데 정신이 팔린 듯 대꾸했다.

"애들이 노는 거에 대해서 이야기했었잖아."

"아, 응, 아니. 이복누나들이 낳은 조카들이 있어. 하지만 누나들은 나이가 많아. 누나들은 그러니까…… 아빠, 줄리랑 마사 누나가 몇 살이죠?"

"스물여덟!"

"누나들은 스물여덟 살이야. 시카고에 살고, 둘 다 잘 나가는 변호사 형님들과 결혼했어. 아니면 은행가 형님들이던가. 기억이 안 나네. 넌 형제가 있어?"

나는 고개를 저어 아니라고 대답했다.

"자, 네 이야기는 어떤 거야?"

그가 내 옆에 안전하게 거리를 두고 앉아서 물었다.

"이미 내 이야기는 했잖아. 난 암 진단을 받았고……."

"아니, 네 암 이야기 말고. '네' 이야기. 관심사, 취미, 열정, 기묘한 집착, 기타 등등."

"음."

나는 머뭇거렸다.

"너도 자기 병이랑 동일화되는 그런 사람들 중 하나라는 말은 하지 마. 그런 사람들은 수도 없이 안다고. 그건 기운 빠지는 일이야. 무슨 암이 성장 산업이라도 되는 것처럼 말이야. 사람을 집어삼키는 그런 종류의 업무처럼. 하지만 넌 암이 일찌감치 승리하게 놔두진 않았을 거라고 생각해."

어쩌면 그랬을지도 모르겠다는 생각이 언뜻 들었다. 나는 어거스터스 워터스에게 내 이야기를 어떻게 해야 하나, 어떤 열정이 있다고 할까 떠올리려고 노력했지만 이어지는 침묵은 내가 별로 흥미로운 사람이 아니라는 결론만 불러올 뿐이었다.

"난 대단히 평범해."

"그 말은 즉시 기각하겠어. 네가 좋아하는 걸 떠올려 봐. 머릿속에 가장 먼저 떠오르는 거."

"음. 독서?"

"뭘 읽는데?"

"전부 다. 그러니까, 음, 지독한 로맨스부터 거짓말이 가득한 소설에 시까지. 아무거나."

"너도 시를 써?"

"아니. 난 쓰지는 않아."

"그거야!"

어거스터스는 거의 고함을 질렀다.

"헤이즐 그레이스, 넌 전 미국에서 시를 쓰는 것보다 읽는 걸 더 좋아하는 유일한 십대일 거야. 이게 나한테 많은 걸 알려준다고. 너 진짜 훌륭한 책들을 많이 읽었지, 안 그래?"

"아마도?"

"네가 제일 좋아하는 건 뭐야?"

"음."

내가 가장 좋아하는 책은 두말할 것도 없이 『장엄한 고뇌』지만, 나는 사람들에게 이 책 이야기를 하는 것을 좋아하지 않는다. 가끔 책을 읽으면 그 책이 기묘한 복음서 같은 열정을 가슴 속에 가득 채워서, 살아 있는 모든 사람들이 이 책을 읽지 않는 한은 부서진 세계가 다시 하나로 합쳐질 수 없을 거라는 확신을 갖게 되는 경우가 있다. 그리고 또 『장엄한 고뇌』처럼 이 책이 너무나 특별하고 귀중하고 '나만의 것'이라, 애정을 드러내는 것조차 배신으로 느껴져서 다른 사람에게 아무 말도 할 수가 없는 그런 종류의 책들도 있다.

이 책이 대단히 훌륭하거나 뭐 그런 것도 아니다. 그저 작가인 피터 반 호텐이 기묘하고 불가능한 방식으로 나를 이해하는 것처럼 느껴질 뿐이다. 『장엄한 고뇌』는 '내' 책이었다. 내 몸이 내 몸이고 내 생각이 내 생각인 것처럼.

어쨌든 간에 나는 어거스터스에게 말했다.

"내가 가장 좋아하는 책은 아마 『장엄한 고뇌』일 거야."

"그거 좀비물이야?"

그가 물었다.

"아니."

"특수부대 전사는 나와?"

나는 고개를 흔들었다.

"이건 그런 종류의 책이 아니야."

그가 미소를 지었다.

"제목도 지루하고 특수부대원도 나오지 않는 이 끔찍한 책을 나도 읽어볼게."

그가 약속했고, 나는 '이 책 이야기는 하지 말았어야 했는데.'라고 곧바로 후회했다. 어거스터스는 침대 옆 탁자 아래 쌓여 있는 책 더미 쪽으로 걸어가서 책 한 권과 펜을 집었다. 그리고 제목 페이지에 증정의 말을 적으며 말했다.

"그 대신에 내가 부탁하는 건 내가 제일 좋아하는 비디오 게임을 소설

화한 이 환상적이고 끝내주는 책을 읽어 봐 달라는 거야."

그가 책을 내밀었다. 책 제목은 『새벽의 대가』였다. 나는 웃음을 터뜨리고 책을 받았다. 우리의 손이 책을 건네는 동안 살짝 엉켰고, 그가 내 손을 잡았다.

"차갑네."

그가 내 창백한 손목에 손가락 하나를 얹은 채 말했다.

"산소포화도가 떨어졌을 때만큼 차갑진 않아."

"네가 의학용어를 말하는 게 정말 좋더라."

그는 일어서서 나를 잡아당겨 일으켜 세웠고, 계단에 도착할 때까지 손을 놓아 주지 않았다.

***

우리는 소파에서 몇 센티쯤 거리를 둔 채 앉아서 영화를 보았다. 나는 완전 중학생처럼 우리 사이의 중간쯤에 손을 내려놓고서 그에게 잡아도 괜찮다는 신호를 보냈지만, 그는 잡으려 하지 않았다. 영화를 한 시간쯤 봤을 때 어거스터스의 부모님이 나오셔서 엔칠라다를 주셨고, 우리는 소파에 앉아서 먹었다. 엔칠라다는 정말로 맛있었다.

영화는 마스크를 쓴 영웅적인 남자가 나탈리 포트만을 위해 영웅적으로 죽는 내용이었다. 나탈리 포트만은 꽤나 터프하고 굉장히 섹시하며, 나의 스테로이드로 부푼 얼굴과는 비교조차 할 수 없었다.

엔딩 크레딧이 올라가자 그가 말했다.

"정말 굉장하지, 어?"

"정말 굉장하네."

나도 동의했지만, 솔직히 그렇진 않았다. 이건 남자애들용 영화였다.

왜 남자애들이 우리에게 남자용 영화를 좋아하길 기대하는지 알 수가 없다. 우린 남자애들이 여자 영화를 좋아하길 바라지 않는데.

"난 집에 가야 돼. 아침에 수업이 있어."

내가 말했다.

나는 어거스터스가 열쇠를 찾는 동안 조금 더 소파에 앉아 있었다. 그의 엄마가 내 옆에 앉아서 말씀하셨다.

"난 이게 참 좋단다. 너도 그렇지?"

아줌마는 내가 TV 위에 걸려 있는 격려의 말을 보고 있다고 생각하신 것 같다. 거기에는 천사 그림에 '고통이 없이 어찌 기쁨을 알 수 있으리오?'라는 문장이 적혀 있었다.

(이건 고통에 관한 사상 분야에서 오래 된 논쟁거리이고 이 말에 담긴 우둔함과 세련미의 결여는 몇 세기 동안 연구대상이 되어 왔지만, 브로콜리가 존재한다고 해서 초콜릿의 맛에 딱히 영향을 미치지는 못한다는 정도로 이야기를 마무리하자.)

"네, 근사한 말이죠."

나는 어거스터스를 조수석에 태운 채 그의 차를 운전해서 집까지 왔다. 어거스터스는 자신이 좋아하는 헥틱 글로우(Hectic Glow)라는 이름의 밴드 노래를 몇 곡 불러주었고, 꽤 좋은 노래긴 했지만 내가 그 밴드를 모르는 터라 그가 느끼는 것만큼 좋게 느껴지지는 않았다. 나는 계속해서 그의 다리를, 아니 그의 다리가 있던 자리를 힐끔거리며 가짜 다리라는 건 어떻게 생긴 걸까 상상해 보았다. 신경 쓰고 싶지는 않았지만, 솔직히 조금 신경 쓰였다. 그는 어쩌면 내 산소통에 대해 신경 쓰고 있을지도 모른다. 병은 거부감을 불러일으킨다. 나는 그 사실을 오래 전에 깨달았고, 어거스터스 역시 그럴 거라고 생각한다.

우리 집 앞에 차를 세우자 어거스터스가 라디오를 껐다. 공기는 무거

왔다. 그는 어쩌면 나에게 키스할까 생각하고 있는지도 모른다. 나는 확실하게 그와 키스하는 생각을 하고 있었다. 내가 정말 그걸 원하는지를. 남자애들에게 키스해 본 적이 있긴 하지만 꽤 오래 전 일이다. 기적 이전의 시절.

나는 기어를 주차에 놓고 그를 쳐다보았다. 그는 정말로 아름다웠다. 남자에게 그런 말을 쓰지 않는다는 건 알지만, 정말로 그랬다.

"헤이즐 그레이스."

그의 목소리로 들으니 내 이름이 새롭고 더 근사해진 것만 같았다.

"그대와 벗이 된 것은 큰 기쁨이로소이다."

"마찬가지예요, 워터스 씨."

내가 대답했다. 그를 쳐다보는 게 어쩐지 부끄러워졌다. 물처럼 파란 눈의 강렬함을 마주하기가 어려웠다.

"널 다시 볼 수 있을까?"

어거스터스가 물었다. 그의 목소리에는 귀엽게 긴장한 기색이 담겨 있었다. 나는 미소를 지었다.

"물론이지."

"내일?"

그가 물었다.

"인내심을 가지시게, 베짱이 군. 지나치게 안달하는 것처럼 보이고 싶지는 않을 텐데?"

내가 충고했다.

"맞아. 그래서 내가 내일이라고 한 거야. 사실은 오늘밤에 널 다시 만나고 싶지만, 기꺼이 하룻밤하고도 내일의 상당 시간을 기다려 주겠다 이거지."

그의 말에 나는 눈을 굴렸다.

"진심이라니까."

그가 말했다.

"넌 날 잘 알지도 못하잖아."

나는 가운데 콘솔에서 책을 집으며 말을 이었다.

"이걸 다 읽은 다음에 내가 전화하면 어떻겠어?"

"하지만 넌 내 전화번호도 모르잖아."

"네가 이 책에 써 놨을 거라는 의심이 아주 강하게 드는데."

그가 그 헤벌쭉한 미소를 다시 보였다.

"그러면서 우리가 서로를 잘 모른다고 그러는 거야?"

3

나는 그날 밤 『새벽의 대가』를 읽느라 꽤 늦게까지 자지 않았다. (스포일러 경고: 새벽의 대가는 목숨이다.) 『장엄한 고뇌』 같은 책은 아니지만 주인공인 맥스 메이헴 하사는 내가 세어 본 284페이지 동안 118명 이상을 죽였음에도 불구하고 그럭저럭 호감가는 캐릭터였다.

그래서 다음 날인 목요일에는 늦잠을 잤다. 엄마의 방침은 나를 절대 깨우지 않는 것이다. 프로 환자로서의 임무 중 하나가 많이 자는 것이므로. 때문에 엄마가 내 어깨를 흔드는 바람에 잠이 깼을 때에는 상당히 어리둥절했다.

"열 시가 다 됐어."

엄마가 말씀하셨다.

"자는 동안 암세포와 싸우는 거라고요……. 간밤에 책을 읽다가 늦게

잤어요."

"굉장한 책이었던 모양이구나."

엄마는 침대 옆에 무릎을 꿇고 앉아서 커다랗고 네모난 산소 발생기와 나를 잇는 연결장치를 빼냈다. 이 장치를 나는 필립이라고 부른다. 딱 필립처럼 생겼기 때문이다.

엄마는 나에게 이동식 탱크를 연결해 준 다음 수업이 있다는 것을 상기시켜 주셨다.

"그 남자애가 준 거니?"

엄마가 갑자기 물었다.

"뭘요? 성병이요?"

"도를 넘은 소리구나. 책 말이다, 헤이즐. 책을 말한 거였어."

엄마가 말했다.

"네, 걔가 준 책이에요."

"그 남자애가 마음에 드는 모양이구나."

엄마는 이 결론이 모성본능이 있어야만 내릴 수 있는 것이라도 되는 양 눈썹을 치켜 올리며 말씀하셨다. 나는 어깨를 으쓱였다.

"서포트 그룹이 참석할 가치가 있을 거라고 엄마가 그랬잖니."

"엄마, 그 시간 동안 내내 밖에서 기다리셨던 거예요?"

"응. 읽을 서류를 좀 가져갔거든. 어쨌든 하루를 시작할 시간이란다, 우리 아가씨."

"엄마. 잠이요. 암세포와의 싸움이요."

"알아, 우리 딸. 하지만 강의 들으러 가야지. 게다가 오늘은……."

엄마의 목소리에는 즐거운 기색이 역력했다.

"목요일이라고요?"

"너 정말 잊어버린 거니?"

"아마도요?"

"오늘은 3월 29일 목요일이잖니!"

엄마는 얼굴 가득 제정신이 아닌 것 같은 웃음을 띤 채 거의 비명을 질렀다.

"엄마, 오늘이 며칠인지 안다는 사실에 너무 흥분하시네요!"

나도 마주 소리쳤다.

"헤이즐! 오늘은 네 33번째 반년 생일이잖니!"

"아아아아아."

우리 엄마는 축하할 일을 만들어내는 데 진짜 도사다. '오늘은 나무의 날이야! 가서 나무를 껴안아 주고 케이크를 먹자꾸나!', '콜럼버스가 인디언들에게 천연두를 퍼뜨린 날이란다. 이 날을 기념하기 위해서 피크닉을 가자!' 등등.

"음, 나의 33번째 반년 생일을 축하합니다."

내가 말했다.

"이 특별한 날에 뭘 하고 싶니?"

"강의 끝나면 집에 와서 〈탑 셰프〉를 연속 몇 화까지 볼 수 있나 세계 기록을 세울까 하는데요."

엄마는 내 침대 위쪽 선반으로 손을 내밀어 내가 대략 한 살 때쯤부터 갖고 있던 파란 곰인형 파랑이를 집었다. 친구를 색깔로 이름 붙이는 게 사회적으로 용인되던 나이 때 붙인 이름이다.

"케이틀린이나 매트나 누구 다른 애랑 영화 보러 가고 싶지 않니?"

케이틀린과 매트는 내 친구들이다. 그것도 괜찮은 생각이었다.

"그럴게요. 케이틀린에게 학교 끝나고 쇼핑몰 같은 데 가지 않을지 문자 보내 볼게요."

엄마는 미소를 지으며 곰인형을 배에 끌어안았다.

"쇼핑몰에 가는 게 아직도 쿨한 일인 거야?"

엄마가 물었다.

"전 쿨한 게 뭔지 모른다는 사실에 상당한 자부심을 품고 있다고요."

내가 대답했다.

***

나는 케이틀린에게 문자를 보낸 뒤 샤워를 하고 옷을 입었고, 그 다음에 엄마가 학교까지 태워다 주셨다. 강의는 미국 문학으로 거의 텅 빈 강의실에서 프레데릭 더글러스(흑인으로 미국의 노예 폐지론자이자 여성 인권 옹호론자로 활동했으며, 유명한 연설가이자 작가였다. 저서로는『미국인 노예 프레데릭 더글러스의 삶 이야기』가 있다: 주)에 대해서 공부했는데 깨어 있기가 어마어마하게 힘들었다. 90분 강의 중 40분 째쯤 케이틀린이 답문을 보냈다.

✉ 좋다규~ 반년 생일 축하해. 3:32에 캐슬턴?

케이틀린은 분 단위로 일징을 짜야 하는 빡빡한 사교생활을 영위하고 있다. 나는 답을 보냈다.

✉ 괜찮을 것 같아. 푸드 코트에 있을게.

엄마는 학교에서 곧장 쇼핑몰에 있는 서점으로 나를 태워다 주셨고, 나는 거기서『새벽의 대가』의 후속편인『자정부터 새벽』과『혼란의 레퀴엠』두 권을 모두 산 다음 널찍한 푸드 코트로 가서 다이어트 콜라를 샀다. 3시 21분이었다.

아이들이 실내 놀이터의 해적선에서 노는 것을 보며 책을 읽었다. 어린애 둘이서 터널을 기어나갔다가 다시 들어가기를 질리지 않고 계속하는 것을 보고 있으니 어거스터스 워터스와 존재론적 고뇌의 프리드로우가 문득 떠올랐다.

엄마도 푸드 코트에 계셨다. 나한테 안 보일 거라고 생각되는 구석에 홀로 앉아 치즈스테이크 샌드위치를 드시며 서류를 읽고 계셨다. 아마도 의학 자료겠지. 서류는 끝이 없는 것 같았다.

정확히 3시 32분에 케이틀린이 중국음식 전문점 웍 하우스를 지나 자신만만하게 걸어오는 모습이 보였다. 내가 손을 들자마자 그 애는 나를 발견하고 최근에 고르게 교정한 새하얀 치아를 드러내고 웃으며 다가왔다.

케이틀린은 몸에 완벽하게 맞는 무릎길이의 검은색 코트를 입고 거의 얼굴 전체를 가리는 선글라스를 끼고 있었다. 선글라스를 머리 위로 올리고 그 애가 몸을 기울여 나를 껴안았다.

"귀염둥이, 어떻게 지냈어?"

그 애가 묘한 영국 억양으로 말했다. 사람들은 이 억양을 이상하게 여기거나 불쾌하게 생각하지 않는다. 케이틀린은 대단히 세련된 스물다섯 살의 영국 사교계 아가씨의 영혼이 어쩌다가 열여섯 살짜리 인디애나폴리스 소녀의 몸에 들어가 있는 것뿐이다. 모두가 그 사실을 받아들였다.

"잘 지내. 넌 어때?"

"더 이상은 나도 모르겠어. 그거 다이어트 콜라야?"

나는 고개를 끄덕이고 케이틀린에게 건넸다. 그 애가 빨대로 콜라를 마셨다.

"요즘은 네가 학교에 있으면 좋을 텐데 싶어. 남자애들 몇몇이 아주 깨

물어 주고 싶게 자랐거든."

"오, 그래? 예를 들면 누구?"

내가 물었다. 그 애는 초등학교와 중학교를 우리와 같이 다녔던 남자애 다섯 명의 이름을 댔지만, 나는 한 명도 얼굴을 떠올릴 수가 없었다.

"잠깐 데릭 웰링턴이랑 데이트를 했어. 하지만 오래 갈 것 같진 않아. 완전 남자'애'거든. 하지만 내 이야긴 이만하면 됐어. 헤이즐 성단에는 별일 없어?"

그 애가 말했다.

"별로."

"건강은 좋아?"

"똑같은 것 같아."

"팔란키포! 그럼 이제 넌 영원히 사는 거네, 그렇지?"

그 애가 열광적으로 말하며 미소를 지었다.

"영원히는 아닐걸?"

"하지만 기본은 그런 거지. 그밖에 뭐 새로운 거 없어?"

그 애가 물었다. 나는 케이틀린에게 나도 남자애를 만나고 있다고, 아니 최소한 남자애랑 영화를 봤다고 말할까 고민했다. 왜냐하면 나처럼 너저분하고 어설프고 발육부진인 애가 잠깐이나마 남자애의 관심을 얻을 수 있다는 사실이 케이틀린을 놀라고 감격하게 만들 게 분명하기 때문이었다. 하지만 솔직히 별로 많이 이야기할 것도 없어서 그냥 어깨만 으쓱였다.

"그게 도대체 뭐니?"

케이틀린이 책을 가리키며 물었다.

"아, SF소설이야. 여기에 좀 빠졌거든. 시리즈물이야."

"충격적인데. 이제 가서 쇼핑하자."

우리는 신발 가게로 갔다. 쇼핑을 하는 동안 케이틀린은 계속해서 나를 위해 앞이 뚫린 샌들을 죄다 집어 들며 말했다.

"이거 '네가' 신으면 진짜 귀엽겠다."

그 말을 듣고 있으니 케이틀린이 절대로 앞이 뚫린 신발은 신지 않는다는 사실이 떠올랐다. 케이틀린은 두 번째 발가락이 너무 길다고 생각하기 때문에 자기 발을 굉장히 싫어했다. 마치 두 번째 발가락이 영혼을 들여다보는 창문이라도 되는 것처럼. 그래서 내가 그 애의 피부 색깔에 어울리는 샌들을 가리키자 그 애는 웅얼거렸다.

"응, 하지만……."

하지만이라는 말은 '하지만 그걸 신으면 내 흉측한 두 번째 발가락이 남들 눈에 띌 거야.'라는 의미다. 그래서 나는 말했다.

"케이틀린, 넌 내가 아는 사람 중 유일하게 발가락 한정 기형 공포증을 가진 사람이야."

"그게 뭔데?"

"말하자면 거울을 볼 때 내 눈에 보이는 게 실제하고는 다른 거지."

"오. 오."

그 애가 귀엽지만 평범하기 짝이 없는 메리제인 구두(앞뒤가 막히고 끈이 달린 구두: 주)를 들어 올리며 말했다.

"이거 괜찮지 않아?"

나는 고개를 끄덕였고 그 애는 자기 사이즈를 찾아 신고서 통로를 왔다 갔다하며 무릎 높이의 거울에 비친 자기 발을 보았다. 그런 다음 끈을 걸어 발목을 고정시키는 구두를 집어 들고 말했다.

"이걸 신고 걸을 수나 있을까? 내 말은, 차라리 죽는 게……."

그러다가 말을 끊고서 마치 미안하다고 말하는 것처럼 나를 쳐다보았다. 죽어가는 사람 앞에서 죽는다는 말을 하는 게 범죄라도 되는 것처럼.

"너 이거 한번 신어 봐."

케이틀린은 어색한 분위기를 없애려는 것처럼 말했다.

"차라리 죽을란다."

내가 단호하게 말했다.

결국 뭔가 사야만 할 것 같아서 나는 슬리퍼 같은 샌들을 고른 다음 신발장 맞은편에 있는 의자에 앉아서 케이틀린이 통로를 지나가며 프로 체스 선수들이나 보여줄 법한 열의와 집중력으로 쇼핑을 하는 모습을 지켜보았다. 『자정부터 새벽』을 좀 더 읽고 싶었지만 무례한 행동이라는 걸 알기에 그냥 케이틀린을 구경했다. 종종 그 애는 앞이 막힌 먹잇감을 집어 들고 나에게 돌아와서 물었다.

"이건?"

나는 신발에 대해 뭔가 현명한 평가를 내리려고 노력했다. 마침내 그 애는 세 켤레를 구입했고, 나는 샌들을 샀다. 가게를 나오며 그 애가 물었다.

"앤트로폴로지(미국의 편집 숍. 패션용품부터 생활용품에 이르기까지 다양하게 판매한다: 주)?"

"사실 난 이제 집에 가 봐야 돼. 좀 피곤하거든."

"그럼, 그래야지. 널 좀 더 자주 봐야겠다, 우리 귀염둥이."

그 애가 내 어깨에 손을 얹고 양 뺨에 키스한 다음 날씬한 엉덩이를 흔들며 걸어갔다.

하지만 나는 집으로 돌아가지 않았다. 엄마에겐 여섯 시에 데리러 오라고 말했고, 아마 엄마는 쇼핑몰 안이나 주차장에 계시겠지만 남은 두 시간은 나 혼자서 보내고 싶었다.

엄마를 좋아하지만, 계속 엄마가 옆에 있으려고 하는 건 가끔 기묘하게 짜증을 불러 온다. 그리고 케이틀린 역시 좋아한다. 정말로 좋아한다. 하지만 동년배들과 하루 종일 붙어 있어야 하는 학창생활에서 삼 년 간 떨어져 있었더니 우리 사이에 건널 수 없는 강이 생긴 느낌이었다. 내 학교 친구들은 투병생활을 넘기는 걸 도와주고 싶어 했지만 결국에 그럴 수 없다는 걸 깨달은 것 같다. 무엇보다도 '넘긴다'는 것 자체가 없다.

그래서 나는 지난 몇 년 간 케이틀린이나 다른 친구들을 만날 때면 종종 그랬던 것처럼 고통과 피로라는 변명을 사용해서 빠져나왔다. 솔직히 언제나 괴롭다. 정상적인 사람들처럼 숨을 쉬지 못하고, 계속해서 폐에게 폐로서의 임무를 다하라고 상기시키고, 산소 부족이라는 속을 할퀴는 것 같은 해결 불가능한 사실을 받아들이라고 스스로를 다그치는 것은 항상 괴로운 일이다. 그러니까 내가 꼭 거짓말을 한 건 아니다. 그저 사실 중에서 어느 하나를 골랐을 뿐이다.

나는 아일랜드 풍 선물 가게와 만년필 전문점, 야구모자 아울렛으로 둘러싸여 있는 벤치를 발견했다. 쇼핑몰 구석에 있어서 케이틀린이라 해도 절대 와서 쇼핑하진 않을 만한 가게들이었다. 거기 앉아 『자정부터 새벽』을 읽기 시작했다.

이 책에서는 문장과 시체 비율이 거의 1:1이었고, 나는 고개 한 번 들지 않고 페이지를 넘겼다. 맥스 메이헴 하사가 마음에 들었다. 엄밀히 말하자면 성격이라고 할 만한 건 없지만, 그의 모험이 계속해서 벌어진다는 사실이 좋았다. 항상 죽여야 할 더 나쁜 놈이 나오고, 구출해야 하는 더 좋은 사람이 등장하고, 이전의 전쟁에서 승리하기도 전에 새 전쟁이 벌어졌다. 어린 시절 이후로는 진짜 시리즈물을 읽어 본 적이 없어서인지 끝이 없는 소설 속에서 다시 사는 건 흥미진진한 느낌이었다.

『자정부터 새벽』이 마지막장까지 20페이지쯤 남았을 무렵, 메이헴은 위태로운 지경에 빠졌다. 그는 적으로부터 (금발의 미국인인) 인질을 구하려다가 총을 열일곱 번 맞았다. 하지만 독자로서 나는 절망하지 않았다. 그가 없어도 전쟁은 계속될 것이다. 그의 동료인 기술 하사관 매니 로코와 재스퍼 잭스 이등병, 그 외의 사람들이 주인공으로 나오는 후속편이 나올 게 분명하다.

거의 다 읽을 무렵 머리를 땋아 핀을 꽂은 어린 여자애가 내 앞에 나타나서 물었다.

"코에 그건 뭐야?"

내가 대답했다.

"음, 이건 캐뉼러라는 거야. 이 튜브에서 산소가 나와서 내가 숨을 쉴 수 있게 해 준단다."

아이의 엄마가 나타나서 꾸짖듯 말했다.

"재키."

하지만 내가 말렸다.

"아뇨, 아니에요. 괜찮아요."

왜냐하면 진짜로 그러니까. 그리고 재키가 물었다.

"그거 나도 숨 쉴 수 있게 해 줘?"

"모르겠네. 한번 해 볼까?"

나는 관을 벗어서 재키가 캐뉼러를 코에 대고 숨을 쉴 수 있게 해 주었다.

"간지러워."

아이가 말했다.

"나도 알아, 간지럽지?"

"숨을 더 잘 쉴 수 있는 거 같아."

아이가 말했다.

"그래?"

"응."

"음, 너한테 내 캐뉼러를 주고 싶지만 난 정말로 이게 있어야만 하거든."

벌써 현기증이 나기 시작했다. 재키가 튜브를 나에게 돌려주는 동안 나는 숨을 쉬는 데 집중하며 티셔츠에 튜브를 재빨리 닦아 내 귀 뒤에 걸고 튀어나온 부분을 콧구멍 아래 고정시켰다.

"나한테 해 보게 해 줘서 고마워."

아이가 말했다.

"천만에."

"재키."

아이 엄마가 다시 말했고, 이번엔 나는 아이가 가게 놔두었다.

나는 다시 책으로 돌아갔다. 맥스 메이헴 하사는 나라에 바칠 목숨이 하나뿐이라는 사실을 안타까워하고 있었지만, 내 머릿속에는 계속해서 그 어린 꼬마가, 그 아이가 얼마나 마음에 들었는지만이 떠올랐다.

케이틀린에 관한 또 하나의 문제는 아마도 그 애와 이야기하는 게 절대로 옛날처럼 자연스러워지지는 않을 거라는 점이다. 평범한 사교적 대화를 해 보려는 모든 시도가 결국 기분만 우울해지게 만들었다. 남은 평생 내가 이야기하게 될 모든 사람들이 내 주변에서 어색해 하고 자의식을 느낄 게 빤히 보이기 때문이다. 아직 뭘 모르는 재키 같은 어린애들만 빼고.

어쨌든 난 정말로 혼자 있는 게 좋았다. 맥스 메이헴 하사와 단둘이 있는 게 좋다. 불쌍한 맥스. 아, 제발 좀. 총알을 열일곱 발이나 맞고서 살아남을 리가 없잖아, 안 그래?

(스포일러 경고: 그는 살았다.)

4

그날 밤 나는 좀 일찍 잠자리에 들었다. 남자용 사각팬티와 티셔츠로 갈아입고 내가 세상에서 가장 좋아하는 장소 중 하나인 베개를 얹어놓은 퀸 사이즈 침대 속으로 기어 들어갔다. 그런 다음에 백만 번째로 『장엄한 고뇌』를 읽기 시작했다.

『장엄한 고뇌』는 안나(이야기의 서술자다.)라는 이름의 여자애와, 정원사 일을 하고 튤립에 집착하는 그 애의 한쪽 눈이 없는 엄마가 중부 캘리포니아의 작은 마을에서 평범한 중산층보다 조금 낮은 수준의 삶을 살다가 안나가 드문 혈액암에 걸리게 되는 이야기다.

하지만 이건 암 이야기는 아니다. 암 이야기는 재미대가리 없기 때문이다. 암 이야기에서는 암에 걸린 사람이 암과 싸우기 위해 돈을 모으는 자선단체를 설립한다. 안 그런가? 그리고 이런 헌신적인 자선단체 활동은 암에 걸린 주인공의 내면에 있던 인간의 선량함을 일깨우고, 그 사람은 암 치료라는 유산을 남겼다는 면에서 다른 사람들에게 사랑과 격려를 받게 된다. 하지만 『장엄한 고뇌』에서 안나는 암에 걸린 사람이 암 자선단체를 만든다는 건 좀 자기도취적인 행동이라고 생각해서, '암에 걸렸지만 콜레라를 치료하고 싶어 하는 사람들을 위한 안나 재단'이라는 이름의 자선단체를 만든다.

또 안나는 다른 사람들은 절대로 하지 않는 방식으로 모든 것을 솔직하게 표현한다. 책의 처음부터 끝까지 그 애는 자신을 '부작용'이라고 부르는데 이건 확실히 맞는 이야기다. 아동 암환자들은 지구에 다양한 생명체를 만들어 낸 끊임없는 돌연변이의 부작용이나 다름없다. 이야기가 진행되면서 안나의 상태는 점점 더 악화되고, 치료와 질병이 서로 먼저 안나를 죽이기 위해 경쟁하는 와중에 안나의 엄마는 안나가 '네덜란드 튤립 맨'이라고 부르는 네덜란드인 튤립 상인과 사랑에 빠진다. 네덜란드 튤립 맨은 돈이 굉장히 많고 암 치료에 관한 엄청나게 괴상한 아이디어를 갖고 있다. 안나는 이 남자가 범죄자이고 어쩌면 네덜란드인도 아닐지 모른다고 생각한다. 네덜란드인과 안나의 엄마가 결혼을 앞두고 안나가 개밀과 소량의 비소를 투약하는 말도 안 되는 새로운 치료를 막 받으려고 할 때 책은 갑자기 '그런' 하고 문장 중간에 끝나 버린다.

이것은 굉장히 '문학적인' 결단이고 내가 이 책을 이렇게나 좋아하는 이유 중 하나라는 것 등은 잘 알지만, 그래도 끝이 있는 이야기를 추천하는 데에는 다 이유가 있다. 그리고 끝을 낼 수 없다면 최소한 맥스 메이헴 하사 소대의 모험처럼 영원히 이어지기라도 해야지.

안나가 죽었거나 너무 아파서 글을 쓸 수 없게 되었기 때문에 이야기가 끝난 것이고, 이렇게 문장 중간에 끝난 건 삶이 진짜로 어떻게 끝나는지를 보여 주기 위해서일 수도 있다는 건 이해하지만, 이야기에는 안나 말고도 캐릭터들이 존재하는데 그들이 어떻게 되었는지 영원히 알 수 없을 거라는 건 불공평한 일이다. 피터 반 호텐의 출판사 담당자의 도움으로 나는 그에게 이야기가 끝난 다음에 어떻게 되었는지 물어보는 편지를 십여 통 정도 보냈다. 네덜란드 튤립 맨은 정말 범죄자였는지, 안나의 엄마가 그와 정말 결혼을 하는지, 안나의 멍청한 햄스터(엄마가 싫어했던)는 어떻게 되었는지, 안나의 친구들은 고등학교를 졸업했는지, 뭐 이런 모든 것들을 물어보았다. 하지만 그는 내 편지에 한 번도 답장을 해 주지 않았다.

『장엄한 고뇌』는 피터 반 호텐이 쓴 유일한 책이고 사람들이 작가에 대해 아는 거라고는 책이 출간된 후 그가 미국을 떠나 네덜란드로 가서 일종의 은둔 생활을 하고 있다는 것뿐이었다. 나는 그가 네덜란드에서 후속편을 쓰고 있다고 상상했다. 어쩌면 안나의 엄마와 네덜란드 튤립 맨이 거기로 가서 새로운 삶을 시작했던 건지도 모른다. 하지만『장엄한 고뇌』가 출간된 지 10년이 지났으나 반 호텐은 블로그 포스팅조차 쓰지 않았다. 난 영원히 기다릴 수는 없다.

그날 밤 책을 다시 읽으면서도 어거스터스 워터스가 같은 문장을 읽고 있다는 상상 때문에 자꾸 집중력이 흐트러졌다. 그가 이 책을 좋아할지, 아니면 잘난 척하는 글이라고 싫어할지 궁금했다. 그러다가『새벽의 대가』를 다 읽은 다음에 전화하겠다고 약속했던 게 생각나서 제목 페이지에서 그의 전화번호를 찾아 문자를 보냈다.

> ✉ 새벽의 대가 감상문: 시체가 너무 많고 형용사는 부족. 내 책은 어때?

1분 후에 그의 답이 도착했다.

> ✉ 내가 기억하기로 책을 다 읽으면 문자가 아니라 전화를 한다고 했을 텐데.

그래서 나는 전화를 걸었다.

"헤이즐 그레이스."

그가 전화를 받자마자 말했다.

"그래서 책은 읽었어?"

"음, 다 읽지는 못했어. 이건 651페이지나 되고 시간은 24시간밖에 없었단 말이야."

"얼마나 읽었어?"

"453페이지."

"그래서?"

"다 읽을 때까지 판단은 보류하겠어. 하지만 너한테 『새벽의 대가』를 줬다는 사실이 좀 부끄러워진다고 해야겠는데."

"그럴 거 없어. 나 이미 『혼란의 레퀴엠』을 읽고 있거든."

"시리즈의 번뜩이는 후속작이지. 좋아, 그래서 튤립남은 악당이야? 안 좋은 느낌이 꽉꽉 드는데."

"내용을 미리 가르쳐 주진 않을 거야."

내가 대답했다.

"이 작자가 진정한 신사가 아니라 다른 거라면 이 자식의 눈알을 파내 버릴 거야."

"그러니까 재미있는 모양이구나."

"판단은 보류야! 언제 만날 수 있어?"

"네가 『장엄한 고뇌』를 다 보기 전까지는 절대 안 돼."

수줍어하는 척하는 게 굉장히 즐거웠다.

"그럼 전화 끊고 빨리 다시 읽어야겠군."

"그러는 게 좋을 거야."

내가 대답했고, 한 마디 말도 없이 전화가 끊겼다.

시시덕거리는 건 나에게 새로운 경험이었지만, 마음에 들었다.

다음 날 아침에는 MCC에서 20세기 미국 시에 대한 강의를 들었다. 나이 든 여선생님은 90분 동안 실비아 플라스(미국 여류시인. 32세에 자살했고 죽은 후에 발간된 시집이 엄청난 반응을 일으켰다. 희생, 죽음 등 강렬한 주제를 시에서 표현하고 있다: 주)에 대해 강의를 하면서 단 한 번도 실비아 플라스의 시를 인용하지 않는 업적을 달성했다.

강의가 끝나고 나오니 엄마가 건물 앞 모퉁이에 차를 세워둔 채 앉아 계셨다.

"여기서 내내 기다리고 계셨던 거예요?"

내 카트와 탱크를 차에 넣는 걸 도와주려고 서둘러 엄마가 다가오셨을 때 나는 물었다.

"아니, 드라이 클리닝한 옷 가지러 갔다가 우체국에 다녀왔지."

"그런 다음에는요?"

"책을 읽고 있었어."

엄마가 대답했다.

"그런데도 인생을 즐겨야 하는 사람이 저라 이거죠."

나는 미소를 지었고 엄마도 마주 미소 지으려고 했지만 그 미소에는 대단히 연약한 구석이 있었다. 잠시 후 내가 말했다.

"영화 보러 가실래요?"

"좋지. 보고 싶은 거라도 있니?"

"그냥 극장에 가서 아무거나 곧 시작하는 걸로 봐요."

엄마는 차문을 닫아준 다음 운전석으로 빙 돌아가셨다. 우리는 캐슬턴 극장으로 가서 게르빌루스 쥐에 대해서 이야기하는 3-D 영화를 보았다. 의외로 상당히 재미있었다.

극장에서 나오니 어거스터스의 문자가 네 통 들어와 있었다.

✉ 내 책의 마지막 20페이지가 잘려나가거나 그런 거라고 말해 줘.

✉ 헤이즐 그레이스, 내가 이 책을 끝까지 본 게 아니라고 말해 줘.

✉ 이런 맙소사 이 사람들 결혼을 한 거야 안 한 거야 이런 맙소사 이게 대체 뭐야.

✉ 안나가 죽어서 이런 식으로 끝난 건가? 잔인해! 시간 될 때 전화해 줘. 다 괜찮길 바라.

그래서 집으로 돌아온 다음 나는 뒷마당으로 나갔고 녹슨 격자형 파티오 의자에 앉아 그에게 전화를 걸었다. 구름이 낀 전형적인 인디애나 날씨였다. 주변을 꽉 틀어막는 것 같은 종류의 날씨. 우리 집의 작은 뒷마당은 내가 어린 시절 타고 놀던, 물에 젖고 애처로운 모양새의 그네가 점령하고 있었다.

어거스터스는 세 번째 신호음이 울릴 때 전화를 받았다.

"헤이즐 그레이스."

"『장엄한 고뇌』를 읽은 사람들만의 달콤한 고문에 빠지게 된 걸 환영……."

전화선 반대편에서 격렬하게 흐느끼는 소리가 들려서 나는 말을 멈추었다.

"너 괜찮아?"

내가 물었다.

"난 끝내주지. 하지만 지금 호흡곤란이 온 것 같은 아이작이랑 함께 있거든."

어거스터스가 대답했다.

통곡하는 소리가 들렸다. 마치 상처 입은 짐승의 단말마 같은 소리였다. 거스가 아이작에게 말을 걸었다.

"어이, 어이. 서포트 그룹의 헤이즐이 있으면 좀 낫겠어, 더 안 좋겠어?

아이작, 날 보라고.”

잠시 후 거스가 나에게 말했다.

“음, 한 20분 안에 우리 집으로 올 수 있겠어?”

“그럴게.”

나는 전화를 끊었다.

직선으로 쭉 갈 수 있다면 우리 집에서 어거스터스의 집까지는 차로 겨우 5분밖에 걸리지 않겠지만, 그 사이에 홀리데이 공원이 있기 때문에 그렇게는 갈 수 없었다.

지리적 불편함이 있긴 하지만 나는 홀리데이 공원을 정말 좋아한다. 어린 시절에 나는 종종 아빠와 화이트 강에 들어가 놀았고, 그럴 때면 아빠가 나를 들어 올려 허공으로 던져 주곤 하셨다. 그게 굉장히 좋았다. 허공으로 올라가면 나는 하늘을 나는 것처럼 팔을 벌렸고, 아빠도 팔을 내밀었지만 우리의 팔이 서로 닿지 않는 것이 뚜렷하게 보였다. 아무도 나를 잡을 수 없을 것 같은 그 느낌은 약간 두려우면서도 대단히 근사했다. 곧 나는 발버둥을 치며 강물로 떨어졌다가 상처 하나 없이 수면 위로 올라왔고 물결이 나를 아빠에게 다시 실어다 주면 ‘또 해 주세요, 아빠, 또요!’라고 외쳤다.

드라이브웨이에서 아이작의 차인 낡은 검은색 도요타 세단 바로 옆에 차를 세웠다. 산소탱크를 뒤에 끌고 문으로 걸어가서 노크를 하자 거스의 아빠가 나오셨다.

“‘그냥 헤이즐’이구나. 만나서 반갑다.”

“어거스터스가 제가 온다고 말했나요?”

“그래, 그 애와 아이작은 지하실에 있단다.”

그때 아래쪽에서 통곡소리가 들렸다.

"저게 아이작이지."

거스의 아빠가 말씀을 하고서 천천히 고개를 흔드셨다.

"신디는 드라이브를 나갔단다. 저 소리가……."

아저씨가 말끝을 흐리더니 화제를 돌렸다.

"어쨌든 너도 아래층으로 내려갈 거지? 내가 네, 어, 탱크를 들어 줄까?"

"아뇨, 괜찮아요. 감사합니다, 워터스 씨."

"마크란다."

아저씨가 말씀하셨다.

아래로 내려가는 게 실은 약간 무서웠다. 비참하게 울부짖는 소리를 들어 주는 건 내가 좋아하는 취미는 아니다. 하지만 어쨌든 내려갔다.

"헤이즐 그레이스."

내 발소리를 듣고서 어거스터스가 말했다.

"아이작, 서포트 그룹의 헤이즐이 여기로 내려올 거야. 헤이즐, 간단하게 설명해 줄게. 아이작은 정신병적 이벤트를 겪고 있는 중이야."

어거스터스와 아이작은 거대한 텔레비전을 마주보는 자리에 L자 모양으로 된 게임용 의자를 놓고 앉아 있었다. 화면은 아이작의 게임 시점인 왼쪽과 어거스터스의 시점인 오른쪽으로 나뉘어 있었고, 그들은 폭탄이 터진 현대 도시에서 싸우는 군인을 플레이하고 있었다. 『새벽의 대가』에 나왔던 장소라는 걸 나는 알아보았다. 가까이 다가가도 딱히 이상한 점은 발견되지 않았다. 커다란 텔레비전 앞에 앉아서 사람을 죽이는 게임을 하고 있는 남자애 둘일 뿐이다.

그들과 평행한 자리까지 왔을 때에야 아이작의 얼굴을 볼 수 있었다. 벌게진 뺨 위로 눈물이 계속 흘러내리고 있었고, 얼굴은 고통으로 일그러진 모습이었다. 그는 나를 한 번 쳐다보지도 않고 화면만 바라보며 계속해서 게임 컨트롤러를 두드리면서 다시 울부짖었다.

"어떻게 지냈어, 헤이즐?"

어거스터스가 물었다.

"잘 지냈어."

내가 대답하고서 조심스럽게 불렀다.

"아이작?"

대답이 없다. 그가 내 존재를 알고 있다는 암시조차 없다. 그저 얼굴에서 검은 티셔츠로 눈물만 뚝뚝 떨어질 뿐이었다.

어거스터스가 아주 잠깐 화면에서 눈을 뗐다.

"너 근사해 보인다."

나는 옛날 옛적부터 갖고 있었던 것 같은 무릎 바로 아래까지 내려오는 원피스를 입고 있었다.

"여자애들은 원피스는 공식 행사 같은 데서만 입어야 한다고 생각하지만, 난 이런 여자가 좋아. 그러니까, '난 신경쇠약에 걸린 남자애를 만나러 갈 거예요. 이성적인 판단력이 거의 끊어지기 일보직전인 남자애요. 젠장, 난 걔를 위해서 원피스를 입어 줄 거예요.'라고 말하는 것 같은 여자."

"하지만 그렇다 해도 아이작은 날 한 번 쳐다보지도 않는걸. 아마 모니카를 너무나 사랑해서 그런 거겠지."

내가 말했다. 하지만 그 말은 참혹한 흐느낌을 불러 왔다.

"좀 예민한 주제야."

어거스터스가 이야기했다.

"아이작, 넌 어떤지 모르겠지만 난 우리가 포위당했다는 느낌이 들고 있어."

그리고 다시 나에게 말했다.

"아이작과 모니카는 더 이상 한 쌍이 아니야. 하지만 아이작은 그 이야기를 하고 싶어 하지 않아. 그냥 울면서 〈카운터인서전스 2: 새벽의 대가〉를 하고 싶어 해."

"그럴 만도 하지."

내가 대답했다.

"아이작, 우리 위치가 점점 더 불안해지고 있어. 네가 동의하면 저 발전소 쪽으로 이동하자. 내가 널 엄호해 줄게."

아이작이 앞에서 별 특징 없는 건물을 향해 달려가는 동안 어거스터스가 뒤에서 빠른 연사로 머신 건을 격렬하게 쏘아 대며 따라갔다.

"어쨌든 아이작에게 말을 거는 건 별로 나쁠 거 없을 거야. 여성적인 입장에서 해 줄 수 있는 현명한 조언이 있다면 말이지."

"사실 아이작의 반응이 적절하지 않나 싶은데."

아이작이 불에 탄 픽업트럭의 잔해 뒤에서 고개를 살짝 내민 적을 죽이느라 요란하게 총을 쏘는 사이에 내가 말했다.

어거스터스가 화면 쪽으로 고개를 끄덕였다.

"고통은 느껴야만 하는 것이지."

그가 『장엄한 고뇌』에 나온 말을 인용해서 말하고는 아이작에게 물었다.

"우리 뒤에 아무도 없는 거 확실해?"

잠시 후 예광탄이 그들의 머리 위로 날아들기 시작했다.

"이런 젠장, 아이작! 네가 굉장히 약해져 있는 상황에서 널 비난하고 싶진 않지만, 너 때문에 우리 측면이 막혀 버렸다고. 그리고 이젠 테러리스트들과 학교 사이에 아무것도 없어."

아이작의 캐릭터가 좁은 골목을 따라서 총알이 날아오는 곳을 향해 지그재그로 달려갔다.

"다리 위로 갔다가 빙 둘러서 되돌아오면 되잖아."

나는 『새벽의 대가』 덕에 알게 된 전술을 이야기했다. 하지만 어거스터스는 한숨을 쉬었다.

"불행히도 다리는 슬픔에 사로잡힌 내 전우의 미심쩍은 전략 덕택에 이미 게릴라들의 통제하에 들어갔어."

"나?"

아이작이 훌쩍거리는 목소리로 말했다.

"나 때문이라고?! 망할 놈의 발전소에 짱박히자고 한 건 너잖아."

거스가 잠깐 화면에서 몸을 돌려 아이작을 향해 그 삐딱한 미소를 던졌다.

"네가 말을 할 수 있을 줄 알았다니까, 친구. 그럼 이제 가상의 학교 아이들을 구하러 가 볼까?"

둘은 함께 골목을 달려가며 총을 쏘고 적절한 타이밍에 숨으면서 단층에 교실이 하나밖에 없는 학교 건물에 도착했다. 맞은편 길거리의 담 뒤에 몸을 구부리고서 그들은 적을 하나하나 쏘아 죽였다.

"저 사람들은 왜 학교에 들어가려고 하는 거야?"

내가 물었다.

"애들을 인질로 잡고 싶어 하거든."

어거스터스가 대답했다. 그의 어깨는 컨트롤러 쪽으로 굽어져 있었고, 버튼을 누르느라 팔뚝에 힘이 들어가 혈관이 불거져 보였다. 아이작은 화면 쪽으로 몸을 기울이고 마른 손가락을 컨트롤러 위에서 춤추듯 움직였다.

"잡아, 잡아, 잡아."

어거스터스가 말했다. 테러리스트들은 계속해서 밀려들었고, 그들은 놀랄 만큼 정확하게 총을 쏴서 전부 다 쓸어 버렸다. 사실 정확해야만 할 것이다. 안 그러면 학교 안으로 총알이 날아 들어갈 테니까.

"수류탄! 수류탄!"

어거스터스가 소리 질렀고, 화면을 가로질러 뭔가가 호를 그리며 날아가 학교 문앞에 떨어지더니 문을 향해 굴러갔다.

아이작이 실망한 듯 컨트롤러를 떨어뜨렸다.

"저 개자식들은 인질을 못 잡을 것 같으면 그냥 다 죽이고 우리가 그랬다고 주장할 셈인가 봐."

"엄호해 줘!"

어거스터스가 외치고서 담 뒤에서 나와 학교를 향해 달려갔다. 아이작이 컨트롤러를 더듬거리다가 다시 총을 쏘기 시작했다. 어거스터스의 위로 총알이 비 오듯 쏟아졌고, 그의 캐릭터는 총을 한 방, 또 두 방 맞았지만 계속해서 달렸다. 어거스터스가 소리쳤다.

"네놈들은 맥스 메이헴을 죽일 수 없어!"

그리고 최후의 빠른 버튼 콤비네이션 조작으로 그가 수류탄을 향해 몸을 날렸고, 수류탄이 그의 몸 아래서 폭발했다. 조각난 몸이 간헐천처럼 사방으로 튀면서 화면이 빨갛게 변했다. 묵직한 목소리가 "미션 실패."라고 말했지만 어거스터스는 그렇게 생각하지 않는 것처럼 화면의 시체 조각을 보며 미소를 지었다. 그리고 주머니에서 담배를 끄집어내 잇새에 물었다.

"애들을 구했어."

그가 말했다.

"일시적으로 말이지."

내가 지적했다.

"모든 구원이란 일시적인 거야. 난 그 애들에게 일 분쯤 시간을 벌어줬어. 그 일 분으로 한 시간을 더 벌 수도 있고, 그 한 시간으로 일 년을 벌

수도 있지. 아무도 그들에게 영원한 시간을 줄 순 없어, 헤이즐 그레이스. 하지만 내 인생이 그 애들에게 일 분을 벌어 줬어. 그건 무가치한 게 아니야."

어거스터스가 쏘아붙였다.

"우와, 됐어. 우린 그냥 픽셀에 대해서 이야기하고 있는 거라고."

그는 게임이 마치 진짜라고 생각하는 것처럼 어깨를 으쓱였다. 아이작이 다시 통곡하기 시작했다. 어거스터스가 그를 향해 고개를 홱 돌렸다.

"미션 한 판 더 뛸까, 상병?"

아이작은 싫다고 고개를 흔들었다. 그리고 어거스터스 쪽으로 몸을 기울여 나를 쳐다보며 목이 꽉 조여든 듯한 목소리로 말했다.

"나중에 개가, 그러고 싶지 않았대."

"눈이 안 보이는 남자를 차고 싶진 않았다고?"

내 말에 그는 고개를 끄덕였다. 눈물이 마치 눈물이 아니라 소리 없는 메트로놈처럼 한결같이, 끊임없이 흘러내렸다.

"자기는 감당할 수 없을 것 같대. 시력을 잃는 건 난데, 자기가 감당할 수 없을 것 같다는 거야."

나는 '감당(handle)'이라는 단어를 생각해 보았다. 손잡이(handle)는 없지만 감당할 수 있는 모든 것들을.

"유감이야."

내가 말했다. 그는 젖은 얼굴을 소매로 닦았다. 안경 뒤로 아이작의 눈이 너무 커다랗게 보여서 얼굴의 다른 부분들이 사라지고 눈만 분리되어 둥둥 떠서 나를 쳐다보는 것 같은 느낌을 주었다. 한쪽은 진짜이고 한쪽은 유리로 된 눈이.

"이건 받아들일 수 없는 일이야. 절대로 받아들일 수 없는 일이라고."

그가 말했다.

"음, 공평하게 말하자면, 그 앤 아마 정말로 감당할 수 '없는' 걸 거야. 너도 마찬가지지만, 걔는 그걸 견뎌야만 할 이유가 없잖아. 그런데 넌 그래야만 하는 거고."

내가 대꾸했다.

"난 오늘도 그 애한테 '언제까지나.'라고 말했어. '언제까지나, 언제까지나, 언제까지나.'라고. 그런데 걔는 그 말을 다시 해 주지 않고 그냥 나한테 이야기만 계속 하는 거야. 마치 내가 이미 사라져 버린 것처럼, 그거 알아? '언제까지나.'라는 건 약속이었다고! 어떻게 그 약속을 그냥 깨버릴 수가 있는 거지?"

"가끔 사람들은 약속을 하고 있을 때 자기가 약속하고 있는 거라는 걸 이해하지 못하는 경우도 있어."

내가 말했다. 아이작이 나를 노려보았다.

"그래, 그렇겠지. 하지만 어쨌든 간에 약속은 지켜야 하는 거라고. 사랑이라는 게 그런 거잖아. 사랑은 뭐가 어떻게 되든 간에 약속을 지키는 거야. 넌 진정한 사랑을 믿지 않아?"

나는 대답하지 않았다. 대답할 말이 없었다. 하지만 나는 진정한 사랑이라는 게 '만약 존재한다면' 아이작이 한 말이 꽤 훌륭한 정의가 될 거라고 생각했다.

"음, 난 진정한 사랑을 믿어. 그리고 난 걔를 사랑하고. 걔는 약속을 했다고. 나한테 '언제까지나.'라고 약속했었단 말이야."

그가 일어나서 내 쪽으로 한 걸음 다가왔다. 포옹을 하거나 뭐 그럴 거라고 생각하고 나도 일어났지만 아이작은 자신이 애초에 왜 일어났는지를 잊어버린 것처럼 돌아섰고, 곧 어거스터스와 나 둘 다 그의 얼굴에 분노가 어리는 것을 목격했다.

"아이작."

거스가 말했다.

"왜?"

"너 좀…… 이중적인 의미가 담긴 말이라서 미안한데, 친구, 네 눈에 좀 걱정되는 게 보이는데."

갑자기 아이작이 게임용 의자를 세차게 걷어찼고, 의자가 거스의 침대 쪽으로 뒤집혀서 날아갔다.

"시작이로군."

어거스터스가 중얼거렸다. 아이작은 의자를 쫓아가서 또 다시 걷어 찼다.

"그래, 해 버려. 빌어먹을 놈의 의자를 뻥뻥 차 버려!"

아이작은 의자가 거스의 침대 위로 튕겨져 올라갈 때까지 걷어차다가 그 다음에는 베개를 집어 들고 침대와 그 위에 있는 트로피 선반 사이의 벽을 후려치기 시작했다.

어거스터스는 여전히 입에 담배를 문 채 나를 쳐다보고 반만 웃었다.

"그 책에 대한 생각이 머리에서 떠나질 않아."

"나도 그 느낌 알아."

"다른 캐릭터들이 어떻게 됐는지 작가가 말한 적 없어?"

"없어."

내가 대답했다. 아이작은 여전히 베개로 벽을 두들겨 패고 있었다.

"작가는 암스테르담으로 이사를 갔어. 그래서 난 그 사람이 네덜란드 튤립 맨을 주인공으로 하는 후속편을 쓰려고 그러나 보다 생각했는데, 그 이래로 아무것도 출간하지 않았어. 인터뷰도 한 적 없고, 인터넷도 사용하지 않는 것 같아. 다들 어떻게 되었는지 그 사람에게 편지를 수십 통 보내서 물어봤는데, 한 번도 답장조차 해 주지 않았어. 그래서…… 그런 거지."

어거스터스가 이야기를 듣는 것 같지 않아서 나는 말을 끊었다. 그는 아이작 쪽을 곁눈질로 쳐다보고 있었다.

"잠깐만."

그가 나에게 중얼거리고는 아이작에게 다가가서 그의 어깨를 잡았다.

"어이, 베개는 부서지지 않아. 뭔가 부서지는 걸로 해 봐."

아이작은 침대 위 선반에서 농구 트로피를 집어 마치 허락을 기다리는 것처럼 머리 위로 들어 올린 채 멈췄다.

"그래."

어거스터스가 말했다.

"그래!"

트로피가 바닥에 부딪쳐 부서졌다. 플라스틱 농구선수의 팔이 여전히 공을 잡은 상태로 부러졌다. 아이작이 트로피를 발로 짓이겼다.

"그래! 해 버려!"

어거스터스가 소리친 다음 다시 나를 돌아보았다.

"아빠한테 실은 내가 농구를 싫어했다는 이야기를 할 방법을 찾고 있었는데, 방법을 발견한 것 같아."

트로피들이 차례차례 바닥으로 떨어졌고 아이작은 그것을 전부 발로 밟아 부수며 비명을 질렀다. 어거스터스와 나는 몇 미터 떨어진 곳에 서서 이 광기의 목격자 역할을 맡았다. 불쌍하게 부서진 플라스틱 농구선수들의 잔해가 카펫을 깐 바닥 위로 흩어졌다. 이쪽에는 공을 쥐고 있는 부러진 손이, 저쪽에는 몸통에서 떨어져 나간 점프하는 다리 두 쪽이. 아이작은 계속해서 트로피들을 공격하고, 점프해 양발로 쾅쾅 밟으며 비명을 지르고 숨을 헐떡이고 땀을 흘리다가 마침내 조각난 트로피의 잔해 위로 쓰러졌다.

어거스터스가 그에게 다가가서 내려다보고 물었다.

"기분은 좀 나아졌어?"

"아니."

아이작이 가슴을 들먹이며 웅얼거렸다.

"그게 고통의 특징이지."

어거스터스가 그렇게 말하며 나를 힐끗 돌아보았다.

"고통이란 느껴야만 하는 거거든."

5

일주일 정도 어거스터스와 다시 이야기할 일이 없었다. 부서진 트로피의 밤에 내가 그에게 전화를 했으니까, 전통에 따라 이번에는 그가 전화할 차례였지만 그는 전화하지 않았다. 물론 그렇다고 내가 최고급 노란 원피스를 입고 나의 신사분께서 신사라는 이름에 걸맞은 행동을 해주기를 얌전히 기다리며 하루 종일 땀에 젖은 손으로 핸드폰을 쥐고 쳐다만 보고 있는 것도 아니었다. 나는 내 인생을 살았다. 하루는 케이틀린과 그 애의 (귀엽지만 솔직히 이거스터스적인 수준은 아닌) 남자 친구를 만나서 커피를 마셨다. 팔란키포의 하루 추천 용량을 섭취하고, 그주에 세 번 MCC의 아침 강의에 참석하고, 매일 밤 엄마 아빠와 함께 저녁을 먹었다.

일요일 밤에는 초록색 피망과 브로콜리를 얹은 피자를 먹었다. 부엌에 있는 조그만 원탁에 둘러앉아 있는데 내 핸드폰 벨이 울리기 시작했다. 하지만 우리는 저녁식사 중에는 전화를 받지 않는다는 엄격한 규칙을 갖고 있기 때문에 확인하러 갈 수가 없었다.

그래서 엄마와 아빠가 파푸아뉴기니에서 막 일어난 지진에 대해서 이야기하는 동안 나는 피자를 조금 먹었다. 엄마 아빠는 파푸아뉴기니에서 평화봉사단 일을 하다 만나셨다. 때문에 거기서 무슨 일이 일어나기만 하면, 설령 끔찍한 일이 일어났다 해도, 집에만 앉아 있는 중년이 아니라 갑자기 옛날처럼 젊고 이상에 가득 차고 자부심 강하고 강인한 사람들로 되돌아가서 내 쪽은 한 번 쳐다보지도 않고 열렬하게 이야기를 나누셨다. 그래서 나는 평소 먹는 것보다 훨씬 빨리 음식을 먹었다. 접시에 있는 것들을 숨도 못 쉴 정도로 열심히, 빠르게 입안으로 밀어 넣어서 내 폐에 다시 액체가 차지 않을까 하는 지극히 당연한 걱정이 들 정도였다. 하지만 그 생각을 최대한 꾹 억눌렀다. 2주 후에 PET 스캔 일정이 잡혀 있다. 만약 뭔가가 잘못되었다면 조만간 알게 될 것이다. 지금부터 걱정한다고 해서 어떻게 할 수 있는 것도 없으니까.

그래도 어쨌든 걱정이 됐다. 사람처럼 사는 게 좋고, 이 상태를 계속 유지하고 싶었다. 하지만 걱정은 죽음의 또 다른 부작용이다.

마침내 다 먹고 나서 내가 말했다.

"먼저 일어나도 돼요?"

부모님은 뉴기니 기반시설의 강점과 약점에 대한 이야기를 하느라 거의 대답도 제대로 하지 않으셨다. 부엌 카운터에 있는 가방에서 핸드폰을 집어 들고 최근 통화 내역을 살폈다. '어거스터스 워터스.'

나는 뒷문을 열고 황혼 속으로 나왔다. 그네가 보여서 거기로 가서 앉아 그네를 흔들며 그와 이야기할까 생각해 보았지만, 밥을 먹는 것만으로도 지친 상태라 거기까지 가는 게 너무 멀어 보였다.

대신에 뒷마당 가장자리의 풀밭에 앉아 내가 알아볼 수 있는 유일한 별자리인 오리온자리를 올려다보며 그에게 전화를 걸었다.

"헤이즐 그레이스."

그가 전화를 받았다.

"안녕. 잘 지냈어?"

"끝내줬지. 거의 일 분마다 너한테 전화를 걸고 싶었지만,『장엄한 고뇌』재독을 통해 내 생각을 논리적으로 정리할 수 있을 때까지 기다렸어." (그는 '재독'이라고 말했다. 정말로. 대단한 애라니까.)

"그래서?"

내가 물었다.

"내 생각엔 그게, 그런 것 같아. 그걸 읽으니까, 계속 그게, 그런 느낌을 받아."

"그런 거?"

나는 짓궂게 물었다.

"마치 선물 같달까? 마치 네가 나한테 뭔가 중요한 걸 준 것 같은 그런 느낌이랄까."

그는 의문조로 말했다.

"오."

내가 조용히 대답했다.

"너무 구린 소리지? 미안해."

"아니야. 그렇지 않아. 사과하지 마."

내가 말했다.

"하지만 책이 끝나지 않았잖아."

"응."

"고문이야. 난 정말로 이해해. 그러니까, 걔가 죽었거나 뭐 그런 거라는 거 이해해."

"맞아, 나도 그렇게 생각해."

내가 대답했다.

"그리고, 좋아. 그럴 수도 있지. 하지만 작가와 독자 사이에는 불문율이라는 게 있다고. 난 책을 끝맺지 않는 건 그 불문율을 어기는 거라고 생각해."

"난 잘 모르겠어."

어쩐지 피터 반 호텐의 편을 들어야 할 것 같은 기분이 들어서 내가 말을 이었다.

"어떤 면에서는 내가 그 책을 좋아하는 이유가 그거기도 해. 그 책은 죽음을 사실적으로 보여 주거든. 인생을 살던 와중에, 문장을 이야기하던 와중에 죽는 거야. 하지만 나도 그렇긴 해. 맙소사, 정말이지 나도 다른 사람들이 어떻게 되었는지 알고 싶어. 내가 작가한테 물어본 것도 바로 그거고. 하지만 그 사람은, 음, 한 번도 답을 해 주지 않았지."

"그렇군. 그 사람이 은둔 중이라고 했지?"

"맞아."

"찾아 내는 건 불가능하겠네."

"맞아."

"연락도 완전히 불가능하고."

어거스터스가 말했다.

"불행하게도 그렇지."

"'친애하는 워터스 군, 우리의 위대하고도 디지털화된 동시대에도 지리라는 것이 남아 있다고 할 수 있다면, 아메리카 대륙의 미국으로부터 4월 6일에 블리헨타르트 양을 통해 받은 군의 전자 서신에 대해 감사의 인사로 이 편지를 씁니다.'"

"어거스터스, 도대체 뭐야?"

"그 사람한테 비서가 있어. 리더비히 블리헨타르트. 그 사람을 찾아 내서 이메일을 보냈어. 그리고 그 비서가 작가한테 이메일을 전해 줬고,

그 사람은 비서의 이메일 계정을 통해서 답장을 보내 줬어."

"알았어, 알았어. 계속 읽어 봐."

"나의 답장은 우리 선조들의 찬란한 전통에 따라 잉크와 종이로 쓰인 것이고 블리헨타르트 양이 이것을 1과 0의 일련번호로 교체하여 최근 우리 인류를 사로잡고 있는 무미건조한 웹을 통해 전송하는 것이므로 이로 인해 발생할 수 있는 어떤 실수나 생략이 있다면 미리 사과하는 바입니다.

군과 같은 세대의 젊은 남녀들이 마음대로 즐길 수 있는 온갖 난잡한 여흥거리들을 고려할 때 어딘가에 있는 누군가가 내 미천한 책을 읽기 위해 시간을 냈다는 사실이 굉장히 기쁩니다. 특히 『장엄한 고뇌』에 대한 군의 상냥한 칭찬의 말과 시간을 내서 나에게 책이, 군의 말을 그대로 인용하자면 군에게 "대단히 큰 의미"가 있었다고 이야기해 준 것 두 가지 모두를 감사하게 여기고 있습니다.

하지만 이 말은 나에게 의문을 불러 왔습니다. 군이 말한 '의미'라는 게 무슨 뜻일까? 우리의 분투가 결국에 무익하다는 점을 생각할 때, 예술이 우리에게 값진 것을 선사한다는 잠깐의 충격적인 깨달음을 얻었다는 뜻일까? 아니면 유일한 가치라는 건, 가능한 한 편안하게 시간을 보낼 수 있는 방법이라는 데에 있나? 이야기가 더 나아지기 위해서는 어떤 요소를 가져야 할까요, 어거스터스 군? 경종을 울려야 하나요? 전투 준비를 호소해야 할까요? 모르핀 투약? 물론 우주적인 의문과 마찬가지로 이런 질문은 불가피하게 인간이라는 것은 어떤 의미이고, 고뇌로 휩싸인 열여섯 살의 군이 분명 욕할 만한 문장을 빌려오자면 '이 모든 것에 핵심이라는 것이 있나?'라는 질문으로 축소됩니다.

친애하는 어거스터스 군, 불행히도 나는 핵심이라는 것이 없다고 생각하고, 나의 저서를 앞으로 다시 마주하게 될 가능성도 그다지 없다고 말해야겠습니다. 그래도 군의 질문에 대답을 하자면, 아뇨, 나는 다른 글을 전혀 쓰지 않았고 앞으로도 쓸 생각이 없습니다. 나의 생각을 독자들과 공유하는 것이 독자들에게나 나에게나 별로 도움이 된다고 생각하지 않습니다. 다시 한 번 군의 고결한 이메일에 대해 감사를 전합니다.

진심을 담아, 피터 반 호텐이 리더비히 블리헨타르트를 통해서.'"

"와. 네가 지어 낸 거야?"

내가 물었다.

"헤이즐 그레이스, 내가 나의 쥐꼬리만 한 지성을 사용해서 '우리의 위대하고도 디지털화된 동시대' 같은 문장이 쓰인 피터 반 호텐의 편지를 만들어낼 수 있다고 생각해?"

"불가능하겠지. 저기, 저 말야, 나도 이메일 주소를 알 수 있을까?"

"물론이지."

어거스터스는 그게 세상에서 제일 대단한 선물이 전혀 아니라는 듯 대답했다.

나는 이후 두 시간을 피터 반 호텐에게 이메일을 쓰는 데 소모했다. 매번 고쳐 쓸 때마다 점점 더 나빠지는 것 같았지만, 그래도 멈출 수가 없었다.

친애하는 피터 반 호텐 선생님께

(리더비히 블리헨타르트를 통해 전달)

제 이름은 헤이즐 그레이스 랭카스터입니다. 제 추천으로 『장엄한 고뇌』를 읽은 제 친구 어거스터스 워터스가 방금 이 주소로 선생님께 이메일을 받았습니다. 어거스터스가 저에게 이메일을 보여 준 사실을 선생님께서 불쾌해 하지 않으셨으면 좋겠습니다.

반 호텐 선생님, 선생님이 어거스터스에게 보내신 이메일을 통해서 선생님께서 더 이상 책을 출간하실 생각이 없다는 것을 알게 되었습니다. 사실 좀 실망했지만, 한편으로는 안도하기도 했습니다. 선생님의 다음 책이 첫 작품의 엄청난 완벽함을 뒤따를 수 있을지 걱정할 필요가 없을 테니까요. 4기암에서 3년째 생존하고 있는 환자로서 저는 선생님께서 『장엄한 고뇌』에 모든 걸 제대로 꿰뚫어 보셨다고 말씀드릴 수 있습니다. 아니, 최소한 제 마음은 꿰뚫어 보신 것 같습니다. 선생님의 책은 저에게 제가 느끼기도 전에 먼저 제 기분을 알려 주었고, 덕택에 저는 책을 수십 번이나 다시 읽었습니다.

다만 선생님께서 소설이 끝난 후에 어떻게 되었는지에 관한 두어 가지 질문에 대답을 해 주실 수 있을까 궁금합니다. 안나가 죽었거나 너무 아파서 글을 쓸 수 없게 되었기 때문에 책이 그런 식으로 끝났다는 것은 이해하지만, 안나의 엄마는 어떻게 되었는지 정말로 알고 싶습니다. 네덜란드 튤립 맨과 결혼을 했는지, 다른 아이를 낳았는지, 아니면 917 W. 템플 가에 계속 살았는지 등등이요. 또 네덜란드 튤립 맨은 사기꾼이었나요, 아니면 정말로 그들을 사랑했던 건가요? 안나의 친구들은 어떻게 되었나요? 특히 클레어와 제이크요. 그 애들도 계속 잘 사귀었나요? 그리고 마지막으로, 이게 선생님께서 독자들이 물어보기를 항상 바라셨던 깊은 생각 끝에 나온 질문이라고 생각하는데, 햄스터 시지푸스는 어떻게 되었나요? 이 의문들이 몇 년이나 저를 괴롭혔습니다. 그리고 저에게 답을 들을 수 있는 시간이 얼마나 오래 남았는지 잘 모르겠습니다.

이것들이 문학적으로 중요한 질문이 아니고 선생님의 책에는 중대한 문학적 의문이 가득하다는 것을 잘 알고 있습니다만, 그래도 정말로 알고 싶습니다.

그리고 물론 선생님께서 혹시라도 다른 책을 쓰기로 결심하신다면, 설령 출간은 하지 않으신다 해도 저는 꼭 그걸 읽어 보고 싶습니다. 솔직히 선생님의 식료품 목록이라도 읽고 싶을 정도입니다.

선생님을 대단히 존경하는
헤이즐 그레이스 랭카스터(16세)

이메일을 보낸 다음 나는 다시 어거스터스에게 전화를 했고, 우리들은 밤늦게까지 『장엄한 고뇌』에 대해서 이야기를 나누었다. 나는 그에게 반 호텐이 제목으로 사용한 에밀리 디킨슨의 시를 읽어 주었고 그는 내 목소리가 낭독에 잘 맞으며 행간을 너무 길게 띄우지도 않는다고 말해 주었다. 그런 다음 그는 『새벽의 대가』의 6번째 시리즈인 『피의 승인』이 시를 인용하는 것으로 시작된다고 이야기했다. 책을 찾는 데 약간 시간이 걸렸지만 마침내 그가 그 인용문을 나에게 읽어 주었다.

"당신의 삶이 무너졌다고 해 보라. 근사했던 마지막 키스 / 그것이 수년 전의 일이니.'"

"나쁘지 않네. 좀 젠체하는 경향은 있지만. 맥스 메이헴이라면 그걸 '계집애 같은 헛소리'라고 했을 거 같아."

내가 대답했다.

"맞아. 이를 갈면서 그렇게 말했을 게 분명해. 맙소사, 메이헴은 이 시리즈에서 이를 진짜 많이 갈아. 그 모든 전투에서 살아남으면 이 사람은 아마 턱관절 교정 치료를 받아야 할 거야."

그리고 잠시 후에 거스가 물었다.

"네가 마지막으로 했던 근사한 키스는 언제였어?"

나는 생각해 보았다. 전부 암 진단 이전이었던 나의 키스 경험은 불편하고 축축했었고, 어떤 면에서 항상 어른 흉내를 내는 아이들의 행위 같은 거였다. 하지만 물론 그조차도 꽤 된 일이었다.

내가 마침내 대답했다.

"몇 년 전이야. 너는?"

"내 전 여자 친구 캐롤린 매더스와 근사한 키스를 몇 번 했었지."

"몇 년 됐어?"

"마지막 키스는 일 년도 안 됐어."

"왜 그런 거야?"

"키스 말이야?"

"아니, 너랑 캐롤린."

"아."

그가 잠시 침묵을 지키다 말했다.

"캐롤린은 더 이상 인간의 특성으로 고통 받지 않는 세상에 있어."

"오."

내가 말했다.

"응."

"유감이야."

물론 나도 죽은 사람들을 여럿 안다. 하지만 그 사람들과 데이트를 해본 적은 없었다. 솔직히 그게 어떨지 상상조차 할 수 없었다.

"네 잘못도 아닌데, 헤이즐 그레이스. 우리 모두 그저 부작용일 뿐이야, 안 그래?"

"'의식의 컨테이너 선(船)에 붙어 있는 따개비일 뿐이지.'"

나는 『장엄한 고뇌』를 인용했다.

"좋아. 난 자러 가야겠어. 벌써 한 시야."

"좋아."

내가 말했다.

"좋아."

그가 말했다.

나는 낄낄 웃으며 다시 말했다.

"좋아."

전화선은 조용해졌지만 끊기지는 않았다. 마치 그가 내 방에 나와 함께 있는 것처럼 느껴졌지만 어떤 면에서는 더 근사한 느낌이었다. 내가 내 방에 있는 게 아니고 그가 그의 방에 있는 게 아니라 우리가 오로지 전화로만 갈 수 있는 보이지 않고 희미한 제3의 공간에 함께 있는 것처럼.

"좋아."

그가 거의 영원 같은 시간이 흐른 후에 말했다.

"어쩌면 '좋아.'가 우리의 '언제까지나.'일지도 모르겠네."

"좋아."

내가 대답했다.

마침내 전화를 끊은 쪽은 어거스터스였다.

피터 반 호텐은 어거스터스가 이메일을 보낸 지 네 시간 만에 답장을 했지만, 이틀이 지나도록 여전히 나에게는 답장을 해 주지 않았다. 어거스터스는 내 이메일이 더 훌륭해서 더 많은 생각을 하고 답을 해 줘야 하기 때문이라고, 반 호텐이 내 질문에 대한 답을 쓰느라 바쁠 거라고, 그리고 그런 뛰어난 문장을 쓰는 데에는 시간이 걸릴 거라고 나를 다독여 주었다. 하지만 그래도 걱정이 됐다.

수요일에 바보도 이해할 수 있는 기초 미국 시 강의를 듣고 있는데 어거스터스에게서 문자가 왔다.

✉ 아이작 수술 끝. 잘 됐어. 이제 공식적으로 NEC임.

NEC(No Evidence of Cancer)라는 말은 "암세포의 징후가 없다"는 뜻이다. 몇 초 후 두 번째 문자가 도착했다.

✉ 내 말은 걔가 장님이 됐다는 뜻이야. 그건 안된 거지만.

그날 오후 엄마는 내가 차를 몰고 아이작을 보러 메모리얼 병원으로 가는 것을 허락해 주셨다.

나는 5층에 있는 그의 병실로 가서 문이 열려 있음에도 불구하고 노크를 했다. 여자 목소리가 들렸다.

"들어오세요."

아이작의 눈에 감긴 붕대에 뭔가를 하고 있는 간호사였다.

"안녕, 아이작."

그가 물었다.

"모니카?"

"오, 아니야. 미안. 아니, 음, 헤이즐이야. 음, 서포트 그룹의 헤이즐 말이야. '부서진 트로피의 밤'의 그 헤이즐."

"오. 응, 사람들은 계속 내 다른 감각들이 발달해서 부족한 걸 메워 줄 거라고들 하지만, '아직은 전혀 아닌' 모양이야. 안녕, 서포트 그룹의 헤이즐. 이리 와서 내가 네 얼굴을 손으로 만져 보고 네 영혼을 앞이 보이는 사람들보다 훨씬 깊이 들여다볼 수 있게 해 줘."

"농담하는 거란다."

간호사가 말했다.

"네, 저도 알아요."

내가 대답했다. 그리고 침대 쪽으로 몇 걸음 걸어가서 의자를 끌어당겨 앉은 다음 그의 손을 잡았다.

"반가워."

내가 말했다.

"반가워."

그도 말했다. 그리고 잠시 아무 말도 하지 않았다.

"기분은 어때?"

내가 물었다.

"괜찮아…… 잘 모르겠어."

"뭘 모른다는 거야?"

붕대로 눈을 가려놓은 그의 얼굴을 보고 싶지 않아서 나는 그의 손을 쳐다보며 물었다. 아이작은 손톱을 물어뜯은 모양이었다. 그의 큐티클 모서리 두어 군데에 피가 맺혀 있는 게 보였다.

그가 대답했다.

"걘 아직도 와 보지 않았어. 내 말은, 우린 14개월이나 사귀었다고. 14개월은 긴 시간이야. 맙소사, 진짜 괴로워."

아이작은 내 손을 놓고 몸에 마취약을 투약하고 싶을 때 누르는 진통제 버튼을 찾아 더듬거렸다.

붕대 교환을 끝낸 간호사가 물러서서 관대한 척하는 어조로 말했다.

"아직 하루밖에 안 됐잖니, 아이작. 몸이 회복할 시간을 줘야 돼. 그리고 14개월은 세상의 큰 틀에서 볼 때 그렇게 긴 시간이 아니란다. 넌 이제 막 시작의 길에 들어선 거야, 얘야. 너도 그걸 볼 수 있게 될 거야."

간호사가 나갔다.

"그 사람 갔어?"

나는 고개를 끄덕이다가 그가 내가 끄덕이는 걸 볼 수 없다는 사실을 깨달았다.

"응."

"내가 볼 수 있게 될 거라고? 정말로 그렇게 말한 거야?"

"훌륭한 간호사의 자질을 읊어 봅시다."

내가 말했다.

"1. 환자의 장애를 농담으로 삼지 않는다."

아이작이 대답했다.

"2. 한 번에 피를 뽑아낸다."

내가 말했다.

"정말로 이건 엄청 중요해. 이게 빌어먹을 내 팔이야, 아니면 다트판이야? 3. 관대한 척하는 어조로 말하지 않는다."

"기분은 좀 어떠니, 얘? 내가 이제 너한테 주사바늘을 찌를 거란다. 약간 아야 하는 느낌이 들 거야."

내가 달콤함이 뚝뚝 흐르는 어조로 말했다.

"우리 쪼끄만 귀염둥이가 아팠쩌염?"

그가 말하고서는 잠시 후에 덧붙였다.

"사실 대다수는 좋은 사람들이야. 그냥 이 빌어먹을 곳을 떠나고 싶을 뿐이야."

"병원 말이야?"

"그것도 그렇고."

그의 입가가 긴장되었다. 아픈 모양이었다.

"솔직히 내 눈보다 모니카 생각이 훨씬 더 많이 나. 미친 거 같지 않아? 진짜 미친 것 같아."

"약간 미친 거 같긴 해."

내가 인정했다.

"하지만 난 진정한 사랑을 믿는다고, 알지? 모든 사람들이 죽을 때까지 자기 눈을 갖고 있을 거라든지 한 번도 아프지 않을 거라든지 그런 건 믿지 않지만, 모든 사람들이 진정한 사랑을 갖게 될 거라는 거, 그리고 최소한 그건 목숨이 붙어 있는 한 유지될 거라는 건 믿어."

"응."

내가 대답했다.

"그냥 가끔씩 이 모든 일이 일어나지 않았으면 좋았을 거라고 바라는 것 뿐이야. 이 모든 암에 관한 일들이."

그의 말이 느려지기 시작했다. 약이 듣는 모양이다.

"유감이야."

내가 말했다.

"거스가 아까 여기 있었어. 내가 깨어났을 때 여기 있어 줬지. 학교를 빼먹고. 걔는……."

그의 머리가 약간 옆으로 돌아갔다.

"좀 낫네."

그가 조용히 말했다.

"아픈 거?"

내가 물었다. 그는 살짝 고개를 끄덕였다.

"잘됐다."

그렇게 말하고 잠시 후에 나는 정말이지 못된 계집애처럼 물었다.

"거스에 대해서 뭐라고 말하던 중 아니었어?"

하지만 그는 이미 잠든 상태였다.

나는 아래층으로 내려와 창문 하나 없는 조그만 선물가게로 가서, 금전 등록기 뒤의 의자에 앉아 있는 나이 든 자원봉사자에게 어느 꽃이 가장 강한 향기가 나느냐고 물어보았다.

"향기는 다 똑같아. 전부 초강력 방향제를 뿌리거든."

아줌마가 말했다.

"정말로요?"

"그래, 그걸 듬뿍듬뿍 뿌려 준단다."

나는 아줌마의 왼편에 있는 냉장고를 열고 장미 십여 송이의 향기를 맡아본 다음 카네이션 쪽으로 몸을 기울였다. 똑같은 향기가 엄청 강하게 났다. 카네이션이 더 싸기 때문에 나는 노란 카네이션 십여 송이를 집었다. 14달러였다. 나는 다시 병실로 돌아갔다. 아이작의 엄마가 병실에서 아들의 손을 잡고 계셨다. 아줌마는 젊고 굉장히 예뻤다.

"친구니?"

아줌마가 의도한 건 아니지만 너무 광범위하고 대답할 수 없는 종류의 질문을 나에게 던지셨다.

"음, 네. 같은 서포트 그룹에 있어요. 이건 아이작한테 주는 거예요."

내가 대답했다. 아줌마가 꽃을 받아서 자기 무릎에 내려놓았다.

"너 모니카를 아니?"

아줌마가 물었다. 나는 고개를 흔들었다.

"음, 아이작은 자고 있단다."

"네. 아까 붕대를 갈고 있을 때 이야기를 잠깐 했어요."

"애를 이렇게 놔두고 가는 건 정말 싫지만, 그레이엄을 데리러 학교에 가야 하거든."

아줌마가 말했다.

"아이작은 괜찮을 거예요."

내가 아줌마에게 말했다. 아줌마는 고개를 끄덕였다.

"그냥 자게 놔둬야 할 것 같아요."

아줌마는 다시 고개를 끄덕였다. 나는 그곳을 떠났다.

다음 날 아침 나는 일찍 일어나서 제일 먼저 이메일을 확인했다. lidewij.vliegenthart@gmail.com에서 마침내 답장이 도착해 있었다.

친애하는 랭카스터 양,

아가씨의 신념이 잘못된 곳에 있다는 안타까운 생각이 듭니다. 하지만 신념이라는 건 종종 그런 것이지요. 아가씨의 질문에 나는 답을 해 줄 수가 없습니다. 최소한 글로 써서는 해 줄 수가 없군요. 그 답을 쓴다는 것은 『장엄한 고뇌』의 후속편을 쓰는 셈이 되고, 아가씨가 그것을 출간하거나 아가씨 세대의 젊은이들의 뇌를 대신하고 있는 네트워크를 통해서 다른 사람들과 공유할 수도 있으니까요. 전화를 할 수도 있지만, 아가씨가 대화를 녹음할 수도 있겠지요. 물론 아가씨를 믿지 못하는 것은 아니지만, 사실 믿을 수가 없습니다. 안타깝습니다만, 헤이즐 양, 나는 그 질문에 직접 만나서 대답하는 것 말고는 절대로 대답을 해 줄 수가 없습니다. 하지만 아가씨는 거기에 있고, 나는 여기에 있지요.

다만 한 가지, 블리헨타르트 양을 통해서 받은 아가씨의 예상치 못했던 서신이 굉장히 즐거웠다는 점을 털어놔야 할 것 같습니다. 내가 아가씨에게 뭔가 유용한 것을 만들었다는 사실을 알게 되어 굉장히 감동했습니다. 비록 그 책이 나에게 굉장히 아득하게 느껴져서 전혀 다른 사람이 쓴 것 같은 기분이기는 합니다만. (그 소설의 작가는 굉장히 가냘프고, 굉장히 연약하고, 꽤나 낙관적인 사람이었던 것 같습니다!)

아가씨가 혹시 암스테르담에 오게 된다면 한가한 시간에 꼭 방문을 해주기 바랍니다. 나는 대체로 집에 있습니다. 아가씨에게 내 식료품 목록을 잠깐이나마 보게 해 줄 수도 있고요.

진심을 담아,
리더비히 블리헨타르트를 통해
피터 반 호텐

"뭐?!"

나는 커다랗게 소리를 질렀다.

"이게 도대체 뭐야?"

엄마가 달려오셨다.

"무슨 일이니?"

"아무것도 아니에요."

내가 엄마를 달랬다.

엄마는 여전히 긴장해서 필립이 산소를 제대로 응축하고 있는지 무릎을 꿇고 확인하셨다. 나는 피터 반 호텐과 햇살이 비치는 카페에 앉아 있는 모습을 상상했다. 그가 탁자에 팔꿈치를 댄 채 몸을 기울이고 내가 몇 년이나 생각을 멈출 수 없었던 캐릭터들이 어떻게 되었는지 다른 사람들은 아무도 들을 수 없게 나지막한 목소리로 이야기해 주는 것을. 그는 '직접 만나서' 대답하는 것밖에는 방법이 없다고 말했고, 나를 암스테르담으로 초대했다. 나는 이것을 엄마에게 설명한 다음 말했다.

"난 가야 돼요."

"헤이즐, 내가 널 사랑하고 널 위해서라면 뭐든 다 해 줄 거라는 거 알지? 하지만 우리한테는, 우리한텐 해외여행을 할 수 있는 돈이 없단다. 장비들을 거기까지 실어갈 수 있는 돈도 없고. 아가, 그건 절대로……."

"네."

나는 엄마의 말을 잘랐다. 나도 그런 생각을 한 것 자체가 멍청한 짓이었다는 걸 깨닫고 있었다.

"걱정하지 마세요."

하지만 엄마는 걱정스러운 얼굴이었다.

"이게 정말로 너한테 중요한 거지?"

엄마는 앉아서 내 종아리에 한 손을 얹고서 물으셨다.

"작가를 제외하고 그 후에 어떻게 되었는지 아는 세상에서 유일한 사람이 된다면 정말로 굉장할 거예요."

내가 말했다.

"그거 굉장하겠구나. 너희 아빠한테 이야기해 보마."

"아뇨, 그러지 마세요. 정말로요. 거기다 돈 쓰지 마세요. 제가 다른 걸 생각해 볼게요."

부모님에게 돈이 없는 이유는 나 때문이라는 생각이 언뜻 들었다. 팔란키포 약값으로 가족의 저축이 야금야금 새어나가고 있고, 엄마는 '내 주위에서 맴돌기'라는 일을 전업으로 하고 있기 때문에 다른 일을 하실 수 없다. 두 분을 더 깊은 빚의 구렁텅이로 밀어 넣고 싶지는 않았다.

나는 엄마를 방에서 내보내기 위해서 어거스터스에게 전화를 할 거라고 말했다. '내 딸의 꿈을 이루어 줄 수 없다니.'라는 슬픈 표정을 감당할 수가 없었기 때문이다.

어거스터스 워터스 스타일로 나는 그에게 안녕이라는 인사 대신 편지를 읽어 주었다.

"와."

그가 말했다.

"나도 알아, 그렇지? 나 어떻게 암스테르담에 가지?"

"너 소원 남아 있어?"

그가 물었다. 그는 아픈 아이들에게 소원을 하나씩 들어 주는 일을 하는 지니 재단에 대해서 말하는 거였다.

"아니. 난 기적 이전 시절에 소원을 써 버렸어."

"뭐 했어?"

나는 커다랗게 한숨을 쉬고 말했다.

"난 열세 살이었어."

"디즈니는 아니겠지."

그가 말했다. 대답하지 않았다.

"디즈니 월드에 간 건 아니겠지."

나는 아무 말도 하지 않았다.

"헤이즐 그레이스! 죽기 전의 유일한 소원을 부모님과 함께 디즈니 월드에 가는 데 써 버린 건 설마 아닐 거야!"

그가 소리쳤다.

"그리고 에프콧 센터(디즈니 리조트의 테마파크 중 하나: 주)도."

내가 중얼거렸다.

"아, 맙소사. 내가 이런 진부하기 짝이 없는 소원을 가진 여자애한테 홀딱 빠졌다니 믿을 수가 없어."

어거스터스가 말했다.

"난 열세 살이었다고."

내가 다시 말했지만, 당연하게도 내 머릿속에는 오로지 '홀딱 빠졌대,

홀딱 빠졌대, 홀딱 빠졌대, 홀딱 빠졌대!'라는 생각밖에는 없었다. 기분이 우쭐해졌지만 나는 즉시 주제를 바꾸었다.

"너 학교에 있거나 뭐 그래야 하는 거 아니야?"

"아이작이랑 함께 있으려고 학교를 빼먹었어. 하지만 지금은 잠들어서 홀에 나와 기하학을 공부하는 중이야."

"아이작은 어때?"

내가 물었다.

"그 녀석이 그냥 자신의 장애가 얼마나 심각한지 받아들일 준비가 안 된 건지 아니면 정말로 모니카에게 차인 것에 더 신경을 쓰는 건지 잘 모르겠지만, 어쨌든 어떤 것에 대해서도 이야기하지 않으려고 해."

"그렇구나. 병원에는 얼마나 더 있어야 한대?"

"며칠 더. 그런 다음에 한동안 무슨 재활시설인지 어딘지에 갈 거래. 하지만 잠은 집에서 잘 수 있는 거 같아, 아마도."

"짜증나겠다."

내가 말했다.

"걔네 엄마다. 나 끊을게."

"좋아."

내가 대답했다.

"좋아."

그도 대답했다. 그의 삐딱한 웃음이 보이는 것만 같았다.

토요일에 부모님과 나는 브로드 리플에 있는 재래시장에 갔다. 4월의 인디애나치고는 드물게 화창한 날이었고 시장에 온 모든 사람들이 기온이 아직 그 정도는 아닌데도 반팔을 입고 있었다. 우리 인디애나 토박이들은 여름에 관해서 과도하게 낙관적이다. 엄마와 나는 염소 비누 제조자의 맞은편에 있는 벤치에 나란히 앉았다. 작업복을 입은 제조자 아저씨는 지나가는 사람 하나하나에게 네, 우리 염소로 만들었어요, 아뇨, 염소 비누에선 염소 같은 냄새가 나지 않아요, 라고 설명하고 있었다.

전화벨이 울렸다.

"누구니?"

내가 확인도 해 보기 전에 엄마가 물으셨다.

"모르겠어요."

전화 건 사람은 거스였다.

"너 지금 집에 있어?"

그가 물었다.

"음, 아니."

내가 대답했다.

"이건 함정이 있는 질문이었어. 사실 난 답을 알거든. 왜냐하면 내가 지금 너희 집 앞에 있으니까."

"아, 음. 저기, 우린 집으로 가고 있는 길이라고 할까?"

"잘됐네. 좀 있다 보자."

우리가 드라이브웨이에 들어섰을 때 어거스터스 워터스는 현관 계단에 앉아 있었다. 이제 막 피기 시작한 밝은 오렌지색 튤립 꽃다발을 든 그는 플리스 아래 인디애나 페이저 농구팀 셔츠를 입었다. 차림새가 그에게 굉장히 잘 어울리긴 했지만 그의 평소 취향과는 전혀 달라 보였다. 그가 구부정하게 일어서서 나에게 튤립을 건네며 물었다.

"피크닉 가지 않을래?"

나는 꽃을 받아들고 고개를 끄덕였다.

아빠가 내 뒤로 걸어와서 거스와 악수를 나누었다.

"그거 릭 스미츠의 셔츠 아니니?"

아빠가 물었다.

"맞아요."

"이런, 난 그 친구가 정말 좋더구나."

아빠가 말씀하셨고, 둘은 즉시 내가 끼어들 수 없는(그러고 싶지도 않은) 농구 이야기에 몰두했다. 나는 튤립을 안으로 가지고 들어갔다.

"그거 엄마가 꽃병에 꽂아 줄까?"

내가 안으로 들어가자 엄마가 함박웃음을 띤 얼굴로 물으셨다.

"아뇨, 괜찮아요."

내가 대답했다. 꽃병에 꽂아 거실에 놔두면 그건 모두의 꽃이 될 것이다. 난 이걸 내 꽃으로 삼고 싶었다.

나는 내 방으로 갔지만 옷을 갈아입지는 않았다. 머리를 빗고 이를 닦고 립글로스를 조금 바른 뒤 향수를 최소한으로 뿌렸다. 그러면서 계속 꽃을 쳐다보았다. 꽃들은 공격적으로 보일 만큼 오렌지색이었다. 예뻐 보이지 않을 정도로 뚜렷한 오렌지색이나. 꽃병 같은 건 없었기 때문에 나는 칫솔 통에서 칫솔을 뽑고 거기에 반쯤 물을 채운 후 꽃을 꽂아 욕실에 놔두었다.

화장실에서 나와서 방으로 다시 들어오니 이야기 소리가 들렸다. 그래서 나는 잠시 침대 가장자리에 앉아 얇은 침실 문을 통해 들려오는 이야기를 들었다.

아빠: "그러니까 넌 헤이즐을 서포트 그룹에서 만난 거구나."

어거스터스: "네, 아저씨. 집이 정말 예쁘네요. 직접 만드신 공예품이 정말 좋은데요."

엄마: "고맙구나, 어거스터스."

아빠: "너도 그럼 암 환자였니?"

어거스터스: "네. 제가 이 녀석을 순전히 저 즐겁자고 잘라낸 건 아니
           에요. 뭐 이게 몸무게를 줄이는 데는 끝내주는 전략이긴
           하지만요. 다리는 정말 무겁잖아요!"

아빠: "그럼 지금 건강은 어떠니?"

어거스터스: "14개월 째 NEC 상태예요."

엄마: "그거 멋지구나. 요즘의 치료법이라는 건 정말로 굉장해."

어거스터스: "알아요. 제가 운이 좋았죠."

아빠: "헤이즐이 아직 아프다는 걸 네가 이해해야 한단다, 어거스터스.
      그 애는 앞으로 남은 평생 그럴 거야. 그 애도 너와 함께 놀고 싶
      겠지만 그 애의 폐가……."

그 시점에 내가 방에서 나와 아빠의 말을 잘랐다.

"그래서 너희는 어딜 가는 거니?"

엄마가 물으셨다. 어거스터스가 일어나서 엄마 쪽으로 몸을 기울이고
답을 귓속말로 속삭인 후 손가락 하나를 입술에 댔다.

"쉿, 비밀이에요."

엄마가 미소를 지으셨다.

"핸드폰은 갖고 있니?"

엄마가 나에게 물으셨다. 나는 증거로 핸드폰을 들어 올린 다음 산소
카트를 앞바퀴 쪽으로 기울인 후 걷기 시작했다. 어거스터스가 재빨리
다가와서 나에게 팔을 내밀었고 나는 그의 팔을 잡았다. 내 손가락이 그
의 이두근을 조였다.

불행히도 그가 운전을 하겠다고 주장하는 바람에 어딜 가는지는 모른
채 남겨 두는 수밖에 없었다. 차가 덜그럭거리며 목적지를 향해 가는 동

안 내가 말했다.

"너 우리 엄마를 거의 완전히 홀렸던데?"

"응, 그리고 너희 아빠는 스미츠 팬이셔서 도움이 됐지. 두 분이 날 좋아하시는 것 같아?"

"확실해. 하지만 누가 상관하겠어? 두 분은 어차피 그냥 부모님일 뿐인걸."

"네 부모님이시잖아."

그가 내 쪽을 힐끔 보며 덧붙였다.

"게다가 난 누가 날 좋아하는 걸 좋아해. 너무 멍청한가?"

"음, 내가 널 좋아해 주길 바라고 문을 열어 주거나 칭찬을 쏟아 부을 필요까지는 없어."

그가 브레이크를 꽉 밟았고 내 몸이 앞으로 튀어나가서 숨을 쉴 수가 없고 가슴이 조여드는 느낌이 들 정도였다. 나는 PET 스캔을 생각했다. '걱정하지 마. 걱정은 아무 쓸모 없는 거야'. 그래도 어쨌든 걱정이 됐다.

고무 타는 냄새가 날 정도로 차가 빠르게 정지 표지판에서부터 달려가다가 이름이 잘못 붙은 그랜드뷰(거기는 골프코스가 보이는 곳이지, 딱히 그랜드한 게 보이는 곳이 아니었다.)에서 좌회전을 했다. 이 방향에서 내 머리에 떠오르는 거라고는 오로지 묘지밖에 없었다. 어거스터스가 중앙 콘솔로 손을 뻗어 꽉 찬 담뱃갑을 열고 하나를 꺼냈다.

"너 그거 버린 적이 있긴 해?"

내가 물었다.

"담배에 불을 붙이지 않는 많은 장점 중 하나가 담뱃갑이 영원토록 줄지 않는다는 거지."

그가 대답했다.

"이거 한 갑을 거의 일 년쯤 갖고 있었을 거야. 몇 개는 필터 근처가 부서졌지만, 이 한 갑으로 내 열여덟 살 생일까지는 버틸 수 있을 것 같아."

그가 손가락 사이에 필터를 끼우고서 입으로 가져갔다.

"그러니까, 좋아."

그가 말을 이었다.

"좋아. 네가 인디애나폴리스에서 절대로 볼 수 없는 걸 대 봐."

"음. 비쩍 마른 성인."

내 대답에 그가 웃음을 터뜨렸다.

"훌륭해. 계속 해 봐."

"음, 해변. 가족 소유의 레스토랑. 지형학."

"전부 다 우리에게는 없는 훌륭한 예로군. 문화이기도 하고."

"응, 우린 문화적인 면에서 좀 떨어지지."

나는 마침내 그가 나를 어디로 데려가는지 깨닫고 물었다.

"우리 박물관에 가는 거야?"

"말하자면 그렇지."

"오, 그 공원이나 뭐 그런 곳으로 가는 거야?"

거스는 조금 낙담한 얼굴이었다.

"그래, 우린 그 공원이나 뭐 그런 곳에 가는 거야. 너 알아냈구나, 그렇지?"

"음, 뭘 알아내?"

"아무것도 아니야."

박물관 뒤에는 여러 명의 예술가들이 커다란 조각상을 만들어 놓은 공원이 있었다. 공원 이야기를 들어 보긴 했지만 한 번도 와 본 적은 없었다. 우리는 박물관을 지나서 통통 튀는 공의 궤적을 상징하는 커다란 파란색과 빨간색 호 모양의 강철이 가득한 농구장 바로 옆에 차를 세웠다.

인디애나폴리스에서 언덕으로 여겨지는 곳을 따라 내려가자 작은 개간지가 나왔다. 아이들이 엄청나게 큰 해골 조각상 위로 우르르 올라가고 있었다. 뼈 하나하나가 허리 높이였고 허벅지 뼈는 내 키보다 더 컸다. 어린애가 그린 해골 그림이 바닥에서 쑥 솟아나온 것 같은 느낌이었다.

어깨가 쑤셨다. 암이 폐에서 더 번졌을까 봐 걱정됐다. 종양이 내 뼈에 전이되어 사악한 의도를 가진 미끌미끌한 뱀장어처럼 뼛속으로 구멍을 뚫고 들어가는 모습이 떠올랐다.

"〈기괴한 뼈〉야. 유프 반 리샤우트가 만든 거지."

어거스터스가 말했다.

"이름이 네덜란드어 같은데."

"맞아. 릭 스미츠도 그렇고, 튤립도 그렇지."

거스가 개간지 한가운데, 해골의 바로 앞에 멈춰서 어깨에서 차례차례 배낭 끈을 벗었다. 그러고는 배낭을 열고 오렌지색 담요와 오렌지 주스 한 통, 랩에 싼 가장자리를 잘라낸 샌드위치를 꺼냈다.

"전부 다 오렌지색인 이유가 뭐야?"

나는 여전히 이 모든 것들이 암스테르담으로 연결된다는 생각을 하고 싶지 않아서 물어보았다.

"네덜란드의 국가 색깔이지, 당연히. 오렌지공 윌리엄 같은 거 생각 안 나?"

"그 사람은 고교 졸업 시험 범위가 아니었어."

나는 흥분을 유지하려고 노력하며 미소 지었다.

"샌드위치?"

그가 물었다.

"내가 맞춰 볼게."

내가 말했지만 대신 그가 대답했다.

"네덜란드 치즈와 토마토야. 토마토는 멕시코산이지. 미안."

"넌 정말이지 실망스러운 애라니까, 어거스터스. 최소한 오렌지색 토마토로 만들 순 없었던 거야?"

그가 웃음을 터뜨렸고, 우리는 침묵 속에서 조각상을 오르락내리락하며 노는 아이들을 바라보며 샌드위치를 먹었다. 그에게 이 모든 걸 물어보고 싶은 기분은 아니었기 때문에, 네덜란드적인 것들에 둘러싸여 어색하면서도 왠지 희망이 솟는 기분으로 그냥 앉아 있었다.

멀리서, 우리 동네에는 굉장히 드물고 귀중한 화창한 햇살을 받으며 아이들 한 무리가 해골을 놀이터 삼아 가짜 뼈의 사이를 이쪽저쪽으로 뛰어다니며 놀았다.

"이 조각을 내가 좋아하는 이유는 두 가지야."

어거스터스가 말했다. 그는 불을 붙이지 않은 담배를 손가락에 끼고 마치 재를 털려는 것처럼 흔들고 있었다. 그가 그것을 도로 입에 물었다.

"첫째, 뼈는 굉장히 거리감이 느껴지는 신체 부위이기 때문에 어린애들은 절대로 그 사이에서 뛰어다니고 싶은 충동을 억누를 수가 없어. 마치 갈비뼈에서 두개골을 향해 꼭 점프를 해야 할 것처럼. 그건 말하자면, 두 번째 이유인데, 조각상이 무조건 아이들에게 뼈를 갖고 놀게 만든다는 거야. 상징적인 반향이라는 건 끝이 없지, 헤이즐 그레이스."

"넌 정말 상징을 좋아하는구나."

나는 우리의 피크닉에 사용된 수많은 네덜란드적 상징 쪽으로 이야기를 돌리고 싶은 마음에 말했다.

"그 말이 맞아. 왜 지금 형편없는 치즈 샌드위치를 먹고 오렌지 주스를 마시며, 내가 경멸하게 된 스포츠를 하는 네덜란드 출신 선수의 셔츠를 입고 있는 건지 넌 궁금하겠지."

"그런 생각이 좀 들긴 했어."

내가 대답했다.

"헤이즐 그레이스, 대단한 애정을 담아 말하겠는데, 넌 네 앞에 존재했던 수많은 아이들처럼 소원을 결과에 상관하지 않고 성급하게 사용했어. 저승사자가 너를 빤히 쳐다보고 있으니 가상의 주머니에 여전히 소원을 담아둔 채 빌어보지도 못하고 죽을 수 있다는 두려움에, 네가 생각할 수 있는 첫 번째 소원을 성급하게 빌어버렸지. 그리고 다른 많은 사람들처럼 테마파크라는 차갑고 인공적인 즐거움을 선택했어."

"난 사실 그 여행이 굉장히 즐거웠다고. 구피랑 미니도 만나고⋯⋯."

"난 독백을 하고 있는 중이야! 이 대사를 써서 암기까지 했다고. 네가 내 말을 자르면 완전히 망치고 말 거야."

어거스터스가 지적했다.

"샌드위치나 먹으면서 이야기를 계속 들어."

(샌드위치는 먹을 수 없을 만큼 마른 상태였지만 나는 미소를 지으며 한 입 더 깨물었다.)

"좋아, 어디까지 했더라?"

"인공적인 즐거움."

그가 담배를 다시 담뱃갑에 집어넣었다.

"맞아. 테마파크의 차갑고 인공적인 즐거움. 하지만 소원 공장의 진정한 영웅들은 고도를 기다리는 블라디미르와 에스트라곤이나, 결혼을 기다리는 착한 가톨릭 소녀들처럼 진득하게 기다리는 청소년들이야. 이 젊은 영웅들은 진정한 소원 하나를 발견할 때까지 불평하지 않고 금욕

적으로 기다리지. 물론 소원을 절대로 발견할 수 없을 수도 있지만, 이들은 최소한 그것의 고결함을 보존하는 데 있어서 자신들이 작게나마 역할을 다 했다는 사실을 품고서 마음 편하게 무덤에 들어갈 수 있을 거야. 하지만 어떤 경우엔 소원이 '나타나는' 수도 있지. 자신의 유일한 진정한 소원이 암스테르담 망명 생활을 하는 위대한 피터 반 호텐을 방문하는 거라는 점을 깨닫게 될 수도 있어. 그날이 오면 자신의 소원을 아껴뒀다는 사실이 굉장히 기쁘겠지."

어거스터스는 내가 독백이 끝났다는 걸 깨달을 때까지 한참 침묵을 지켰다.

"하지만 난 소원을 아껴 두지 않았어."

내가 대답했다.

"아."

그가 잠깐 의미심장한 침묵을 지킨 다음 말을 이었다.

"하지만 난 내 소원을 아껴 뒀지."

"정말?"

나는 어거스터스가 아직 학교에 다니고 일 년째 관해 상태인데도 소원을 빌 수 있는 대상자였다는 사실에 놀랐다. 지니가 소원을 들어 주는 상대는 굉장히 아픈 애들이어야 할 텐데?

"내 다리랑 맞바꿨지."

그가 설명했다. 그의 얼굴에서는 환하게 빛이 나는 것 같았다. 나를 곁눈질하느라 그의 코에 귀엽게 주름이 졌다.

"자, 내가 너한테 내 소원을 '주겠다'거나 뭐 그런 건 아니야. 하지만 나도 피터 반 호텐을 만나는 데 관심이 있고, 나에게 그의 책을 소개해 준 여자애 없이 혼자 만난다는 건 말이 안 되잖아?"

"당연히 안 되지."

내가 대답했다.

"그래서 지니에게 이야기를 해 봤는데, 그 사람들도 완벽하게 동의했어. 암스테르담은 5월 초가 아주 근사하대. 5월 3일에 떠나서 5월 7일에 돌아오면 어떻겠느냐고 하더라."

"어거스터스, 진짜로?"

그가 손을 내밀어 내 뺨을 쓰다듬었고 나는 잠시 그가 나에게 키스할지도 모른다고 생각했다. 내 몸이 긴장되었고, 그 역시 그것을 보았는지 손을 도로 내렸다.

"어거스터스. 정말로 이렇게까지 할 필요 없어."

내가 말했다.

"당연히 해야지. 내 소원을 드디어 발견했는데."

"맙소사, 넌 정말 최고야."

"너한테 해외여행을 시켜주는 모든 남자애들한테 그렇게 말할 거잖아?"

그가 대답했다.

6

집에 돌아오니 엄마는 〈뷰(The View)〉라는 TV 쇼를 보며 내 빨래를 개고 계셨다. 나는 엄마에게 튤립과 네덜란드 예술가와 기타 등등 모든 것이 어거스터스가 자기 소원을 사용해서 나를 암스테르담에 데려가 주기 위해서였다는 이야기를 했다.

"그건 너무 과해."

엄마가 고개를 흔들며 말씀하셨다.

"생판 모르는 사람에게 그런 걸 받을 수는 없단다."

"걘 모르는 사람이 아니에요. 내 두 번째 절친이나 마찬가지인 걸요."

"케이틀린 다음으로?"

"엄마 다음으로요."

내가 대답했다. 그건 사실이었지만, 그래도 이런 말을 한 이유는 순전히 암스테르담에 가고 싶어서였다.

"마리아 선생님께 여쭤 보마."

엄마가 잠시 후에 대답하셨다.

***

마리아 선생님은 내 증상에 대해 세세하게 잘 아는 어른이 함께 가지 않으면 암스테르담에 갈 수 없다고 말씀하셨고, 그런 사람은 엄마 아니면 마리아 선생님 자신뿐이다. (아빠는 암을 나와 같은 방식으로 이해하신다. 사람들이 전기회로와 바다의 조수에 대해 이해할 때처럼 모호하고 불완전한 방식으로. 하지만 엄마는 대부분의 종양학자보다 청소년의 갑상선 암종의 구분법에 대해서 훨씬 잘 아신다.)

"그럼 엄마가 같이 가요. 지니들이 돈을 댈 거예요. 지니들은 엄청 부자잖아요."

내가 말했다.

"하지만 네 아빠는 어쩌고? 아빠가 우릴 보고 싶어할 텐데. 이건 공정하지 못한 일이야. 네 아빠 휴가도 낼 수 없잖니."

"농담하세요? 아빠가 며칠 동안 모델 지망생들이 나오지 않는 종류의 TV 프로를 보면서 설거지 할 필요가 없도록 종이타월을 받침 삼아 매일 밤 피자를 시켜 먹으며 지내시는 걸 좋아하지 않을 거라고 생각하세요?"

엄마가 웃음을 터뜨리셨다. 마침내 엄마도 흥분해서 핸드폰으로 할 일 목록을 작성하기 시작하셨다. 엄마는 거스의 부모님께 전화를 하고 지니에게도 연락해서 나의 의료적 필수약품과 기구에 대해 설명했다. 또 호텔은 예약을 했는지, 제일 좋은 가이드북은 뭔지, 겨우 사흘밖에 있지 않을 건데 우리가 조사를 해야 하는지 등등에 대해서도 이야기하셨다. 나는 약간 두통이 있어서 두통약 두 알을 먹고 낮잠을 자기로 했다.

하지만 결국에는 침대에 누워서 머릿속으로 어거스터스와의 피크닉을 다시 떠올렸다. 그가 만졌을 때 긴장해 버렸던 것, 그 짧은 순간에 대한 생각을 지울 수가 없었다. 그때의 상냥한 친밀감이 어쩐지 잘못된 것처럼 느껴졌다. 어쩌면 모든 일들이 조합된 스타일 때문인지도 모르겠다. 어거스터스는 굉장했지만, 그리고 상징적인 의미를 갖고 있지만 맛은 끔찍했던 샌드위치부터 대화를 못하게 만드는 기나긴 독백에 이르기까지 피크닉의 모든 것들이 너무 오버였다. 지나치게 낭만주의적으로 느껴졌지만, 실제로 낭만적이지는 않았다.

하지만 사실은 내가 그와 키스하고 싶지 않았다는 게 더 큰 부분이다. 나는 키스를 원하는 그런 마음가짐으로 그를 원하는 게 아니었다. 물론 그는 멋있다. 그에게 끌리는 것도 사실이고. 중학교 때 은어를 사용해서 말하자면, 그를 보면 '꼴렸다'. 하지만 진짜 애무는, 현실화된 애무는…… 잘못된 것처럼 느껴졌다.

문득 암스테르담에 가기 위해서는 그에게 '허락을 해 줘야만' 하는 게 아닐까 하는 걱정이 들었다. 하지만 이런 종류의 생각은 별로 하고 싶지 않았다. (a) 그런 걸 할 때에는 내가 그에게 키스하고 싶은지 아닌지에 대해 아예 의문의 여지가 없어야 하는 거고, (b) 공짜 여행을 하기 위해서 누군가에게 키스를 한다는 건 몸을 파는 것에 아슬아슬하게 가까운 일이니까. 내가 그렇게 훌륭한 사람이라고 생각하고 사는 건 아니지만 그렇다고 나의 첫 번째 성적 접촉이 매춘이 될 거라고 생각해 본 적은 없었다.

그러나 어쨌든 그가 나에게 키스하려 했던 것도 아니었다. 그는 그냥 내 얼굴을 만졌을 뿐이고 그건 심지어 성적인 것도 아니었다. 하지만 성적인 흥분을 불러일으키기 위한 행동은 아니었다 해도 분명히 계산된 행동이긴 했다. 어거스터스 워터스는 즉흥적으로 움직이는 타입이 아니기 때문이다. 그럼 뭘 암시하려고 그랬던 걸까? 그리고 왜 난 그걸 받아들이고 싶지 않았던 걸까?

어느 순간 나는 내가 케이틀린스러운 문제에 봉착했음을 깨닫고 케이틀린에게 문자를 보내 조언을 구하기로 결심했다. 그 애는 곧바로 전화를 걸어왔다.

"나 남자 문제가 생겼어."

내가 말했다.

"짱인데."

케이틀린이 대답했다. 나는 그 애에게 암스테르담과 어거스터스의 이름만 빼놓고 어색한 얼굴 만지기에 이르기까지 진부 다 이야기했다.

"정말로 걔가 킹카야?"

내가 이야기를 마치자 그 애가 물었다.

"확실히."

"몸도 좋고?"

"응, 노스 센트럴에서 농구를 했었대."

"와. 어떻게 만났어?"

"그 끔찍한 서포트 그룹에서."

"허, 호기심에서 묻는 말인데, 이 남자애 다리가 몇 개야?"

케이틀린이 물었다.

"1.4개쯤?"

나는 미소를 지었다. 농구선수는 인디애나에서 유명하고, 케이틀린이 노스 센트럴에 다니는 건 아니지만 그 애의 사교적 연결망은 무한정에 가깝다.

"어거스터스 워터스."

그 애가 선언했다.

"음, 아마도?"

"아, 세상에! 나 파티에서 걜 본 적 있어. 걔한테 내가 무슨 짓을 하고 싶었는지 아니? 물론 이제는 네가 그 애에게 관심이 있다는 걸 알았으니까 안 그럴 거지만. 하지만, 오, 하늘에 계신 아버지, 그 다리 하나 달린 조랑말에 올라타고 초원을 달리고 싶었다니까."

"케이틀린."

내가 불렀다.

"미안. 네가 위에 타고 싶니?"

"케이틀린."

내가 다시 말했다.

"우리가 무슨 얘길 하고 있었더라……. 맞아, 너랑 어거스터스 워터스 였지. 혹시 너…… 동성애자니?"

"아닌 것 같은데. 내 말은, 나 진짜로 그 앨 좋아하거든."

"걔 손이 못생긴 거야? 가끔 잘생긴 사람들도 손은 못생겼을 때가 있던데."

"아니, 걔 손은 굉장히 멋있어."

"흠."

그 애가 말했다.

"흠."

내가 따라했다.

잠시 후 케이틀린이 말했다.

"데릭 기억나? 걔가 지난주에 날 찼어. 우리 마음 깊은 곳에 근본적으로 안 맞는 뭔가가 있어서 계속 만나 봤자 서로의 상처만 커질 거라나. 걔는 그걸 '앞질러 차기'라고 부르더라. 그러니까 너도 너희 둘이 근본적으로 안 맞는 뭔가가 있다는 예감을 느끼고 앞질러 차기를 앞질러 한 걸지도 몰라."

"흠."

내가 말했다.

"난 지금 내 머릿속으로 생각하는 걸 그냥 말하고 있는 거야."

"데릭 일은 유감이야."

"오, 난 이미 극복했어, 귀염둥이. 걔를 극복하는 데는 걸스카우트 씬민트(약간 도톰한 초콜릿 코팅 과자: 주) 한 통이랑 40분밖에 안 걸리더라."

내가 웃음을 터뜨렸다.

"이쨌든 고마워, 케이틀린."

"걔랑 진짜로 진도 나가게 되면 나한테 상세하게 이야기해 줘야 돼."

"당연하지."

케이틀린은 전화기를 통해 쪽 소리를 냈고 나는 잘 있으라고 인사했다. 그 애가 먼저 전화를 끊었다.

***

케이틀린의 이야기를 듣는 동안 내가 그에게 상처를 줄 거라는 전조

(前兆)를 느낀 적은 없다는 걸 깨달았다. 대신 후조(後兆)를 느꼈다.

나는 노트북 컴퓨터를 꺼내 캐롤린 매더스를 찾아보았다. 그 애와 내 외모는 놀랄 만큼 비슷했다. 똑같이 스테로이드로 부푼 얼굴, 똑같은 코, 전체적으로 똑같은 몸매. 하지만 그 애의 눈은 짙은 갈색이고(내 눈은 초록색이다), 피부는 훨씬 더 짙은 색이었다. 이탈리아계나 뭐 그런 것 같았다.

수천 명의 사람들, 문자 그대로 수천 명이 그 애를 위한 애도의 말을 남겼다. 그리워하는 사람들의 목록이 끝도 없었다. 때문에 '네가 죽었다니 안타까워.'의 포스팅부터 '널 위해 기도할게.' 포스팅을 다 넘어가기 위해 한 시간 동안 클릭을 해야 했다. 그 애는 일 년 전에 뇌종양으로 죽었다. 사진 몇 개가 올라와 있었고, 처음 사진 몇 개에는 어거스터스도 함께 있었다. 그 애의 대머리에 있는 지그재그형 흉터를 향해 엄지손가락을 들어 올린 모습, 메모리얼 병원 놀이터에서 카메라에 등을 돌린 채 팔짱을 끼고 있는 모습, 캐롤린이 카메라를 든 채 키스를 해서 코와 감은 눈밖에 보이지 않는 사진.

최근 사진 대부분은 그 애의 친구들이 사후에 업로드한 예전의 사진, 그 애가 건강할 때의 사진들이었다. 엉덩이가 크고 둥글고 얼굴 아래로 곧게 흘러내리는 새카만 머리카락을 가진 아름다운 소녀. 건강할 때의 나는 건강할 때의 그 애와 거의 닮은 구석이 없었다. 하지만 암에 걸린 우리는 자매라고 해도 될 정도였다. 처음 만났을 때 어거스터스가 나를 빤히 쳐다봤던 게 놀랄 일도 아니었다.

나는 그 애가 죽고 아홉 달 후인 두 달 전에 그 애의 친구가 쓴 포스팅 하나를 계속해서 되풀이해 보았다. '우리 모두 네가 정말 그리워. 끝이 나지 않는 것 같아. 네 전투에서 우리 모두가 부상을 입은 것 같은 느낌이야, 캐롤린. 네가 보고 싶어. 널 사랑해.'

잠시 후 엄마와 아빠가 저녁 먹을 시간이라고 외치셨다. 나는 컴퓨터를 끄고 일어났지만 그 포스팅을 머릿속에서 지울 수가 없었다. 왠지 모르게 그것은 나를 초조하고 배도 고프지 않게 만들었다.

나는 끊임없이 욱신거리는 어깨에 대해 생각했고, 또 두통도 사라지지 않았다. 하지만 그건 아마 내가 뇌종양으로 죽은 여자애에 대해 계속 생각해서 그럴 것이다. 나는 계속해서 생각을 정리하라고, 세상의 모든 케첩을 다 가져와도 충분히 뿌릴 수 없을 것 같은 늘어진 브로콜리와 검은콩 햄버거가 있는 지금 여기, 원탁에(세 사람이 앉기에는 지름이 살짝 크고 두 사람이 앉기엔 확실하게 컸다.) 집중하라고 스스로에게 말했다. 내 뇌나 어깨에 암세포가 있다고 상상하는 건 내 안에서 일어나고 있는 눈으로 볼 수 없는 실제적 현상에 아무 영향도 미치지 못한다고, 그러니까 극히 한정되어 있는 유한한 삶에서 이런 생각을 하는 건 시간 낭비라고 스스로에게 말했다.

알지도 못하는 사람이 인터넷에 또 다른(그리고 죽어 버린) 알지도 못하는 사람에게 쓴 글에 왜 이렇게 신경이 쓰이는지, 그리고 왜 내 뇌 속에서 무슨 일이 벌어지고 있을지도 모른다는 걱정을 하게 만드는 건지 알 수가 없었다. 머리가 정말로 아프긴 했지만 몇 년 간의 경험으로 고통이란 둔탁하고 일반적인 진단의 도구일 뿐이라는 걸 나는 잘 알고 있다.

오늘은 파푸아뉴기니에 지진이 일어나지 않았기 때문에 부모님은 나에게 예민하게 촉각을 곤두세우셨고 이 갑작스러운 초조함을 나는 제대로 감출 수가 없었다.

"다 괜찮은 거니?"

밥을 먹는 동안 엄마가 물으셨다.

"으흠."

나는 햄버거를 한 입 깨물고, 삼켰다. 그리고 뇌가 공포 속으로 침잠하고 있지 않은 정상적인 사람이 할 만한 이야기를 해 보려고 노력했다.

"햄버거에도 브로콜리가 들어갔어요?"

아빠가 대답하셨다.

"조금. 암스테르담에 가게 되어서 굉장히 흥분되겠구나."

"네."

내가 말했다. '부상'이라는 말에 대해 생각하지 않으려 노력했지만, 그것도 이걸 표현하는 한 방법이 될 수 있을 것 같았다.

"헤이즐, 지금 정신이 어디 가 있는 거니?"

엄마가 말씀하셨다.

"그냥 생각하는 거예요."

"가슴이 깡충깡충 뛰는 모양이구나."

아빠가 미소를 지으며 말씀하셨다.

"전 토끼가 아니고, 거스 워터스나 누구하고 사랑에 빠져 있는 것도 아니에요."

내가 지나치게 방어적으로 대꾸했다. 부상. 캐롤린 매더스가 폭탄이고 그 애가 터질 때 그 애 주변의 다른 사람들이 파편에 맞기라도 한 것처럼.

아빠는 학교 공부 같은 걸 생각하고 있는 거냐고 물으셨다. 나는 대답했다.

"굉장히 고급 기하학 숙제를 했어요. 너무 고급이라서 문외한에게는 설명조차 할 수 없을 정도예요."

"네 친구 아이작은 어떠니?"

"장님이에요."

"너 오늘 아주 십대처럼 구는구나."

엄마는 좀 짜증이 난 것 같은 표정이었다.

"그게 엄마가 원하셨던 거 아니에요? 제가 십대처럼 되는 거요."

"음, 이런 종류의 십대가 되길 바라는 건 아니다만, 물론 네 아빠와 난 네가 젊은 여성으로 성장해서 친구들을 만들고 데이트를 하는 걸 보게 되어 굉장히 기쁘단다."

"전 데이트를 하지 않아요. 누구와든 데이트를 하고 싶지도 않고요. 그건 끔찍한 생각이고 엄청난 시간낭비고……."

"아가, 뭐가 문제니?"

엄마가 말씀하셨다.

"전 말이죠. 그런 거예요. 그러니까 수류탄 같은 거라고요, 엄마. 전 수류탄이고 언젠가 터져 버릴 테니까 사상자 수를 최소한으로 줄이고 싶다고요, 아시겠어요?"

아빠가 마치 혼이 난 강아지처럼 고개를 옆으로 살짝 기울이셨다.

"전 수류탄이에요. 그러니까 그냥 사람들에게서 떨어져서 책을 읽고 생각을 하고 두 분이랑 함께 있고 싶어요. 두 분의 마음을 아프게 하는 것만은 어떻게 할 수가 없으니까요. 두 분은 저에게 너무 많은 걸 쏟아 부으셨어요. 그러니까 그냥 제가 이러게 놔둬 주세요, 네? 전 우울한 게 아니에요. 더 자주 나갈 필요도 없고요. 그리고 전 절대로 일반적인 십대가 될 수 없어요. 수류탄이니까요."

"헤이즐."

아빠가 목멘 소리를 내셨다. 우리 아빠는 정말 많이 우신다.

"전 제 방에 가서 책이나 좀 읽을게요, 아시겠죠? 전 괜찮아요. 정말로 괜찮아요. 그냥 가서 책을 좀 읽고 싶을 뿐이에요."

나는 책을 집어 들고 읽으려고 노력했지만 우리는 비극적이리만큼 벽이 얇은 집에 살고 있기 때문에 뒤이은 나직한 대화가 거의 다 들렸다.

아빠가 먼저 말씀하셨다.

"난 마음이 아파 죽을 것 같아."

그리고 엄마가 대답하셨다.

"그래서 그 애가 이런 이야기를 들을 필요가 없는 거예요."

그리고 다시 아빠가 말씀하신다.

"미안하지만 난……."

이젠 엄마 차례.

"감사하게 생각하지 않아요?"

그러고선 아빠가 말씀하신다.

"맙소사, 당연히 감사하게 여기고 있지."

나는 계속해서 책을 읽으려고 노력했지만 어쩔 수 없이 부모님의 이야기 소리가 들렸다.

그래서 나는 컴퓨터를 켜고 음악을 들으려고 해 보았다. 어거스터스가 좋아하는 밴드인 헥틱 글로우를 배경음악 삼아 틀어 놓고 다시 캐롤린 매더스의 애도 페이지로 돌아가서 그 애의 싸움이 얼마나 영웅적이었는지, 다들 얼마나 그 애를 그리워하는지, 그 애가 이제는 더 나은 곳에 있을 것이며 그들의 기억 속에서 영원히 살 거라는 등의 이야기, 캐롤린을 아는 모든 사람들이 그 애가 떠난 것을 얼마나 애도하는지 등을 읽었다.

어쩌면 나는 캐롤린 매더스를 싫어하거나 뭐 그래야 하는지도 모른다. 그 애는 어거스터스와 사귀었지만 난 아니니까. 수많은 애도의 말속에서 그 애가 어떤 사람이었는지를 명확하게 알 수는 없었지만, 딱히 싫어할 만한 게 없어 보였다. 그 애는 그냥 나처럼 프로 환자였던 것 같다. 내가 죽었을 때도 다들 내가 한 일이 오로지 암에 걸리는 것밖에 없었다는 듯 영웅적으로 싸웠다는 말만 할까 봐 걱정이 되었다.

어쨌든 나는 마침내 캐롤린 매더스의 짧은 포스팅들을 읽기 시작했다. 사실 대부분은 그 애의 부모님이 쓴 것 같았다. 아마 뇌종양이라는 건 목숨을 앗아가기 전에 우선 '나 자신'을 앗아가는 종류의 병이기 때문일 것이다.

그러니까 대체로 이런 것들이었다. '캐롤린이 계속 행동 장애를 보이고 있다. 그 애는 말을 할 수 없다는 사실에 대한 분노와 좌절감을 상대로 열심히 싸우고 있다. (우리도 물론 이런 것들에 좌절했지만 우리는 우리의 분노를 좀 더 사회적으로 용인되는 방식으로 해소할 수 있다.) 거스는 캐롤린을 '헐크 스매시'라고 부르기 시작했고 의사들에게도 그 별명이 퍼졌다. 우리 모두에게 쉬운 일이 절대로 아니지만, 가능하면 유머감각을 유지하는 편이 좋다. 목요일에는 집에 갈 수 있기를 바라고 있다. 어떻게 될지 나중에 글을 올리겠다……'

말할 필요도 없겠지만 그 애는 목요일에 집에 가지 못했다.

그러니까 어거스터스가 나를 만졌을 때 내가 긴장했던 것도 당연한 일이다. 그와 함께 있으면 상처를 주게 될 것이다. 불가피한 일이니까. 그게 그가 나에게 손을 내밀었을 때 내가 느꼈던 것이다. 폭력을 휘두르고 있는 것 같은 느낌이 들었던 거다. 사실이 그러니까.

나는 그에게 문자를 보내기로 했다. 이 문제에 관한 긴 이야기는 피하고 싶었다.

✉ 안녕, 있잖아, 네가 이걸 이해할지 잘 모르겠지만 난 너랑 키스든 뭐든 아무것도 할 수 없어. 네가 그걸 원한다는 말은 아닌데, 어쨌든 난 할 수 없어.

너를 그런 식으로 보려고 할 때마다 내 눈에 보이는 건 네가 나 때문에 어떤 일을 겪게 될까 하는 것뿐이야. 어쩌면 너한테는 말이 안 되는 소리일지도 모르겠다.

어쨌든 간에, 미안해.

그가 몇 분 후 답을 보냈다.

✉ 좋아.

나도 다시 써 보냈다.

✉ 좋아.

그가 답장을 했다.

✉ 오, 이런, 나한테 꼬리치지 말라고!

나는 간단히 대답했다.

✉ 좋아.

몇 분 후에 핸드폰이 다시 진동을 했다.

✉ 농담이었어, 헤이즐 그레이스. 나도 이해해. (하지만 우리 둘 다 '좋아.'라는 말이 굉장히 꼬리치는 말이라는 거 알잖아. '좋아.'라는 말은 관능성이 '폭발'하는 말이라고.

그에게 다시 '좋아.'라고 답을 보내고 싶은 충동이 강렬하게 솟았지만 내 장례식에 서 있는 그를 떠올리자 얌전하게 문자를 보낼 수 있었다.

✉ 미안.

헤드폰을 그냥 낀 채 잠을 자려고 노력했지만 잠시 후 엄마와 아빠가 방으로 들어오셨다. 엄마는 파랑이를 선반에서 꺼내 배에 대고 안았고, 아빠는 내 책상 의자에 앉아 눈물을 흘리지 않고서 말씀하셨다.

"넌 우리에게 수류탄이 아니란다. 죽음을 생각하면 슬프지만, 헤이즐, 그래도 넌 수류탄은 아니야. 너는 근사해. 넌 모를 테지, 우리 딸. 아이를 낳아 그 아이가 영리하고 독서를 좋아하며 부수적으로 끔찍한 텔레비전 쇼를 보는 취미가 있는 청소년으로 자라나는 걸 본 적이 없으니까. 하지만 네가 우리에게 준 기쁨은 우리가 네 병 때문에 느낀 슬픔보다 훨씬 더 크단다."

"알았어요."

내가 대답했다.

"정말이야. 너에게 이 문제에 관해 거짓말은 하지 않을 거다. 네가 네 가치 이상으로 골칫거리였다면 우린 널 그냥 길거리에 내다버렸을 거야."

아빠가 말했다. 엄마도 무표정한 얼굴로 덧붙이셨다.

"우린 감상적인 사람들이 아니란다. 네 잠옷에 쪽지를 끼워 놓은 채 널 고아원에 갖다 버렸을 거야."

나는 웃음을 터뜨렸다.

"서포트 그룹에는 가지 않아도 돼. 아무것도 할 필요 없단다. 학교에 가는 것만 빼고."

엄마가 그렇게 덧붙이시고는 나에게 곰을 건네셨다.

"파랑이는 오늘밤에 선반에서 자도 될 것 같은데요. 전 33반년이 넘게 살아왔다는 걸 잊지 말아 주세요."

내가 말했다.

"오늘밤엔 안고 자렴."

엄마가 말씀하셨다.

"엄마아."

"얘가 외롭잖니."

"오, 맙소사, 엄마."

하지만 나는 그 멍청한 파랑이를 받아들고 잠이 들 때까지 껴안고 있었다.

사실 새벽 네 시 직후에 깨어났을 때에도 나는 파랑이에게 한 팔을 두르고 있는 상태였다. 머리의 손댈 수 없는 중심부에서부터 지구가 멸망하는 듯한 고통이 온몸으로 퍼져 나갔다.

7

나는 부모님을 깨우기 위해서 소리를 질렀고, 두 분은 내 방으로 뛰어오셨지만 내 뇌 속에서 일어나는 태양이 폭발하는 것 같은 고통을 경감시켜 줄 수 있는 방법은 전혀 없었다. 끊임없이 두개골 내에서 일어나는 불꽃놀이에 드디어 내가 확실히 죽는 게 아닐까 하는 생각이 들었고, 나는 예전에도 그랬듯 고통이 너무 심해지면 몸이 알아서 그것을 차단할 거라고, 의식은 일시적인 거라고, 다 지나갈 거라고 스스로에게 말했다.

하지만 언제나 그렇듯 나는 기절하지 않았다. 파도가 나를 휩쓸고 익사시키지 않고서 그냥 해변에 도로 던져 놓는 것이다.

아빠는 병원 측과 핸드폰으로 통화를 하며 차를 몰았고, 나는 뒷좌석에서 엄마의 무릎을 베고 누워 있었다. 할 수 있는 일이 아무것도 없었다. 비명을 지른들 고통만 악화될 뿐이다. 사실 모든 자극이 고통을 더 악화시켰다.

유일한 해결책은 세계를 무(無)로 돌리는 것, 다시 새카맣고 조용하고 인간이 존재하지 않는 곳으로 만드는 것, 빅뱅 이전으로, 태초로 되돌려서 말씀 외에는 아무것도 없는 그 텅 비고 아직 창조되지 않은 공간에 사는 것뿐이었다.

사람들은 암환자들의 용기에 대해 이야기하고, 나도 그런 용기를 부정하지는 않는다. 나 역시 몇 년이나 바늘로 찔리고 칼로 찢기고 약물을 투여당하면서 어떻게든 버텨 왔으니까. 하지만 착각하지 마라. 그런 순간마다 나는 매우, 대단히 기쁘게 죽어 버리고 싶었다.

집중치료실에서 깨어났다. 내가 집중치료실에 있다는 사실을 깨달은 이유는 나만의 병실이 없기 때문이기도 하고, 삑삑거리는 소리가 엄청 많이 들리는 데다 나 혼자였기 때문이다. 아동병원의 집중치료실에서는 가족들이 하루 종일 머무르지 못한다. 감염의 위험이 있기 때문이다. 홀 아래쪽에서 통곡하는 소리가 들렸다. 누군가의 아이가 죽었나 보다. 나는 혼자였다. 그래서 빨간색 호출 버튼을 눌렀다.

잠시 후 간호사가 들어왔다.

"안녕하세요."

내가 말했다.

"안녕, 헤이즐. 난 네 간호사인 앨리슨이야."

간호사가 인사했다.

"안녕하세요, 내 간호사 앨리슨 씨."

그쯤 되자 다시 엄청나게 피곤해지기 시작했다. 그래도 부모님이 들어와 울면서 내 얼굴에 계속 키스하시는 동안 조금 더 깬 채로 두 분에게 손을 내밀어 꼭 쥐었다. 하지만 손을 쥐자 온몸이 죄다 아팠고, 엄마 아빠는 뇌종양이 아니라 산소공급이 부족해서 두통이 일어난 거였다고, 내 폐에 액체가 무려 1리터 반(!!!!)이 찬 탓이었다고 이야기해 주셨다. 무사히 가슴에서 액체를 빼냈지만 그것 때문에 옆구리가 살짝 불편할 수도 있다고 덧붙이셨다. 왜냐하면, 우와 이거 봐, 내 가슴 안쪽에 관이 삽입되어 우리 아빠가 좋아하는 호박색 맥주와 굉장히 비슷해 보이는 색깔의 액체가 반쯤 차 있는 플라스틱 주머니까지 연결되어 있었기 때문이다. 엄마는 내가 집에 가게 될 거라고, 정말로 그럴 거라고, 그냥 가끔씩 이걸 빼내줘야 하고 내 병신 같은 폐에 공기를 강제로 넣었다 뺐다 해 주는 야간용 기계인 바이팝(BiPAP)을 다시 사용하기만 하면 된다고 말씀하셨다. 하지만 병원에 온 첫날 밤에 전신 PET 스캔을 받았고, 종양이 더 자라지 않았다는 희소식을 들었다고 했다. 새로운 종양도 없고. 어깨 통증 역시 산소 부족으로 인한 통증이었단다. 심장이 너무 힘겹게 움직이는 데서 오는 통증.

"마리아 선생님이 오늘 아침에 낙관적으로 보고 있다고 말씀하셨어."

아빠가 말씀하셨다. 나는 마리아 선생님을 좋아한다. 선생님은 무의미한 말은 하지 않기 때문에 이건 정말로 낙관적인 이야기였다.

"이건 그냥 별것 아닌 일이야, 헤이즐. 우리가 감당할 수 있는 별것 아닌 일."

엄마가 말씀하셨다. 나는 고개를 끄덕였고, 그 다음 내 간호사 앨리슨이 정중하게 두 분을 내보냈다. 그녀가 나에게 얼음조각을 줄까 물었고 나는 고개를 끄덕였다. 간호사는 나와 함께 침대에 앉아서 내 입에 얼음 조각을 떠 넣어 주었다.

"넌 이틀 동안 정신을 잃고 있었단다."

앨리슨이 말했다.

"음, 네가 놓친 게 뭐가 있나 볼까……. 어느 유명인이 마약을 했고, 정치인들이 다퉜고, 또 다른 유명인이 비키니를 입었는데 신체의 결점이 다 드러나 보였고, 어느 팀이 스포츠 경기에서 이겼고 다른 팀은 졌고."

나는 미소를 지었다.

"이런 식으로 모든 사람들에게서 사라져 버리면 안 돼, 헤이즐. 너무 많은 걸 놓쳤잖니."

"조금만 더?"

나는 그녀가 들고 있는 하얀 스티로폼 컵 쪽으로 고개를 끄덕이며 물었다.

"그러면 안 되지만, 난 반항아니까."

그녀는 부순 얼음을 플라스틱 숟가락으로 한 숟갈 더 먹여 주었다. 나는 고맙다고 웅얼거렸다. 착한 간호사들에게 축복 있으라.

"피곤하니?"

그녀가 물었다. 나는 고개를 끄덕였다.

"좀 자렴. 내가 아무도 바이탈 사인과 기타 등등을 확인하러 오지 못하도록 두어 시간 정도 막아 줄 테니까."

나는 다시 고맙다고 말했다. 병원에서는 수도 없이 고맙다고 말하게 된다. 그러곤 침대에 편히 누우려고 노력했다.

"남자 친구에 대해서는 안 물어볼 거니?"

그녀가 물었다.

"남자 친구 없는데요."

내가 대답했다.

"음, 네가 여기 온 이래로 대기실에서 거의 떠나지 않는 애가 하나 있던데."

"걔가 제 이런 모습을 보지는 않았죠, 그렇죠?"

"응. 가족만 봤어."

나는 고개를 끄덕이고 물 속 같은 잠으로 빠져들었다.

집에 돌아가기까지는 엿새가 걸렸다. 단조로운 천장 타일을 바라보고, 텔레비전을 보고, 잠을 자고, 고통을 느끼며 이 시간이 흘러가기만을 바라는 동안 사라진 6일. 부모님 말고 어거스터스나 다른 사람은 아무도 만나지 않았다. 내 머리는 까치집 같았고 휘청거리는 걸음걸이는 치매 환자를 닮았다. 그래도 매일매일 기분은 더 나아졌다. 잠을 자고 일어날 때마다 조금 더 내 모습으로 돌아온 것 같은 느낌이 들었다. 일반의인 짐 선생님이 의대생들 한 무리에 둘러싸인 채 어느 날 아침에 내 옆으로 다가오셔서는 잠을 자는 동안 암과 싸우는 거라고 거의 천 번째로 말씀하셨다.

"그럼 전 암과 싸우는 기계겠군요."

내가 대답했다.

"바로 그렇지, 헤이즐. 계속 쉬렴. 조만간 집에 돌아가게 해 줄 테니까."

화요일에 병원에서는 내가 수요일이면 집에 갈 수 있을 거라고 말했다. 수요일에는 최소한의 감독을 받는 의대생 두 명이 내 가슴관을 제거했다. 그것은 칼을 찔렀다가 빼내는 것과 비슷한 느낌이었고 별로 제대로 되지 않았기 때문에 병원에서는 내가 목요일까지 있어야 한다는 결정을 내렸다. 내가 영구적으로 지연되는 만족감에 관한 실존주의자들의 무슨 실험 대상 같은 게 된 게 아닐까 하는 생각을 하기 시작했던 금요일 아침에 마리아 선생님이 나타나서 내 주변에서 잠시 쿵쿵거리다가 퇴원해도 좋다고 말씀하셨다.

그래서 엄마는 커다란 가방을 열고 내 '집에 가는 옷'을 꺼내셨다. 그동안 내내 들고 다니셨던 모양이다. 간호사가 들어와서 내 정맥주사관을 제거했다. 여전히 산소 탱크를 옆에 두고 있음에도 갑자기 숨을 쉴 수 없는 느낌이 되었다. 나는 욕실에 가서 일주일 만에 첫 샤워를 하고 옷을 입었다. 밖으로 나왔을 때에는 너무 지쳐서 도로 누워 숨을 가다듬어야 했다. 엄마가 물으셨다.

"어거스터스를 만나 볼래?"

"아마도요."

내가 잠시 후 대답했다. 그리고 일어나 벽 쪽에 놓여 있는 똑같이 생긴 플라스틱 의자들 중 하나로 가서 앉아 탱크를 의자 옆에 놓았다. 그것만으로도 기운이 빠졌다.

몇 분 후 아빠가 어거스터스를 데려오셨다. 그의 머리는 엉망진창이 되어 이마 위로 흘러내려 있었다. 나를 보자 그의 얼굴에 진짜 어거스터스 워터스표 헤벌쭉 웃음이 떠올랐고 나 역시 저절로 그 미소에 답했다. 그는 내 의자 옆에 있는 파란색 인조가죽 안락의자에 앉아 웃음을 조금도 억누를 수 없는 얼굴로 내 쪽으로 몸을 기울였다.

엄마와 아빠가 우리 둘만 놔두고 나가셔서 조금 어색했다. 나는 제대로 쳐다보기 어려운 그의 예쁜 눈을 똑바로 보기 위해 대단히 노력했다.

"네가 보고 싶었어."

어거스터스가 말했다. 대답하는 내 목소리는 내가 바라는 것보다 더 작았다.

"내가 끔찍한 모습일 때 날 보겠다고 고집부리지 않아 줘서 고마워."

"솔직히 말해서 넌 지금도 꽤나 형편없는 모습이야."

나는 웃음을 터뜨렸다.

"나도 네가 보고 싶었어. 그저 네가…… 이 모든 걸 보는 게 싫었을 뿐이야. 내가 바란 건, 그냥…… 별것 아냐. 항상 원하는 걸 가질 순 없는 거니까."

"그런가? 난 항상 세상이 소원을 들어 주는 공장이라고 생각했는데."

그가 말했다.

"그렇지는 않은 거 같은데."

내가 대답했다. 그는 너무나 아름다웠다. 그가 내 손을 잡으려고 손을 내밀었지만 나는 고개를 흔들었다.

"안 돼. 우리가 계속 어울리려면 그건, 그러니까 그런 식이어서는 안 돼."

내가 조용히 말했다.

"좋아. 음, 소원 승인 전선에 좋은 소식과 나쁜 소식이 있어."

"좋아?"

내가 말했다.

"나쁜 소식은 네가 나아질 때까지 암스테르담에 갈 수 없게 되었다는 거야. 하지만 지니들은 네 건강이 나아지면 자기들의 그 유명한 마법을 부려줄 거야."

"그게 좋은 소식이야?"

"아니, 좋은 소식은 네가 자는 동안 피터 반 호텐이 자신의 위대한 사상을 우리에게 좀 더 나누어 주었다는 사실이지."

그가 다시 내 손을 향해 손을 뻗었지만, 이번에는 위쪽에 〈피터 반 호

텐, 명예퇴직 소설가)라고 박혀 있는 두툼한 편지지 뭉치를 건네 주기
위해서였다.

  나는 집으로 돌아와서 의료진이 방해할 일 없는 커다랗고 텅 빈 내 침
대에 앉은 다음에야 편지를 읽어 보았다. 반 호텐의 기울어지고 엉망진
창인 글자를 해독하는 데에는 한 세월이 걸렸다.

  워터스 군에게,

  4월 14일 자로 도착한 군의 전자 편지를 받고 지극히 셰익스피어적
인 복잡함을 안은 군의 비극에 감탄했습니다. 이 이야기의 모든 사
람들은 확고한 '비극적 결함'을 갖고 있더군요. 소녀의 경우에는 대
단히 아프다는 것, 그리고 군의 경우에는 대단히 멀쩡하다는 것이
죠. 소녀가 나아지거나 군이 아프게 된다면 별들이 끔찍하게 교차하
지 않는 셈이 되겠지만, 별의 본질이라는 것이 서로 교차하도록 되
어 있는 것이고, 셰익스피어가 카시우스의 편지에 쓴 "친애하는 브
루투스여, 잘못은 우리 별에 있는 것이 아닐세. / 우리 자신에게 있
다네."라는 말은 틀려도 이보다 더 틀릴 수 없는 말입니다. 로마의
귀족이라면(혹은 셰익스피어라면!) 쉽게 그런 말을 할 수 있겠지만,
우리의 별에는 잘못이 수도 없이 많습니다.
  친애하는 윌리엄의 결점에 대한 주제로 이야기를 하고 있자니 헤이
즐 양에 대한 군의 이야기가 시인의 55번 소네트를 연상시켰다는 말
을 해야겠군요. 소네트는 이렇게 시작하지요. "대리석도, 군주들의

황금빛 기념비도 / 이 힘 있는 시보다 더 오래 가진 못하리라. / 하지만 못된 시간 속에 더럽혀진 채 청소도 하지 않은 비석보다 / 그대는 이 행간에서 더 찬란하게 빛나리니." (주제에서 벗어난 이야기를 하자면 시간은 정말로 못돼먹었지요. 모두를 괴롭히니까요.) 이건 좋은 시지만 기만적인 시이기도 합니다. 우리는 셰익스피어의 강렬한 시는 기억하지만, 이 시가 기리고 있는 사람에 대해서는 무엇을 기억하지요? 전혀 없습니다. 아마 남자겠죠. 그 외의 모든 것들은 추측일 뿐입니다. 셰익스피어는 자신의 언어적 비석을 바친 남자에 대해 감동적일 만큼 우리에게 적게 이야기합니다. (우리가 문학에 관해 이야기할 때에는 현재시제를 쓴다는 것도 주목할 부분입니다. 죽은 사람에 대해서 이야기할 때는 이렇게 친절하지 않은데 말입니다.) 글을 쓰는 걸로 죽은 사람을 불멸화하려고 해서는 안 됩니다. 글은 대상을 파묻을 뿐, 되살리지 못합니다. (대폭로: 내가 이런 결론을 내린 첫 번째 사람은 아닙니다. 예를 들어 맥리시의 시 〈대리석도, 황금빛 기념비도〉에는 그 유명한 "내 감히 말하건대 그대가 죽으면 아무도 그대를 기억하지 못하리라."라는 행이 있습니다.)

이야기가 다른 곳으로 흘러갔습니다만, 이제 싫은 소리를 해야겠습니다. 죽은 자는 끔찍한 기억이라는 눈꺼풀 없는 눈에만 보이는 법입니다. 하지만 다행스럽게도 살아 있는 자는 놀라고 실망하는 능력을 갖고 있지요. 워터스 군의 헤이즐 양은 살아있으니 다른 사람의 결정에 군의 의지를 강요해서는 안 됩니다. 특히 그 결정이 깊은 생각을 통해 나온 것이라면 말이지요. 헤이즐 양은 군의 고통을 덜어주고 싶어 하는 것이니 그걸 받아들여야 합니다. 헤이즐 양의 논리가 납득되지 않는다 해도 나는 이 이승이라는 슬픔의 골짜기를 군보

다 오래 걸어왔고, 내 입장에서 보자면 그녀는 전혀 정신적 문제가
없습니다.

진심을 담아,
피터 반 호텐

정말로 그 사람 본인이 쓴 거였다. 손가락을 핥은 다음 종이를 두드려
보니 잉크가 조금 묻어나는 걸로 보아 틀림없는 진짜라는 것을 확인할
수 있었다.

"엄마."

크게 부르지는 않았지만 그럴 필요도 없었다. 엄마는 항상 대기하고
있으니까. 엄마가 문 사이로 고개를 들이미셨다.

"우리 딸 괜찮니?"

"마리아 선생님에게 전화해서 해외여행을 하면 내 생명이 위태로워질
지 물어봐 주실 수 있어요?"

8

이틀 후 우리는 대규모 암 치료 팀 회의를 했다. 의사와 사회복지사와
물리치료사들, 그 외 기타 등등이 회의실의 커다란 탁자 주변에 우르르
모여 앉아서 내 상황에 대해 논하는 거다. (어거스터스 워터스나 암스테
르담 상황이 아니라 암 상황에 대해서 말이다.)

마리아 선생님이 회의를 이끌었다. 선생님은 내가 도착하자 나를 안아 주셨다. 포옹을 좋아하는 분이다.

내 몸은 조금 나아진 것 같았다. 바이팝을 끼고 밤새 자고 나니 폐가 거의 정상이 된 느낌이었다. 물론 폐가 정상적인 게 어떤 건지 사실 기억도 안 나지만.

모든 사람이 도착했고 오로지 나를 위한 시간이라는 걸 보여 주기 위해 호출기를 끄는 등의 쇼가 지나간 후, 마리아 선생님이 말씀하셨다.

"기쁜 소식은 팔란키포가 네 종양의 성장을 여전히 억제하고 있다는 거란다. 하지만 폐에 액체가 차는 건 심각한 문제야. 그래서 앞으로 어떻게 해야 할지를 생각해 봐야 할 것 같은데?"

그러고서 선생님은 마치 대답을 기다리는 것처럼 나를 보셨다.

"음, 전 이 방에서 그 질문에 대답하기에 가장 부적격인 사람이라는 생각이 드는데요?"

내가 말했다. 선생님은 미소 지으셨다.

"그래, 난 사이먼스 선생님의 답을 기다린 거란다. 사이먼스 선생님?"

그분은 다른 암 전문의다.

"음, 다른 환자들을 통해서 보건대 대부분의 종양은 팔란키포를 쓴다 해도 결국에는 자라나게 마련이지만, 그런 경우에는 스캔에서 종양이 성장한 게 보일 겁니다. 그런데 지금은 전혀 보이지 않으니까 아직은 아닌 것 같군요."

'아직은'이라.

사이먼스 선생님이 검지로 탁자를 두드렸다.

"지금 생각해야 하는 건 팔란키포가 수종(水腫)을 악화시킬 가능성이 있다는 점인데, 이 약의 사용을 중단한다면 더욱 심각한 문제들을 맞이하게 될 겁니다."

마리아 선생님이 덧붙이셨다.

"우리도 팔란키포가 장기적으로 미치는 영향에 대해서는 아직 모르는 상태란다, 헤이즐. 너만큼 오랫동안 이 약을 투약한 사람이 거의 없거든."

"그럼 아무것도 하지 않는 건가요?"

"하던 대로 계속 유지할 거다. 하지만 수종이 더 악화되는 것을 막기 위한 치료도 할 필요가 있어."

마리아 선생님이 말씀하셨다. 이유는 모르겠지만 갑자기 속이 울렁거리는 느낌이었다. 금방이라도 토할 것처럼. 대체로 나는 암 치료 팀 회의를 싫어하지만, 이번 회의는 특히 더 싫었다.

"네 암은 사라지지 않을 거야, 헤이즐. 하지만 너 정도로 종양이 침투했는데도 오랫동안 산 사람들을 많이 봤단다."

(나는 오랫동안이라는 게 얼마나 오래인지 물어보지 않았다. 전에 이미 그런 실수를 해 본 적이 있다.)

"집중치료실에서 나온 직후니까 그렇게 생각하기 힘들지도 모르지만, 이 수종은 얼마 동안은 통제 가능한 거란다."

"그냥 폐 이식 같은 걸 받을 수는 없을까요?"

내가 물었다. 마리아 선생님의 입술이 살짝 오므라들었다.

"불행히도 넌 이식에 걸맞은 지원자로 여겨지지 않을 거야."

선생님이 대답하셨다. 그 말은 가망 없는 환자에게 훌륭한 폐를 낭비할 필요는 없지, 라는 뜻이리라. 나는 그 말에 상처입지 않은 얼굴을 하려고 노력하며 고개를 끄덕였다. 아빠는 조금, 울음을 터뜨리셨다. 나는 아빠 쪽을 쳐다보지 않았지만 한참동안 아무도 말을 하지 않아서 아빠의 헐떡이는 울음소리만이 회의실 안에 울렸다.

아빠에게 상처를 주는 게 싫었다. 대부분의 시간에는 잊고 살지만 진실은 냉혹하다. 내가 있어서 부모님이 기쁘실지는 모르겠지만, 부모님의 고통도 나로 인해 시작되고 나로 인해 끝나는 거였다.

　기적 직전에, 내가 집중치료실에 있고 모두가 곧 죽을 거라고 생각했을 때, 엄마가 나에게 이제 포기해도 괜찮다고 말씀하시고 나도 포기하려고 했지만 내 폐가 계속해서 공기를 찾고 있던 그때에, 엄마가 아빠의 가슴에 안겨 울면서 내가 안 들었으면 좋았을 말을, 내가 들었다는 걸 절대로 엄마에게 알려서는 안 되는 그런 말을 하셨다.
　"난 더 이상 엄마 노릇을 하고 싶지 않아요."
　그 말은 내 가슴을 깊이 저몄다.
　암 치료 팀 회의를 하는 내내 그때 생각을 떨쳐버릴 수가 없었다. 그 말을 했을 때 엄마의 말투가 어땠는지를 머릿속에서 지울 수가 없었다. 엄마는 다시는 괜찮아지지 않을 것 같은 목소리였다. 아마 정말로 그럴 것이다.

　어쨌든 결국 우리는 좀 더 액체 제거를 사주 하는 것만 빼면 계속 동일한 치료를 하기로 결론을 내렸다. 마지막에 나는 암스테르담 여행을 가도 되느냐고 물었고, 사이먼스 선생님은 정말로 소리 내어 웃음을 터뜨렸다. 하지만 마리아 선생님이 말씀하셨다.
　"안 될 거 있겠니?"
　그리고 사이먼스 선생님이 반신반의하듯 말씀하셨다.
　"안 될 거 있나?"
　마리아 선생님이 다시 말씀하셨다.
　"그래, 안 될 이유가 없을 것 같구나. 어쨌든 비행기에도 산소통이 실려 있으니까."

사이먼스 선생님이 말씀하셨다.

"바이팝을 게이트에서 통과시켜 줄까요?"

마리아 선생님이 대답하셨다.

"물론이죠. 아니면 그 안쪽에 헤이즐 용으로 하나 대기시켜 두면 돼요."

"환자를, 그것도 팔란키포 생존자 중에서 가장 유망한 환자를, 유일하게 자기 용태를 잘 아는 의사들로부터 비행기로 8시간 이상 떨어져 있는 해외에 보낸다고요? 그건 사서 재앙을 부르는 꼴이에요."

마리아 선생님이 어깨를 으쓱였다.

"위험성이 좀 있긴 하겠죠."

선생님도 인정했지만, 곧 내 쪽으로 고개를 돌리고 덧붙이셨다.

"하지만 이건 네 인생이란다."

꼭 그런 건 아니다. 집으로 돌아오는 차 속에서 부모님은 의료진 모두가 안전할 거라는 데 동의하지 않는다면 암스테르담에 갈 수 없다는 결론을 내리셨다.

***

그날 저녁식사 후에 어거스터스가 전화를 했다. 나는 이미 침대에 있었다. '저녁식사 이후'라는 건 한동안은 '잘 시간'이라는 말과 동의어가 될 것이다. 나는 베개 수십 개를 받치고 파랑이를 옆에 둔 상태로 컴퓨터를 무릎에 올려놓고 있었다.

내가 전화를 받고서 말했다.

"안 좋은 소식이야."

"젠장, 뭔데?"

"나 암스테르담에 갈 수 없어. 의사 선생님 중 한 분이 안 좋은 생각이라고 여기시거든."

그는 잠시 동안 침묵을 지켰다.

"젠장, 그냥 내가 돈을 냈어야 했는데. 〈기괴한 뼈〉에서 널 데리고 곧장 암스테르담에 가버렸어야 했는데."

"하지만 그랬으면 난 아마 암스테르담에서 산소부족이라는 치명적인 상황을 맞이했을 거고, 내 시체가 비행기 짐칸에 실려서 집으로 돌아오게 되었겠지."

내가 대답했다.

"음, 그렇지, 뭐. 하지만 최소한 그 전에 나의 위대한 낭만적인 행위 덕택에 널 안아 볼 수 있지 않았을까."

나는 가슴관을 삽입했던 부분이 욱신거릴 정도로 심하게 웃었다.

"너 내 말이 사실이라서 웃는 거지?"

그가 말했다. 나는 다시 웃었다.

"사실이잖아, 안 그래?"

"아닐 것 같은데."

나는 그렇게 대답하고 잠시 후에 덧붙였다.

"하지만 넌 영원히 그 답을 알 수 없을걸."

그가 비참한 듯이 신음했다.

"난 숫총각으로 죽을 거야."

"너 숫총각이야?"

나는 깜짝 놀라서 물었다.

"헤이즐 그레이스, 너 펜이랑 종이 있어?"

나는 있다고 대답했다.

"좋아, 원을 그려 봐."

나는 원을 그렸다.

"그런 다음 그 원 안에 작은 원을 그려."

그렸다.

"커다란 원은 성 경험이 없는 사람들이야. 작은 원은 열일곱 살에 한쪽 다리밖에 없는 남자야."

나는 다시 웃었고, 대부분의 사교적 만남이 아동병원에서 일어나는 경우 역시 성경험을 확대하는 데 별 도움이 안 된다고 이야기했다. 그런 다음 우리는 못돼먹은 시간에 대한 피터 반 호텐의 놀랄 만큼 재기 넘치는 비평에 대해서 이야기했다. 나는 침대에 있고 그는 자기 집 지하실에 있지만, 우리가 존재하지 않는 제3의 공간으로 다시 돌아간 것 같은 느낌이 들었다. 그와 함께 가면 굉장히 좋은 그런 장소에.

그 후 나는 전화를 끊었고 엄마와 아빠가 내 방으로 오셨다. 침대가 우리 셋이 다 함께 잘 만큼 크지 않음에도 불구하고 두 분은 침대 양옆으로 나와 함께 누워서 내 방의 조그만 TV로 〈아메리카 넥스트 탑 모델〉을 보았다. 내가 싫어하는 셀레나라는 여자가 떨어져서 나는 굉장히 기뻤다. 그런 후에 엄마가 바이팝을 나에게 끼우고 착용시켜 주었고, 아빠는 내 이마에 수염자국이 쓸리게 키스하셨다. 나는 눈을 감았다.

바이팝은 기본적으로 내가 숨 쉬는 걸 기계가 통제하는 것이기 때문에 굉장히 짜증스러웠지만, 이 기계의 놀라운 점은 숨을 들이쉴 때마다 드르렁거리는 소리를 내고 내쉴 때마다 피유, 소리를 낸다는 것이다. 나는 그게 마치 나와 박자를 맞추어 용이 숨을 쉬는 것 같다는 생각을 하곤 했다. 마치 나에게 애완용 용이 있어서 녀석이 내 옆에 기대고 앉아 나와 호흡을 맞출 정도로 나를 사랑하는 것만 같다. 그런 생각을 하면서 나는 잠이 들었다.

다음 날 아침에는 늦게 일어났다. 침대에서 TV를 보고, 이메일을 확인하고, 그리고 한참 있다가 피터 반 호텐에게 내가 암스테르담에 갈 수 없게 되었지만 우리 엄마의 목숨을 걸고 맹세하건대 아무에게도 캐릭터에 대한 정보를 이야기하지 않을 거라고, 심지어 그러고 싶지도 않다고, 왜냐하면 나는 끔찍하리만큼 이기적인 사람이니까, 그러니까 제발 네덜란드 튤립 맨이 진짜인지, 안나의 엄마가 그와 결혼을 하는지, 그리고 햄스터 시지푸스는 어떻게 되었는지 말을 해 달라고 이야기하는 이메일을 작성하기 시작했다.

하지만 보내지는 않았다. 아무리 나라고 해도 그건 너무 구질구질하니까.

세 시쯤 어거스터스가 학교에서 집으로 돌아왔을 거라고 생각하고 나는 뒤뜰로 나가 그에게 전화를 걸었다. 신호음이 울리는 동안 나는 민들레가 가득하고 풀들이 웃자란 풀밭에 앉았다. 그네 세트는 여전히 그 자리에 있었고, 어린 시절 내가 더 높이 올라가려고 발로 차서 만들어진 구덩이에는 잡초가 자랐다. 아빠가 토이저러스에서 가정용 그네 제작 키트를 사와서 이웃 아저씨와 함께 뒤뜰에 설치하던 것이 생각났다. 아빠는 테스트를 하기 위해 당신이 먼저 타보겠다고 말씀하셨고, 그네는 거의 망가질 뻔했었다.

하늘은 회색으로 낮게 깔리고 비 올 기미가 역력했지만 아직은 내리지 않았다. 어거스터스의 음성사서함이 흘러나오자 나는 전화를 끊고 전화기를 옆의 흙 위에 내려놓은 다음 그네 세트를 쳐다보며, 건강한 날 며칠을 위해서라면 나의 아픈 날 전부를 내놓겠다는 생각을 했다. 나는 스스로에게 더 안 좋을 수도 있었다고, 세상은 소원을 들어 주는 공장이 아니라고, 암 때문에 내가 죽는 게 아니라 그럼에도 불구하고 살아 있으며, 암이 나를 죽이기 전에 자진해서 목숨을 바쳐서는 안 되는 거라고 말하려고 노력하다가, 결국 그냥 '멍청해, 멍청해, 멍청해, 멍청해, 멍청해.'라고 그 단어가 의미와 동떨어진 것처럼 느껴질 때까지 계속해서 되뇌었다. 여전히 그 말을 중얼거리고 있을 때 그가 다시 전화를 걸어왔다.

"안녕."

내가 말했다.

"헤이즐 그레이스."

그가 말했다.

"안녕."

내가 다시 말했다.

"너 울고 있어, 헤이즐 그레이스?"

"그럴지도?"

"왜?"

그가 물었다.

"왜냐하면 난 그냥……, 난 암스테르담에 가고 싶고, 그에게 책이 끝난 다음에 어떻게 되었는지 듣고 싶고, 내 인생 자체를 원하지 않고, 거기다가 하늘까지 날 우울하게 만드니까. 그리고 내가 어릴 때 아빠가 만들어 주신 낡은 그네 세트도 있고."

"이 눈물의 그네 세트를 내 눈으로 당장 봐야겠어. 20분 안에 갈게."

그가 말했다.

나는 뒤뜰에 그대로 있었다. 난 자주 울지 않기 때문에 엄마는 내가 울면 항상 숨이 막힐 정도로 걱정을 하시기 때문이다. 엄마는 치료법 조정에 대해 걱정할 필요가 없다는 이야기를 하려고 하실 게 분명하고, 그런 대화를 생각하는 것만으로도 토할 것 같았다.

건강한 아빠가 건강한 아이를 밀어 주고 아이가 '더 높이, 더 높이, 더 높이!' 같은 말을 하거나, 뭐 그 비슷한 상징적 울림이 있는 순간에 관한 아플 만큼 선명한 기억이 내게 있는 것도 아니다. 그네 세트는 그냥 버려진 채 거기 있을 뿐이었다. 두 개의 작은 그네가 회색빛 나무 몸통 옆에 꼼짝 않고 슬프게 놓여 있었고, 그네 의자의 모양은 어린 아이의 손으로 그린 미소처럼 보였다.

내 뒤로 유리 미닫이문이 열리는 소리가 들렸다. 돌아보았다. 카키색 바지에 반팔 격자무늬 버튼다운 셔츠 차림을 한 어거스터스였다. 나는 소매로 얼굴을 닦고 미소를 지었다.

"안녕."

그가 내 옆으로 와서 바닥에 앉는 데는 약간 시간이 걸렸다. 우아하지 못하게 엉덩이로 착지하고서 그는 인상을 찌푸렸다.

"안녕."

그가 마침내 말했다. 나는 그를 쳐다보았다. 그는 나를 지나 뒤뜰을 바라보았다.

"네 말의 요점을 알겠어."

그가 내 어깨에 팔을 두르며 말했다.

"끔찍하게 슬퍼 보이는 그네 세트인데."

나는 그의 어깨에 머리를 기댔다.

"오겠다고 해 줘서 고마워."

"나와 거리를 두려고 노력한다고 해서 너에 대한 내 애정이 줄지 않는다는 걸 이젠 깨달았지?"

그가 말했다.

"아마도?"

"너로부터 나를 구하겠다는 모든 노력은 실패하게 될 거야."

"이유가 뭐야? 어떻게 날 좋아할 수 있는 거야? 이런 일은 이미 충분히 겪지 않았어?"

나는 캐롤린 매더스를 떠올리며 물었다.

거스는 대답하지 않았다. 그저 나를 안은 채 강인한 손가락으로 내 왼팔을 잡고 있을 뿐이었다.

"이 망할 그네 세트에 대해서 뭔가 해야 돼. 내가 장담하는데, 그게 문제의 90퍼센트라고."

그가 말했다.

기분이 나아진 다음 우리는 안으로 들어가서 소파에 나란히 앉아 그의 (가짜) 무릎과 내 무릎에 절반씩 노트북 컴퓨터를 올려놓았다.

"뜨거워."

나는 노트북 아랫부분에 대해서 말한 거였다.

"그래?"

그가 미소를 지었다. 거스는 '조건 없는 공짜'라는 이름의 무료 나눔 사이트를 찾았고 우리는 함께 거기에 광고를 썼다.

"제목은?"

그가 물었다.

"〈그네 세트에게 집이 필요해요.〉"

내가 말했다.

"〈지독하게 외로운 그네 세트에게 애정 넘치는 집이 필요해요.〉"

그가 말했다.

"〈외롭고 약간 소아성애 취향인 그네 세트가 어린이의 엉덩이를 찾습니다.〉"

내가 말했다. 그가 웃음을 터뜨렸다.

"그게 이유야."

"응?"

"그게 내가 널 좋아하는 이유라고. 섹시하면서 '소아성애'라는 단어를 알고 있는 여자애를 만나는 게 얼마나 드문 일인지 알아? 넌 너로 사느라 바빠서 네가 얼마나 특이한 사람인지 전혀 모르는 거 같아."

나는 코로 깊게 숨을 들이쉬었다. 언제나 세상에 공기가 부족한 느낌이었지만 그 부족함이 지금 이 순간에 더욱 날카롭게 의식되었다.

우리는 함께 광고를 쓰며 서로 교정을 해 주었다. 결국 우리가 쓴 내용은 이런 것이었다.

지독하게 외로운 그네 세트에게 애정 넘치는 집이 필요해요.

낡았지만 여전히 튼튼한 그네 세트 하나가 새로운 집을 찾습니다. 제가 오늘 오후에 그랬던 것처럼 언젠가 자녀들이 뒤뜰을 바라보고 감상적인 아픔을 느낄 수 있을 만한 추억을 자녀들과 함께 만드세요. 삶이란 연약하고 덧없는 것이지만, 이 그네 세트와 함께라면 여러분의 자녀들이 인간사의 오르락내리락하는 본성을 부드럽고 안전하게 배울 수 있을 것이며 또한 무엇보다도 중요한 교훈을 얻을 수 있을 겁니다. 아무리 세게 발을 구른다 해도, 아무리 높이 올라간다 해도 한 바퀴 빙 돌 수는 없다는 사실을요.

그네 세트는 현재 스프링 밀 83번가 부근에 있습니다.

그런 다음 우리는 잠시 TV를 보았지만 볼 만한 게 없었다. 나는 침대 옆 탁자에서 『장엄한 고뇌』를 집어 거실로 다시 돌아왔고, 엄마가 점심을 만드시는 동안 어거스터스 워터스가 책을 읽어 주는 것을 들었다.

"엄마의 유리 눈이 안쪽으로 돌아갔다.'"

어거스터스가 읽기 시작했다. 그가 읽는 동안 나는 잠이 드는 것과 같은 방식으로 사랑에 빠졌다. 천천히, 그러다가 갑작스럽게.

한 시간 후 이메일을 확인하다가 나는 그네 세트 적합자가 수없이 많아서 골라야 한다는 사실을 알게 되었다. 결국에 우리는 자신의 세 아이들이 비디오게임을 하고 있는 사진 아래 '난 이 애들이 나가서 놀길 바라요.'라고 써 놓은 대니얼 알바레즈라는 남자를 골랐다. 나는 그에게 이메일을 보내서 시간이 날 때 가지러 오라고 말했다.

어거스터스는 자신과 함께 서포트 그룹에 가고 싶으냐고 물었지만 나는 '암 보유자'로서 바쁜 하루를 보냈기 때문에 굉장히 피곤해서 건너뛰기로 했다. 소파에 함께 앉아 있다가 그는 가려고 일어섰다. 하지만 곧 다시 소파에 앉아서 내 뺨에 재빨리 키스했다.

"어거스터스!"

내가 말했다.

"우정의 키스야."

그가 그렇게 말하고 다시 일어났고, 이번엔 우리 엄마 쪽으로 두 걸음 걸어가서 말했다.

"아줌마를 뵙는 건 항상 즐거운 일이에요."

엄마는 팔을 벌려 그를 껴안으려 했지만 어거스터스는 몸을 기울여 엄마의 뺨에 키스했다. 그리고 나를 돌아보았다.

"봤지?"

그가 말했다.

저녁식사가 끝나자마자 잠자리에 들었다. 바이팝이 내 방 너머의 세상을 모두 침잠시켰다.

나는 다시는 그네 세트를 보지 못했다.

나는 한참을, 거의 열 시간을 잤다. 회복이 느리기 때문일 수도 있고, 어쩌면 자는 동안 암과 싸우기 때문일 수도 있고, 아니면 내가 특별히 기상 시간이 정해져 있지 않은 십대이기 때문일 수도 있다. 아직은 MCC에 다시 수업을 들으러 갈 만큼 건강해지지 않았다. 마침내 잠에서 깼다 싶을 때 나는 바이팝 호흡기를 코에서 떼어내고, 내 산소 호흡 튜브를 부착하고 전원을 켠 다음 어젯밤에 노트북을 넣어놨던 침대 아래서 도로 그것을 꺼냈다.

리더비히 블리헨타르트에게서 온 이메일이 있었다.

헤이즐 양에게,

지니들을 통해서 아가씨가 어거스터스 워터스 군, 그리고 아가씨의 모친과 함께 5월 4일에 우리를 방문한다는 소식을 들었습니다. 겨우 일주일 남았군요! 피터 선생님과 나는 굉장히 기쁜 마음이고 아가씨를 보게 될 날만을 기다리고 있습니다. 아가씨의 호텔인 필로수오프는 선생님의 집에서 겨우 도로 하나 거리입니다. 아마 시차 때문에 하루는 쉬게 해 주는 것이 좋겠지요? 그러니까 괜찮다면 5월 5일 아침 열 시 경에 선생님 댁에서 만나 커피를 마시며 아가씨가 선생님의 책에 관해 궁금했던 것을 물어보는 시간을 가지면 어떨까요? 그리고 그 후에는 우리가 박물관이나 안네 프랑크의 집을 구경시켜 줄 수도 있을 것 같군요.

좋은 하루가 되길 바라며,
리더비히 블리헨타르트
『장엄한 고뇌』의 저자 피터 반 호텐 선생님의 관리 비서

***

"엄마."

내가 말했다. 엄마는 대답하지 않으셨다.

"엄마!"

나는 소리를 질렀다. 여전히 아무도 나타나지 않았다. 그래서 다시 더 크게 소리쳤다.

"엄마아!"

엄마는 겨드랑이 아래 얇은 분홍색 타월만 두른 채 거의 겁에 질린 모습으로 물을 줄줄 흘리며 달려오셨다.

"무슨 일이니?"

"별것 아니에요. 죄송해요. 엄마가 샤워를 하시는 줄 몰랐어요."

내가 말했다.

"목욕 중이었단다. 난 그냥……."

엄마가 눈을 감았다.

"그냥 5초쯤 목욕을 해 볼까 하던 참이었어. 미안하구나. 무슨 일이니?"

"지니한테 전화해서 여행이 취소되었다고 얘기 좀 해 주시겠어요? 피터 반 호텐 선생님의 비서로부터 이메일을 받았어요. 그분은 우리가 가는 줄 알고 계시더라고요."

엄마가 입술을 오므리고 가느다란 눈으로 내 어깨 너머를 쳐다보셨다.

"왜요?"

내가 물었다.

"너희 아빠가 집에 온 다음에 얘기해 주기로 했었는데."

"뭘요?"

내가 다시 물었다. 엄마가 마침내 대답하셨다.

"여행 가기로 했단다. 마리아 선생님이 어젯밤에 전화해서 네가 네 삶을 살아야 하는 납득이 가는 이유를 말씀해 주셔서……."

"엄마, 정말, 정말 사랑해요!"

나는 소리를 질렀고 엄마는 내가 껴안을 수 있게 침대로 다가오셨다.

어거스터스는 학교에 있을 거라서 나는 그에게 문자를 보냈다.

✉ 여전히 5월 3일에 시간 돼? :-)

그가 곧바로 답을 보냈다.

✉ 워터스 준비 완료임.

내가 일주일만 더 버틸 수 있다면, 나는 안나의 엄마와 네덜란드 튤립맨에 관해 글로 쓰여지지 않은 비밀을 알게 될 것이다. 나는 블라우스 위로 내 가슴을 내려다보았다.

"네 할 일 똑바로 해야 돼."

나는 내 폐에게 속삭였다.

9

암스테르담으로 가기 전날, 나는 어거스터스를 만난 이래 처음으로 다시 서포트 그룹에 나갔다. 예수의 진정한 심장에 모인 사람들의 상황은 조금 변해 있었다. 나는 일찍 도착해서 충수암 생존자로 꽤 오랫동안 건강한 상태인 리다와 한참 이야기를 나눌 수 있었다. 리다는 내가 디저트 탁자에 기대 가게에서 사온 초콜릿 칩 쿠키를 먹는 동안 모든 사람의 근황에 대해서 이야기해 주었다.

열두 살의 백혈병 환자 마이클은 사망했다. 그 애는 열심히 싸웠다고 리다는 말했다. 마치 달리 싸우는 방법이 있는 것처럼. 다른 사람들은 전부 다 그대로였다. 켄은 방사선 치료 이래로 NEC 상태였다. 루카스는 재발했다. 리다는 마치 알코올 중독이 재발했다는 이야기를 하듯 슬픈 미소를 띠고 어깨를 으쓱이며 이 이야기를 했다.

귀엽고 통통한 여자아이가 탁자로 걸어와서 리다에게 인사를 한 다음 나에게 자신은 수잔이라고 소개했다. 그 애의 어디가 문제인지는 모르겠지만, 코 옆부터 뺨을 가로질러 입술 아래까지 흉터가 길게 있었다. 흉터를 화장으로 덮으려고 한 것 같았으나 오히려 더 강조될 뿐이었다. 한참 서 있었던 탓에 숨이 가빠지기 시작해서 내가 말했다.

"난 좀 앉아야겠어."

그리고 나서 엘리베이터가 열리고 아이작과 그 애 엄마가 나타났다.

아이작은 선글라스를 쓴 채 한 손으로 자기 엄마의 팔을 잡고 다른 손은 지팡이를 쥐고 있었다.

"서포트 그룹의 헤이즐이야. 모니카가 아니고."

그가 가까이 다가왔을 때 내가 말했고, 그는 미소를 지었다.

"안녕, 헤이즐. 어떻게 지냈어?"

"잘 지냈어. 네가 시력을 잃은 이래로 난 진짜 섹시해졌어."

"그렇겠지."

그가 대답했다. 아이작의 엄마가 그를 의자로 데려가서 머리 위에 키스한 후 엘리베이터로 다시 되돌아갔다. 그는 자신의 아래쪽을 손으로 더듬어본 다음 자리에 앉았다. 나는 그의 옆 의자에 앉았다.

"그래, 어떻게 지냈어?"

"괜찮았어. 집에 돌아가서 기뻤지. 거스가 그러는데 너 집중치료실에 있었다며?"

"응."

내가 대답했다.

"지랄 같았겠다."

"지금은 훨씬 나아졌어. 내일 거스랑 같이 암스테르담에 갈 거야."

내가 말했다.

"알아. 네 생활에 대해서는 최신 뉴스까지 전부 다 알지. 왜냐하면 거스가, 다른 얘긴, 아예, 안 하거든."

나는 미소를 지었다. 패트릭이 목을 가다듬고 말했다.

"모두들 자리에 앉을까?"

그가 나를 쳐다보았다.

"헤이즐! 널 보게 되어 정말 기쁘구나!"

모두 자리에 앉자 패트릭은 또 다시 자신의 무(無)방울 이야기를 늘어

놓았고, 나는 서포트 그룹의 관례로 되돌아갔다. 아이작과 한숨으로 의사소통을 나누고, 방 안에 있는 모두에게 유감을 느끼고, 그 바깥에 있는 모든 사람에 대해서도 마찬가지이고, 종종 대화에서 빠져나와 나의 호흡 부족과 고통에 대해서 생각했다. 내가 전력으로 참여하지 않아도 세상은 언제나 그렇듯 잘 돌아갔고, 나는 누군가가 내 이름을 부르는 바람에 마침내 몽상에서 깨어났다.

그것은 '건강한 리다'였다. 관해 상태에 있는 리다. 고등학교 수영팀에서 수영을 하는 건강하고 튼튼한 금발의 리다. 겨우 충수 하나만 없어진 리다가 내 이름을 부르며 말하고 있었다.

"헤이즐은 저에게 정말 큰 본보기가 되어 줬어요. 정말로요. 헤이즐은 계속해서 싸워 나가며 매일 아침에 일어나서 불평하지 않고 다시 전쟁을 치를 준비를 하죠. 저 애는 정말 강해요. 저보다 훨씬 더 강해요. 저에게도 헤이즐 같은 힘이 있으면 좋겠어요."

"헤이즐? 이런 이야기를 들으니 기분이 어떠니?"

패트릭이 물었다. 나는 어깨를 으쓱이고 리다를 쳐다보았다.

"내가 네 관해 상태를 얻을 수 있다면 내 힘을 다 너한테 줄게."

말을 하자마자 죄책감이 들었다.

"리다가 한 말은 그런 뜻이 아닌 것 같다만. 그 애 말은 아마……."

패트릭이 말했지만 나는 더 이상 듣지 않았다.

살아 있는 사람에 대한 기도와 죽은 사람에 대한 끝없는 기원(마이클의 이름이 마지막에 붙었다.)이 끝난 다음 우리는 손을 잡고 말했다.

"오늘을 최선을 다해 살자!"

리다는 즉각 나에게 달려와서 온갖 사과와 설명을 늘어놓았고, 나는 "아니, 아니야, 정말로 괜찮아."라고 말하며 그 애를 떼어낸 다음 아이작에게 말했다.

"나랑 같이 위층으로 올라갈래?"

아이작은 내 팔을 잡았고, 나는 계단을 피할 수 있는 변명거리가 생긴 것에 감사하며 그 애와 함께 엘리베이터로 걸어갔다. 거의 엘리베이터까지 다 갔을 때 그 애의 엄마가 심장 구석에 서 있는 게 보였다.

"나 여기 있단다."

아이작의 엄마가 말씀하셨고, 아이작은 내 팔에서 엄마의 팔로 손을 옮긴 다음 물었다.

"너도 같이 올래?"

"좋아."

내가 대답했다. 아이작이 불쌍하다는 기분이 들었다. 사람들이 나를 동정하는 건 싫은데도, 그 애한테 그런 마음이 드는 걸 억누를 수가 없었다.

아이작은 고급 사립학교 옆에 있는 메리디안 힐의 작은 단층 주택에 살았다. 아이작의 엄마가 부엌에서 저녁식사를 만드실 동안 우리는 거실에 앉아 있었다. 아이작이 나에게 게임을 하고 싶으냐고 물었다.

"좋아."

아이작은 리모컨을 달라고 말했다. 내가 리모컨을 주자 TV를 켜고 거기 연결된 컴퓨터도 켰다. TV 화면이 검게 변했으나 몇 초 후 낮은 목소리가 흘러나왔다.

"디셉션. 1인 플레이입니까, 2인 플레이입니까?"

"2인."

아이작이 말했다.

"정지."

그리고는 그가 나를 돌아보았다.

"난 거스랑 이 게임을 맨날 하는데, 그 녀석은 완전 자살형 비디오 게임 플레이어라서 정말 열받아. 그 녀석은 말하자면, 시민이랑 기타 등등을 구출하는 데 지나치게 적극적이야."

"응."

나는 부서진 트로피의 밤을 떠올리며 대답했다.

"정지 끝."

아이작이 말했다.

"1번 플레이어, 자신을 밝혀 주십시오."

"이게 1번 플레이어의 섹시섹시 보이스야."

아이작이 말했다.

"2번 플레이어, 자신을 밝혀 주십시오."

"내가 아마도 2번 플레이어겠지."

내가 말했다.

〈맥스 메이헴 하사와 재스퍼 잭스 이등병이 약 1제곱미터의 어둡고 텅 빈 방에서 깨어납니다.〉

아이작은 내가 TV를 향해 뭔가 말을 해야 할 것처럼 그쪽을 가리켰다.

"음, 조명 스위치가 있어?"

내가 말했다.

〈아니요.〉

"문이 있어?"

〈잭스 이등병이 문을 찾습니다. 문은 잠겨 있습니다.〉

아이작이 끼어들었다.

"문틀 위에 열쇠가 있을 거야."

〈네, 있습니다.〉

"메이헴이 문을 연다."

〈여전히 사방이 어둡습니다.〉

"칼을 꺼내."

아이작이 말했다.

"칼을 꺼내."

나도 말했다.

아마도 아이작의 동생인 듯한 아이가 부엌에서 뛰어나왔다. 열 살 정도 되어 보이고 튼튼하고 에너지가 넘치는 아이가 거실을 깡충거리며 가다가 아이작의 목소리를 놀랄 만큼 똑같이 흉내 내어 소리쳤다.

"자살해."

〈메이헴 하사가 칼을 목에 갖다 댑니다. 정말로 실행……〉

"아니야. 정지. 그레이엄, 자꾸 그러면 네 엉덩이를 걷어차 버릴 줄 알아."

아이작이 말했다. 그레이엄은 깔깔대고 웃으며 깡충깡충 뛰어 복도로 사라졌다.

메이헴과 잭스가 된 아이작과 나는 동굴 안으로 전진하다가 웬 남자를 만났다. 그는 우리가 지상에서 1.6킬로미터 이상 아래 있는 우크라이나의 감옥 동굴에 있다고 말해 주었고, 그 후에 우리는 그를 찔렀다. 계속 전진하는 동안 요란한 지하수 소리, 영어 액센트가 있는 우크라이나어로 이야기하는 소리 등 사운드 효과가 동굴을 통해 들려왔으나 게임 안에선 볼 게 별로 없었다. 한 시간 동안 게임을 한 후에 드디어 절망에 사로잡힌 죄수가 애원하는 소리가 들리기 시작했다.

"신이여, 도와주세요. 신이여, 도와주세요."

"정지."

아이작이 말을 이었다.

"여기서 거스는 항상 죄수를 찾아야 한다고 주장해. 그렇게 하면 게임에서 승리하지 못하게 되고, 유일하게 죄수를 정말로 풀어 줄 수 있는 방법은 게임에서 이기는 것뿐인데도."

"응, 걔는 비디오 게임을 너무 진지하게 받아들이는 것 같더라. 상징에 너무 홀딱 빠져 있는 것 같아."

내가 말했다.

"너 그 녀석을 좋아해?"

아이작이 물었다.

"당연히 좋아하지. 걘 훌륭해."

"하지만 그 녀석이랑 사귀고 싶지는 않고?"

나는 어깨를 으쓱였다.

"좀 복잡해."

"네가 뭘 하려고 하는지 알겠다. 그 녀석이 감당할 수 없을 것 같은 문제를 떠안기고 싶지 않은 거겠지. 걔가 너한테 모니카스러운 일을 하길 바라지 않는 거지?"

"아마도."

나는 그렇게 대답했지만, 사실 그런 건 아니었다. 사실은 내가 그에게 아이작스러운 일을 하고 싶지 않은 거였다.

"모니카 입장에서 이야기하자면, 네가 걔한테 한 일도 그렇게 멋졌던 건 아니야."

내가 말했다.

"내가 도대체 걔한테 뭘 했는데?"

아이작이 방어적으로 물었다.

"알잖아. 시력을 잃고 뭐 그런 것들."

"하지만 그건 내 잘못이 아니잖아."

"네 잘못이라고 말하는 건 아니야. 멋지지 않다고 말했을 뿐이지."

10

　우리는 짐가방을 딱 하나만 가져갈 수 있었다. 나는 가방을 들 수 없고 엄마는 두 개는 들 수 없다고 주장하셨기 때문에, 부모님이 백만 년 전에 결혼선물로 받으셔서 어딘가 이국적인 장소에서 일생을 보내야 했지만 결국엔 아빠가 종종 방문하는 모리스 부동산 회사의 데이튼 지사에나 오가는 신세가 되어 버린 검은색 짐가방에 공간을 확보하는 수밖에 없었다.

　나는 나와 내 암이 아니었다면 우리가 애초에 암스테르담에 갈 수 없었을 테니까 내가 짐가방에서 반 이상의 공간을 써야 한다고 주장하며 엄마와 다퉜다. 엄마는 당신이 나보다 두 배는 크니까, 당신의 우아함을 유지하기 위한 옷들이 차지하는 공간 역시 많을 수밖에 없으니 최소한 짐가방의 3분의 2를 사용해야 한다고 주장하셨다.

　결국에는 우리 둘 다 졌다. 그렇게 넘어갔다.

　우리 비행기는 정오에나 떠나지만, 엄마는 새벽 다섯 시 반에 나를 깨우고 불을 켜고 소리를 지르셨다.

　"암스테르담이야!"

　엄마는 아침 내내 뛰어다니며 인터내셔널 플러그 어댑터는 챙겼는지 확인하시고 거기 가져갈 산소 탱크의 숫자가 맞는지, 탱크는 전부 꽉 차 있는지 네 번쯤 확인하셨다. 그 동안 나는 그냥 침대에서 일어나서 암스테르담 여행용 의상을 입었다. (청바지, 분홍색 탱크톱, 비행기가 추울 경우에 대비한 검은색 카디건이었다.)

여섯 시 십오 분쯤 차에 짐이 모두 실렸지만 엄마는 우리가 아빠와 같이 아침을 먹어야 한다고 주장하셨다. 나는 해가 뜨기 전에 식사를 하는 데 윤리적인 저항감이 있다. 내가 들판에 나가 하루 종일 일을 하기 위해 배를 채우는 19세기 러시아 농민도 아니고. 하지만 어쨌든 엄마와 아빠가 좋아하시는 홈메이드 버전의 에그 맥머핀을 맛있게 드실 동안 나는 계란을 조금이나마 삼키기 위해 노력했다.

"왜 아침식사 음식은 블랙퍼스트 푸드(Breakfast food)인 걸까요?"

내가 부모님께 물었다.

"그러니까, 아침식사로 카레를 먹으면 안 돼요?"

"헤이즐, 그냥 먹으렴."

"하지만 왜죠? 정말로 말이에요. 왜 스크램블드에그가 아침식사에 독점적인 지위를 차지하게 되었을까요? 샌드위치에 베이컨을 넣는다 해도 아무도 이상하게 생각하지 않는데, 샌드위치에 계란을 넣는 순간, 짠, 이건 블랙퍼스트 샌드위치가 된다고요."

아빠가 입에 음식이 꽉 찬 채 대답하셨다.

"네가 돌아오면 우린 저녁으로 블랙퍼스트 메뉴를 먹자꾸나. 됐니?"

"전 '저녁으로 블랙퍼스트'를 먹는 건 바라지 않아요."

나는 거의 음식이 그대로 남아 있는 접시 위에 나이프와 포크를 교차시켜 내려놓으며 대답했다.

"전 설령 저녁 때 나온다고 해도 스크램블드에그가 포함된 식사가 '블랙퍼스트'라고 불리는 우스꽝스러운 법칙 없이 저녁식사 때 스크램블드에그를 먹고 싶다고요."

"네가 이 세상에 싸움을 선포하고 있구나, 헤이즐."

엄마가 말씀하셨다.

146

“하지만 네가 이 문제에서 꼭 이기고 싶다면, 우린 널 지지하마.”

“좀 떨어져서 말이지.”

아빠가 덧붙이셨고 엄마는 웃음을 터뜨리셨다.

어쨌든, 나도 바보 같다는 건 알지만, 난 스크램블드에그가 좀 불쌍했다.

식사를 마친 후 아빠는 설거지를 하시고 우리를 차까지 바래다 주셨다. 당연하게도 아빠는 울기 시작하셨고, 젖고 수염이 서걱거리는 얼굴로 내 뺨에 키스하셨다. 그러고는 내 광대뼈에 코를 누르며 속삭이셨다.

“널 사랑한단다. 네가 정말로 자랑스럽구나.”

(무엇에 관해서인지는 나도 잘 모르겠다.)

“고마워요, 아빠.”

“며칠 있다가 보자. 알겠지, 우리 딸? 널 정말로 사랑한단다.”

“저도 사랑해요, 아빠. 그리고 겨우 사흘인 걸요.”

나는 미소를 지었다.

드라이브웨이를 나오는 내내 나는 아빠에게 손을 흔들었다. 아빠도 손을 흔들며 계속 우셨다. 문득 아빠가 다시는 나를 보지 못할지도 모른다고 생각하고 계실 수도 있다는 느낌이 들었다. 아마 매일 아침 출근하시면서도 그런 생각을 하실지 모른다. 그건 굉장히 거지같은 기분일 것이다.

엄마와 나는 어거스터스의 집 앞으로 향했고, 도착한 뒤 엄마는 내가 차에 앉아 쉬기를 바라셨지만 나는 엄마와 함께 문 앞으로 걸어갔다. 집 앞까지 갔을 때 안에서 누군가가 우는 소리가 들렸다. 그 소리가 거스의 나지막한 말소리와는 전혀 다르게 들렸기 때문에 처음에는 그라고 생각하지 않았지만, 곧 좀 변형되긴 했어도 확실하게 그가 말하는 소리가 들렸다.

"왜냐하면 이건 내 인생이니까요, 엄마! '내가' 사는 거라고요."

엄마가 재빨리 내 어깨에 팔을 두르고 차 쪽으로 몸을 돌린 다음 빠르게 걸어갔고, 나는 엄마에게 물었다.

"엄마, 무슨 일이에요?"

엄마가 대답하셨다.

"남 이야기를 엿들으면 안 되는 거야, 헤이즐."

우리는 차로 돌아갔고 나는 어거스터스에게 우리가 밖에 있으니 준비되면 나오라고 문자를 보냈다.

한동안 우리는 집을 쳐다보았다. 집이라는 것의 기묘한 점은 우리의 삶 대부분을 품고 있음에도 불구하고 거의 항상 안에서 아무 일도 일어나지 않는 것처럼 보인다는 것이다. 그게 건축의 핵심인 게 아닐까 하는 궁금증이 일었다.

엄마가 잠시 후에 말씀하셨다.

"음, 우리가 좀 일찍 온 모양이구나."

"제가 다섯 시 반에 일어날 필요가 없었을 정도로 말이죠."

엄마는 우리 사이의 콘솔에 손을 뻗어 커피 컵을 집어 한 모금 마셨다. 내 핸드폰이 진동했다. 어거스터스의 문자였다.

✉ 뭘 입어야 할지 결정을 못하겠어!!! 폴로가 좋아, 버튼다운이 좋아?

나는 답을 보냈다.

✉ 버튼다운.

30초 후 현관문이 열리고 웃는 얼굴의 어거스터스가 바퀴 달린 가방을 끌면서 나왔다. 그는 청바지에 잘 다린 하늘색 버튼다운 셔츠를 안으로 넣어 입은 차림새였다. 입술에서는 카멜 라이트가 달랑거렸다. 엄마가 내려서 그에게 잘 있었느냐고 인사하셨다. 그는 잠깐 담배를 빼고서 내가 익숙한 자신만만한 목소리로 말했다.

"언제나 아줌마를 뵙는 건 즐겁죠."

나는 백미러로 두 사람을 보았다. 엄마가 트렁크를 여는 바람에 곧 시야가 가려졌다. 잠시 후 어거스터스가 내 뒤쪽의 문을 열고 다리 하나로 자동차 뒷좌석에 올라타는 복잡한 일을 해내기 위해 노력했다.

"조수석에 탈래?"

내가 물었다.

"그럴 필요 전혀 없어. 그리고 안녕, 헤이즐 그레이스."

"안녕."

나도 인사를 한 다음 다시 물었다.

"다 좋아?"

"좋아."

그가 대답했다.

"좋아."

엄마가 올라타서 차문을 닫으셨다.

"다음 정거장은 암스테르담입니다."

엄마가 외치셨다.

하지만 그 말은 사실이 아니었다. 다음 정거장은 공항 주차장이었고, 버스를 타고 터미널까지 간 뒤 그 다음에는 바깥에 있는 전동차를 타고서 보안검색대까지 이동했다. 줄 제일 앞에 있는 공항 보안검색 담당자가 우리 가방에 폭탄이나 무기나 90ml가 넘는 액체류는 들어 있으면 안 된다고 외쳤고, 나는 어거스터스에게 말했다.

"관찰 결과: 줄을 서는 건 억압의 한 형태인 것 같아."

그가 대답했다.

"그러게."

손으로 검색을 받는 대신 나는 내 카트나 탱크, 심지어는 코에 끼우는 플라스틱 튜브도 하지 않은 채 금속 탐지기를 걸어서 지나가는 편을 택했다. 엑스레이 기계를 걸어서 통과했던 것은 몇 달 만에 처음으로 산소 없이 한 걸음이라도 걷는 경험이었고, 걸리적거리는 게 아무것도 없이 그렇게 걸어가는 기분은 굉장히 근사했다. 루비콘 강이라도 건너는 느낌이었다. 기계의 침묵은 비록 짧은 시간이지만 내가 금속 성분이 없는 존재임을 확인시켜 주었다.

나는 뭐라고 정확하게 설명할 수 없는, 내가 내 몸의 주인이 된 것 같은 기분을 느꼈다. 이것은 마치 어린 시절 내가 내 책을 죄다 넣은 무거운 배낭을 어디든 항상 메고 돌아다니던 때에, 그 배낭을 한참 메고 있다가 벗으면 몸이 둥둥 떠오를 것 같은 느낌이었던 것과 비슷하다.

약 10초 후, 내 폐가 해질 무렵의 꽃처럼 안쪽으로 말려드는 느낌이 들기 시작했다. 나는 기계 바로 옆에 있는 회색 의자에 앉아서 호흡을 가다듬으려고 노력했다. 낮게 켁켁거리는 것 같은 기침이 나왔다. 캐뉼러를 제자리에 부착할 때까지 나는 굉장히 비참했다.

하지만 그러고 나서도 아팠다. 고통은 항상 그 자리에서 나를 내 안으로 끌어당기며 느끼기를 종용한다. 바깥 세상에 갑작스럽게 평가나 주의를 요구하는 것이 생기면 항상 나는 고통에서 깨어나 그쪽을 보게 되는 것 같은 느낌이 든다. 엄마가 걱정스러운 얼굴로 나를 보셨다. 방금 뭐라고 말씀하셨는데, 뭐라고 하신 거지? 그러다가 생각이 났다. 엄마는 무슨 일이냐고 물으셨다.

"아무것도요."

내가 대답했다.

"암스테르담이야!"

엄마가 반쯤 소리를 치셨다. 나는 미소를 지었다.

"암스테르담이에요."

나도 대답했다. 엄마가 손을 뻗어 나를 일으켜 주셨다.

우리는 예정된 탑승 시간보다 한 시간 일찍 게이트에 도착했다.

"랭카스터 아줌마, 아줌마는 정말이지 놀랄 만큼 정확한 분이시네요."

어거스터스는 거의 텅 빈 게이트 대기장소에서 내 옆에 앉으며 말했다.

"음, 내가 기본적으로 그렇게 바쁜 사람이 아니라는 게 도움이 되지."

엄마가 말씀하셨다.

"엄만 굉장히 바쁘잖아요."

내가 말했지만, 사실 엄마의 일이라는 게 대부분 나라는 사실이 떠올랐다. 물론 우리 아빠와의 결혼생활이라는 일도 있다. 아빠는 은행 일이나 배관공을 부르는 일이나 요리 등 모리스 부동산에서 일하는 것 외의 일들에 대해서는 거의 까막눈이다시피 하니까. 하지만 대부분은 내 일이다. 엄마가 사는 가장 중요한 이유와 내가 사는 가장 중요한 이유는 끔찍할 정도로 뒤엉켜 있다.

게이트 주변의 좌석이 차기 시작하자 어거스터스가 말했다.

"난 출발하기 전에 햄버거 하나 사먹어야겠어. 너도 뭔가 먹을래?"

"아니. 하지만 블랙퍼스트라는 사회적 협약에 넘어가는 걸 거부한 너의 행동에 대해 무한한 감사의 말을 하고 싶어."

그가 어리둥절한 얼굴로 내 쪽으로 고개를 기울였다.

"헤이즐은 스크램블드에그의 강제적 속박이라는 문제에 대해 투쟁하고 있단다."

엄마가 말씀하셨다.

"우리 모두가 스크램블드에그가 근본적으로 아침과 연관되어 있다는 사실을 맹목적으로 받아들인 채 살고 있다는 건 부끄러운 일이야."

"그 이야기를 좀 더 하고 싶은데, 우선은 굶어죽기 직전이야. 금방 돌아올게."

어거스터스가 말했다.

20분이 지나도록 어거스터스가 나타나지 않자 나는 엄마에게 뭔가 잘못된 거 아니냐고 물어보았고, 엄마는 그 끔찍한 잡지에서 아주 잠깐 눈을 떼고 대답하셨다.

"아마 화장실에 갔거나 뭐 그렇겠지."

게이트 담당자가 다가와서 내 산소 콘테이너를 비행사에서 제공한 것으로 바꾸어 주었다. 나는 그 여자분이 모든 사람들이 보는 가운데 내 앞에 무릎을 꿇고 통을 바꿔주는 것이 부끄러워서, 그 사이에 어거스터스에게 문자를 보냈다.

그는 답을 하지 않았다. 엄마는 신경 쓰는 것 같지 않았지만 나는 온갖 종류의 암스테르담 여행 취소를 불러올 운명(체포, 부상, 정신적 공황)을 떠올렸고 일 분 일 초가 지나갈수록 내 가슴 안에서 암과 관계없는 뭔가가 잘못된 것 같은 느낌이 들었다.

티켓 카운터 뒤의 여자가 추가적인 시간이 필요한 사람을 위한 우선 탑승을 시작하겠다고 선언하자 게이트 대기장의 모든 사람들이 곧장 나를 쳐다보았고, 나는 어거스터스가 한 손에 맥도날드 봉투를 들고 어깨에는 배낭을 달랑거리며 우리 쪽으로 빠르게 절뚝거리며 걸어오는 것을 발견했다.

"어디 있었어?"

내가 물었다.

"줄이 초 길었어, 미안."

그가 대답하며 나에게 손을 내밀었다. 나는 그의 손을 잡았고 우리는 나란히 우선탑승을 하러 게이트로 걸어갔다.

모든 사람들이 우리를 쳐다보며 뭐가 잘못된 걸까, 죽을병인가, 우리 엄마가 얼마나 용맹한가, 기타 등등에 대해서 생각하고 있는 게 느껴졌다. 가끔은 이게 암에 걸리는 데 있어서 최악의 부분이다. 육체적인 질병의 징후는 당사자를 다른 사람들과 분리시킨다. 우리는 조화시킬 수 없는 다른 존재일 뿐이다. 우리 셋이 텅 빈 비행기 안으로 들어갔을 때 스튜어디스가 안 됐다는 듯 고개를 끄덕이며 제일 뒤쪽의 우리 자리를 가리키자 그 사실은 더더욱 명확해졌다. 나는 3인석 가운데 앉았고 어거스터스는 창문 쪽에, 엄마는 통로 쪽에 앉았다. 엄마 때문에 조금 끼는 느낌이 들어서 나는 어거스터스 쪽으로 당겨 앉았다. 우리는 비행기 날개 바로 뒤편 자리였다. 그가 봉투를 열고 햄버거 포장을 풀었다.

"그래서 계란 이야기 말인데."

그가 말했다.

"아침화된 게 스크램블드에그에게 어떤 신성(神性)을 부여해 주는 거 아닐까? 베이컨이나 체다치즈는 아무 데서나 아무 시간에나 먹을 수 있어. 타코부터 블랙퍼스트 샌드위치, 그릴드 치즈에 이르기까지. 하지만 스크램블드에그는, 그건 중요한 음식이라고."

"말도 안 돼."

내가 말했다. 사람들이 이제 비행기 안으로 우르르 들어오기 시작했다. 그들을 보고 싶지 않아서 나는 고개를 돌렸고, 고개를 돌린다는 건 어거스터스를 바라본다는 뜻이다.

"난 그냥 이렇게 얘기하는 거야. 스크램블드에그가 강제적으로 속박되어 있을 수도 있겠지. 하지만 걔네는 특별하다고. 스크램블드에그에는 어울리는 장소와 시간이 있어. 교회가 그런 것처럼."

"그건 완전히 틀린 소리야. 넌 너희 부모님이 쿠션에 해 두시는 감상적인 십자수 격언을 너무 많이 봤어. 넌 연약하고 드문 게 아름답다고 주장하는 거야. 단지 그게 연약하고 드물기 때문에. 하지만 그건 거짓말이라는 거 너도 알잖아."

"넌 위로하기 어려운 사람이라니까."

어거스터스가 말했다.

"쉬운 위로는 위로가 아니야. 너도 한때는 드물고 연약한 꽃이었어. 기억하고 있지?"

잠시 동안 그는 아무 말도 하지 않았다.

"어떻게 내 입을 다물게 해야 할지 잘 아는데, 헤이즐 그레이스."

"이건 나의 특권이자 책임이거든."

내가 대답했다.

그러곤 그에게서 눈길을 떼기 전에 거스가 말했다.

"저기, 내가 게이트 대기실에 있지 않았던 건 미안해. 맥도날드 줄이 그렇게 길진 않았어. 난 그냥……, 그냥 그 모든 사람들이 우리를 쳐다보고 있는 가운데 앉아 있고 싶지 않았어."

"대체로 날 본 거지."

거스를 보면 그가 아팠었는지 아무도 모를 테지만, 나는 겉으로 병을 드러내고 살고 있으니까. 그래서 내가 애초에 집에 틀어박혀 지냈던 것이기도 하다.

"어거스터스 워터스, 그 유명한 카리스마남께서 산소 탱크를 가진 여자애 옆에 앉아 있는 걸 부끄러워하다니."

"부끄러웠던 게 아니야. 그런 사람들을 보면 가끔 열이 받아. 그리고 오늘은 열받고 싶지 않았거든."

잠시 후 그가 주머니를 뒤져 담뱃갑을 꺼냈다.

약 9초 후에 금발의 스튜어디스가 우리 쪽 통로로 빠르게 다가와서 말했다.

"손님, 이 비행기 안에서는 흡연을 하실 수 없습니다. 어떤 비행기에서든요."

"전 담배를 피우지 않아요."

그가 대답했다. 그가 말을 하는 동안 담배가 입술에서 춤을 췄다.

"하지만……."

"이건 비유예요."

내가 대신 설명했다.

"얘는 죽음의 물건을 입에 물고 있지만 죽일 힘을 주지 않는 걸 상징하고 있는 거죠."

스튜어디스는 잠시 어리둥절한 얼굴이었다.

"음, 그런 비유는 오늘의 비행에서는 금지되어 있어요."

스튜어디스가 말했다. 거스는 고개를 끄덕이고 담배를 도로 담뱃갑에 넣었다.

마침내 비행기가 활주로에 내렸고 조종사가 '승무원 여러분, 이륙 준비를 부탁합니다.'라고 말했다. 그러고 나서 두 개의 거대한 제트 엔진이 요란한 소리를 내며 켜졌고 속도가 빨라졌다.

"이게 너랑 같이 차를 탔을 때 느끼는 기분이야."

내 말에 그가 미소를 지었지만, 턱이 긴장되어 있는 게 보였다. 내가 물었다.

"괜찮아?"

속도가 빨라지기 시작했고 갑자기 거스의 손이 팔걸이를 잡았다. 동공이 커져 있었다. 나는 그의 손 위에 손을 얹고서 말했다.

"괜찮아?"

그는 아무 말도 하지 않고 그저 커다란 눈으로 나를 쳐다보기만 했다.

"너 비행이 무서워?"

"조금 있다가 말해 줄게."

그가 대답했다. 비행기 앞머리가 위로 올라가면서 우리는 이륙했다. 거스는 창을 통해 지상이 우리 아래로 줄어드는 것을 바라보았고, 곧 내 손 아래서 그의 손에서 긴장이 풀리는 게 느껴졌다. 그가 나를 힐끗 보고서 다시 창밖을 보았다.

"우린 날고 있어."

그가 선언했다.

"너 비행기 타 본 적 없어?"

그는 고개를 흔들었다.

"저거 봐!"

그가 반쯤 소리를 지르며 창문을 가리켰다.

"응, 그래. 나도 보고 있어. 우리가 비행기를 타고 있는 것 같은 모습이네."

내가 대답했다.

"인류 역사상 그 어떤 것도 절대로, 전혀 저렇게 보이지 않았을 거야!"

그가 말했다. 그의 열성적인 모습은 꽤 귀여웠다. 나는 충동을 억누르지 못하고 몸을 기울여 그의 뺨에 입 맞췄다.

"너도 알고 있겠지만, 나 바로 여기 있다."

엄마가 말씀하셨다.

"바로 네 옆에 있어. 너희 엄마가. 네가 아기 때 처음 발걸음을 떼는 순간 손을 잡아 줬던 엄마가 말이지."

"이건 우정의 키스라고요."

나는 그렇게 말하고 몸을 돌려 엄마의 뺨에도 키스했다.

"별로 우정의 키스로 느껴지지 않던데."

거스가 내 귀에 들릴 정도의 목소리로 말했다. 놀라고 흥분한 순진한 거스가 '상징성을 띤 장엄한 행위'에 집착하는 어거스터스의 안에서 튀어나왔을 때, 정말이지 나는 그걸 거부할 수가 없었다.

디트로이트까지는 짧은 비행이었고, 거기서 작은 전동차가 비행기에서 내린 우리를 싣고 암스테르담행 비행기 게이트까지 데려다 주었다. 이 비행기에는 각 좌석 뒤쪽마다 TV가 있었고, 구름 위로 올라간 후 어거스터스와 나는 각자의 스크린으로 같은 시간에 똑같은 로맨틱 코미디를 보기 위해서 시작 시간을 정확히 맞추었다. 하지만 우리가 플레이 버튼을 완벽하게 같은 타이밍에 눌렀음에도 불구하고 그의 영화가 내 쪽보다 2초쯤 먼저 시작했기 때문에, 웃기는 순간마다 나는 농담을 막 듣기 시작할 때 그는 웃음을 터뜨리곤 했다.

엄마는 우리가 비행의 마지막 몇 시간 동안 잠을 자게 될 거고 그러면 아침 8시에 도시를 철저하게 즐길 준비가 된 상태로 내릴 수 있을 거라는 원대한 계획을 갖고 계셨다. 그래서 영화가 끝난 다음 엄마와 어거스터스와 나는 수면제를 먹었다. 엄마는 몇 초 뒤 곯아떨어지셨지만 어거스터스와 나는 잠시 더 창밖을 내다보고 있었다. 날씨가 맑았고, 해가 지는 것은 보이지 않았지만 하늘이 변하는 모습은 보였다.

"맙소사, 진짜 아름답다."

나는 거의 혼잣말로 중얼거렸다.

"'그녀의 잃어가는 시력 앞에 떠오르는 해는 너무 밝았다.'"

그가『장엄한 고뇌』의 한 구절을 외었다.

"하지만 이건 떠오르는 게 아니잖아."

내가 말했다.

"어디선가는 떠오르고 있을 거야."

그가 그렇게 대답하고 잠시 후에 말했다.

"관찰 결과: 초 빠른 비행기를 타고 일출을 따라서 지구를 빙 돌아 날아간다면 진짜 근사할 거야."

"게다가 더 오래 살 수 있겠지."

그가 의아한 눈으로 나를 힐끗 보았다.

"그러니까 상대성 원리 같은 것 때문에 말이야."

그는 여전히 모르겠다는 표정이었다.

"가만히 서 있을 때보다 빨리 움직일 때 나이를 더 느리게 먹는대. 그러니까 지금 현재 우리한테는 지상에 있는 사람들보다 시간이 더 느리게 가고 있는 거야."

"여대생이라. 정말 똑똑하다니까."

그가 말했다. 나는 눈을 굴렸다. 그가 자신의 (진짜) 무릎으로 내 무릎을 툭 쳤고 나도 내 무릎으로 그의 무릎을 쳤다.

"너 졸려?"

내가 물었다.

"전혀."

그가 대답했다.

"응, 나도 그래."

수면제와 진통제는 보통 사람들에게 듣는 것만큼 나에게 잘 듣지 않는다.

"영화 하나 더 볼까? 헤이즐 시절의 포트만 영화가 있던데."

"네가 안 본 걸로 보고 싶어."

결국 우리는 수천만 명쯤 되는 페르시아 침공군에 맞서 스파르타를 지킨 300명의 스파르타 군에 관한 전쟁영화 〈300〉을 보았다. 어거스터스의 영화가 또 내 영화보다 먼저 시작했고, 누군가가 끔찍한 방식으로 죽을 때마다 그가 "제기랄!"이나 "사망!"이라고 외치는 것을 몇 분 간 듣고 있다가 나는 팔걸이 너머로 몸을 기울여 그의 어깨에 머리를 기대고 그의 화면을 보았다. 덕택에 우리는 실제로 함께 영화를 본 셈이었다.

〈300〉은 웃옷을 벗고 오일을 바른 건장한 젊은 남자들이 우글우글 나오는 영화라서 눈요기로 나쁘지 않았지만, 대부분은 진짜 같지 않은 효과를 내는 칼질만 잔뜩 나올 뿐이었다. 페르시아군과 스파르타군의 시체가 산처럼 쌓였고, 나는 왜 페르시아군이 그렇게 악당이고 스파르타군은 그렇게 대단한지 이해할 수가 없었다. 『장엄한 고뇌』를 인용하자면, '당대에 전투에 특화된 민족으로 어떤 가치의 어떤 것이든 절대로 잃은 일이 없다. 다만 자신들의 목숨만 잃었을 뿐이다.' 그래서 이 대장부들께서는 싸우시는 모양이다.

영화 끝으로 가자 거의 모든 사람이 죽었고, 심지어는 스파르타군이 죽은 사람들의 시신을 쌓아 시체의 벽을 만드는 어이없는 일이 일어났다. 시체들은 페르시아군과 스파르타로 들어오는 길목 사이를 막는 거대한 바리케이드가 되었다. 나는 이런 끔찍한 장면이 별 의미가 없다고 생각했기 때문에 잠시 시선을 돌리고 어거스터스에게 물었다.

"죽은 사람들이 몇 명이나 될 거라고 생각해?"

그는 손을 흔들어 내 말을 잘랐다.

"쉬, 쉿! 클라이막스로 가고 있단 말이야."

페르시아군은 공격을 하기 위해 시체의 벽을 넘어야 했고, 스파르타군은 시체의 산 꼭대기 높은 곳을 점유하고 기다렸다. 시체가 쌓이며 희생자들의 벽은 점점 더 높아지고 더 올라오기 어려워졌으며, 모두가 칼을 휘두르거나 화살을 쏘았고, 피의 강이 죽은 자의 산을 따라 흘러내리는 등의 일이 벌어졌다.

나는 잠시 그의 어깨에서 머리를 떼고 피투성이 장면에서 벗어나기 위해 영화를 보는 어거스터스를 보았다. 그는 헤벌쭉한 미소를 억누르지 못했다. 나는 가느다란 눈으로 내 쪽 화면에서 페르시아 군과 스파르타군의 시체 때문에 산이 점점 높아져 가는 모습을 보았다. 페르시아 군이 마침내 스파르타 군을 압도하자 나는 다시 어거스터스를 보았다. 착한 편이 막 졌음에도 불구하고 어거스터스는 대단히 즐거워 보였다. 나는 다시 그에게 머리를 기댔지만 전투가 끝날 때까지 눈은 감고 있었다.

엔딩 크레딧이 올라가는 동안 그는 헤드폰을 벗고 말했다.

"미안. 난 희생의 숭고함에 완전히 사로잡혀 있었거든. 뭐라고 했었어?"

"죽은 사람이 몇 명이나 될 것 같으냐고."

"그 가공의 영화 속에서 가공의 인물들이 몇 명이나 죽었을 것 같냐고? 아직 부족하지."

그가 농담을 던졌다.

"아니, 내 말은, 전부 다. 그러니까, 세상에 지금껏 죽은 사람들이 몇 명이나 될까?"

"난 우연히도 그 질문에 대한 답을 알고 있지."

그가 말했다.

"세상엔 70억 명의 산 사람이 있고, 980억 명의 사람들이 죽었어."

"오."

나는 인구가 굉장히 빠르게 증가했기 때문에 죽은 사람을 모두 더한 것보다 산 사람의 수가 더 많을 거라고 생각했었다.

"산 사람 한 명 당 죽은 사람 열네 명의 비율이지."

그가 말했다. 엔딩 크레딧은 계속 올라가고 있었다. 그 모든 시체들을 하나하나 이야기하려면 오랜 시간이 걸리겠지. 나는 여전히 그의 어깨에 머리를 기대고 있었다.

"2년쯤 전에 좀 찾아봤었거든."

어거스터스가 말을 이었다.

"모든 사람이 기억되고 있을지가 궁금했었어. 그러니까 우리가 조직화한다면, 산 사람 각각에게 일정한 숫자의 시체를 할당해 준다고 치면, 죽은 사람들 모두를 기억할 수 있을 정도로 산 사람 수가 충분할까 싶었거든."

"그래서, 정말 돼?"

"물론이지. 누구라도 죽은 사람 열네 명의 이름 정도는 외울 수 있잖아. 하지만 우리가 애도 대상자들을 조직하지 않았기 때문에 수많은 사람들이 결국 셰익스피어는 기억하면서도 그가 소네트 55번을 바친 대상이 누군지는 기억하지 못하는 상황이 되었지."

"그러게."

잠시 침묵이 흐르다가 그가 물었다.

"책 좀 볼래?"

나는 좋다고 대답했다. 나는 시 수업에서 공부하는 앨런 긴스버그의 〈울부짖음〉이라는 긴 시를 읽었고, 거스는 『장엄한 고뇌』를 다시 읽었다.

잠시 후 그가 말했다.

"그거 좋아?"

"시?"

"응."

"응, 훌륭해. 이 시에 나오는 사람들은 나보다도 더 많은 약을 투약하고 있어. 『장엄한 고뇌』는 어때?"

"여전히 완벽해."

그가 대답하고서 덧붙였다.

"나한테 읽어 줘."

"이건 엄마가 옆에서 자고 있는 상황에서 큰 소리로 읽을 만한 시가 아니야. 이건, 그러니까 남색(男色)과 마약 같은 것들이 나온다고."

"너 방금 내가 즐기는 취미 두 가지를 이야기했는데."

그가 말했다.

"좋아, 그러면 다른 걸 읽어 줄래?"

"음, 다른 건 없는데?"

내가 대답했다.

"그거 안 됐네. 난 시를 듣고 싶은 기분인데. 뭔가 외우고 있는 건 없어?"

"그럼 갑시다, 그대와 나.'"

내가 긴장해서 읊기 시작했다.

"수술대 위에서 마취되어 가는 환자처럼 / 하늘에 저녁이 퍼지기 시작할 때에.'"

"천천히."

그가 말했다.

나는 그에게 처음 『장엄한 고뇌』에 대해서 말했던 때처럼 수줍은 기분을 느꼈다.

"음, 좋아. 알았어. '우리 갑시다, 인적 드문 거리를 지나서 / 싸구려 여인숙에서 잠 못 이루는 밤에 들르는 / 웅성거리는 피신처와 / 굴 껍질이 널린 삼류 음식점들. / 교활한 의도를 지닌 / 지루한 논쟁처럼 이어지는 길을 지나면 / 그대는 엄청난 질문에 이르게 될 것입니다…… / "오, 이게 뭐야?"라고 묻지는 말아요 / 그저 우리 함께 그곳으로 가 봅시다.'"

"나 너를 사랑해."

그가 조용히 말했다.

"어거스터스."

"정말이야."

그가 말을 하며 나를 빤히 쳐다보았다. 그의 눈가에 주름이 잡히는 것이 보였다.

"난 널 사랑하고, 진심을 말하는 그 간단한 기쁨을 거부하고 싶은 마음은 없어. 난 널 사랑해. 사랑이라는 게 그저 허공에 소리를 지르는 거나 나름없다는 것도 알고, 결국에는 잊히는 게 당연한 일이라는 것도 알고, 우리 모두 파멸을 맞이하게 될 거고 모든 노력이 무위로 돌아가는 날이 오게 될 거라는 것도 알아. 태양이 우리가 발 딛고 산 유일한 지구를 집어삼킬 거라는 것도 알고. 그래도 어쨌든 너를 사랑해."

"어거스터스."

달리 뭐라고 말해야 할지 알 수가 없었다. 마치 이 기묘하게 고통스러운 기쁨 속에 빠져들고 있는 것처럼, 모든 것이 위로 올라가는 것 같은 느낌이었다. 하지만 나는 그 말에 답을 해 줄 수가 없었다. 어떤 말도 해 줄 수 없었다. 그저 그를 쳐다보기만 했고, 그는 그대로 나를 바라보다가 입술을 오므린 채 고개를 끄덕이고 시선을 돌려 창문에 머리 옆쪽을 기댈 뿐이었다.

11

그는 아마 잠이 든 것 같았다. 결국에는 나도 잠이 들었고, 착륙용 바퀴가 내려오는 소리에 잠을 깼다. 입안에서 끔찍한 맛이 나서 비행기 공기를 더럽힐까 두려워서 다물고 있으려고 노력했다.

나는 창밖을 바라보고 있는 어거스터스를 보았다. 우리는 낮게 깔린 구름 아래로 내려갔고, 나는 네덜란드를 보기 위해 등을 쭉 폈다. 육지가 바다 속으로 움푹 들어가 있는 것 같았다. 작은 사각형 모양 초록색 육지는 사면이 운하로 둘러싸여 있었다. 우리는 마치 하나는 우리 용, 또 하나는 물새들 용으로 활주로가 두 개 있는 것처럼 운하와 평행하게 착륙했다.

가방을 챙기고 세관을 통과한 후 우리는 토실토실한 대머리 아저씨가 모는 택시에 올라탔다. 아저씨는 완벽한 영어를 구사했다. 나보다도 조금 더 잘하는 것 같았다.

"호텔 필로수오프?"

내 말에 아저씨가 말했다.

"미국인이에요?"

"네. 우린 인디애나에서 왔어요."

엄마가 대답하셨다.

"인디애나. 거기가 인디언들에게 땅을 훔쳐서 그런 이름이 붙은 거였죠?"

아저씨가 말했다.

"뭐 그런 거죠."

엄마가 대답하셨다. 택시는 다른 차들 사이로 진입했고 우리는 Oosthuizen이라든지 Haarlem 같은 이중모음이 눈에 띄는 파란색 간판이 여러 개 달려 있는 고속도로를 향해 달려갔다. 고속도로 옆으로는 평평하고 텅 빈 땅이 수 킬로미터나 펼쳐져 있고 가끔 커다란 기업체 건물들이 서 있었다. 간단히 말해서 네덜란드는 차만 좀 작다 뿐이지, 인디애나폴리스와 비슷해 보였다.

"여기가 암스테르담인가요?"

나는 택시운전사 아저씨에게 물었다.

"그렇기도 하고 아니기도 하지."

아저씨가 말씀하셨다.

"암스테르담은 나무의 나이테랑 비슷해. 중심부로 들어갈수록 더 오래된 곳이 나오지."

모든 일이 갑자기 벌어졌다. 고속도로를 나오자 운하 쪽으로 위험할 정도로 기울어진 내 상상 속의 연립주택들과 여기저기에 있는 자전거들, 〈대형 흡연실 있음〉이라고 광고하는 커피숍들이 나타났다. 우리는 운하 위로 지나갔고, 다리 위에서 내려다보니 물가를 따라 정박하고 있는 보트주택들 십여 대가 있었다. 미국과는 전혀 다른 모습이었다. 마치 오래 된 그림 같으면서도 사실적이었다. 아침 햇살 속에서 모든 것이 대단히 목가적으로 보였다. 나는 거의 모든 것들이 죽은 사람들에 의해 만들어진 곳에서 살면 얼마나 근사하면서도 기묘한 기분일까 생각했다.

"이 집들은 많이 오래됐나요?"

엄마가 물으셨다.

"운하 가의 집들 대부분은 17세기 황금기까지 거슬러 올라가죠."

아저씨가 대답했다.

"우리 도시에는 화려한 역사가 있어요. 비록 관광객들은 대부분 홍등 가만 보고 싶어 하지만요."

아저씨가 잠깐 말을 멈추었다.

"어떤 관광객들은 암스테르담이 죄악의 도시라고 생각합니다. 하지만 사실 여긴 자유의 도시예요. 그리고 자유가 있으면 대부분의 사람들은 죄악을 찾죠."

호텔 필로수오프의 모든 방에는 필로수오퍼, 즉 철학자들의 이름을 딴 이름이 붙여져 있었다. 엄마와 나는 1층에 있는 키에르케고르 방에 묵 게 되었고, 어거스터스는 우리 위층에 있는 하이데거 방이었다. 우리 방 은 작았다. 내 바이팝 기계와 산소 농축기, 침대 발치에 놔둔 십여 개의 보충 가능한 산소 탱크와 더블베드로 벽까지 꽉 찼을 정도였다. 장비들 너머로 좌석이 푹 꺼진 낡고 먼지 쌓인 페이즐리 무늬 의자와 책상이 있 고, 침대 위쪽으로는 쇠렌 키에르케고르의 책들이 꽂혀 있는 책장이 있 었다. 책상 위에는 지니들이 보낸 선물이 가득 든 고리버들 바구니가 있 다. 나무로 된 신발, 오렌지색 네덜란드 티셔츠, 초콜릿, 그 외 여러 가지 물건들이 바구니에 담겨 있었다.

필로수오프 바로 옆에는 암스테르담에서 가장 유명한 공원인 본델 공 원이 있었다. 엄마는 산책을 나가고 싶어 하셨지만 나는 대단히 피곤했 다. 그래서 엄마가 바이팝을 켜고 호흡기를 나에게 씌워 주었다. 그걸 긴 채로 말하는 건 정말 싫지만, 어쨌든 나는 말했다.

"공원에 가 보세요. 깨어나면 전화할게요."

"알았다. 푹 자렴, 아가."

엄마가 말씀하셨다.

하지만 몇 시간 후 깨어 보니 엄마는 구석에 있는 낡아빠진 조그만 의자에 앉아 가이드북을 읽고 계셨다.

"좋은 아침이에요."

내가 말했다.

"실은 늦은 오후란다."

엄마는 한숨을 내쉬며 의자에서 일어나며 말씀하셨다. 엄마가 침대로 다가와서 탱크를 카트에 싣고 튜브에다 연결하셨고, 나는 바이팝 호흡기를 빼고 튜브를 코 아래 부착했다. 엄마는 분당 2.5리터가 나오게 설정하셨고(그러면 여섯 시간 후에 탱크를 바꾸면 된다), 나는 일어났다.

"기분은 어떠니?"

엄마가 물으셨다.

"좋아요. 아주 좋아요. 본델 공원은 어땠어요?"

"건너뛰었어. 하지만 가이드북에 있는 내용을 전부 다 읽었단다."

엄마가 대답하셨다.

"엄마, 여기 안 계셨어도 된다니까요."

엄마는 어깨를 으쓱였다.

"나도 알아. 내가 있고 싶었어. 난 네가 자는 걸 보는 게 좋단다."

"엄마 변태 같아요."

엄마는 웃음을 터뜨렸지만 내 기분은 여전히 안 좋았다.

"전 엄마가 좀 즐기셨으면 하는 것뿐이에요, 아시죠?"

"그래. 오늘밤에 즐길게, 알겠지? 너와 어거스터스가 저녁을 먹으러

간 다음에 엄마만의 정신 나간 일을 할게."

"엄마는 안 가세요?"

내가 물었다.

"그래, 엄만 안 가. 사실 너흰 오랑쥬라는 곳에 예약이 되어 있단다. 반 호텐 씨의 비서가 예약을 해 뒀다더구나. 요르단이라는 동네에 있다. 가이드북에 따르면 굉장히 멋진 곳이라는데. 바로 모퉁이에 트램 정거장이 있다고 하고. 어거스터스가 방향을 알아. 야외에서 배들이 지나가는 걸 보며 식사할 수 있다는구나. 아주 근사할 거야. 굉장히 낭만적이고."

"엄마."

"그냥 말해 본 거란다. 너 옷을 입어야지. 선드레스가 어떻겠니?"

아마 다른 사람들은 이런 말도 안 되는 상황이 의아할 것이다. 엄마가 열여섯 살 난 딸을 열일곱 살 먹은 남자애와 단둘이 방탕하기로 유명한 외국 도시에 내보낸다니. 하지만 이것 역시 죽음의 부작용이다. 나는 뛰거나 춤을 추거나 질소가 많이 들어 있는 음식을 먹을 수 없지만, 자유의 도시에서는 가장 자유로운 거주민 중 하나인 것이다.

나는 포에버21에서 산 파란색 무늬의 펄럭펄럭한 무릎길이 선드레스를 입고 스타킹에다 메리제인 구두를 신었다. 왜냐하면 어거스터스보다 훨씬 키가 작은 게 좋기 때문이다. 그러곤 우스울 정도로 작은 욕실에 가서 2000년대 중반의 나탈리 포트만에 어울리는 모습이 될 때까지 구겨진 머리와 치열한 전투를 벌였다. 정확히 오후 여섯 시에(우리 집은 정오일 것이다.) 노크 소리가 들렸다.

"누구세요?"

내가 문을 사이에 두고 말했다. 호텔 필로수오프에는 문에 내다보는 구멍이 없었다.

"좋아."

어거스터스가 대답했다. 입에 담배를 물고 있는 발음이었다. 나는 내 모습을 내려다보았다. 선드레스는 어거스터스가 이미 본 내 쇄골과 갈비뼈를 거의 전부 덮었다. 딱히 야하거나 뭐 그런 옷은 아니었지만 그래도 나로서는 꽤 피부를 드러낸 편에 속했다. (우리 엄마는 이런 부분에서 나도 동의하는 모토를 갖고 있다. '랭커스터 집안 사람들은 몸통을 드러내지 않는다.'는 것이다.)

나는 문을 열었다. 어거스터스는 하늘색 드레스 셔츠와 얇은 검은 넥타이 위로 좁은 라펠에 완벽하게 몸에 맞는 검은 양복을 입고 있었다. 웃음기 없는 입술 한쪽에서 담배가 달랑거렸다.

"헤이즐 그레이스, 너 아주 고혹적인데."

그가 말했다.

"난……."

나는 내 성대를 거쳐 간 공기로부터 나머지 문장이 나올 거라고 생각했지만, 아무 소리도 나오지 않았다. 그러다가 마침내 말을 했다.

"난 너무 간소하게 차려입은 기분이야."

"아, 이 낡은 거?"

그가 나를 내려다보고 미소를 지으며 말했다.

"어거스터스, 너 지극히 멋있어 보이는구나."

엄마가 내 뒤에서 말씀하셨다.

"고맙습니다, 아줌마."

그가 나에게 팔을 내밀었다. 나는 그의 팔을 잡고 엄마를 돌아보았다.

"열한 시에 보자꾸나."

엄마가 말씀하셨다.

차들로 붐비는 넓은 길가에서 1번 트램을 기다리며 나는 어거스터스에게 말했다.

"그거 장례식에 입는 양복이야?"

"실은 그렇지 않아. 그 옷은 이렇게 멋있지 않거든."

파란색과 하얀색의 트램이 도착했고, 어거스터스는 운전사에게 우리 카드를 건넸다. 운전사는 둥그런 센서에 대고 그걸 흔들어야 한다고 알려주었다. 사람 많은 트램 안쪽으로 들어가자 나이 든 아저씨가 일어나서 우리에게 두 자리를 내주셨고, 나는 아저씨에게 그냥 앉으시라고 말하려고 노력했지만 아저씨는 고집스럽게 의자를 가리키셨다. 우리는 세 정거장을 갔고 나는 거스 쪽으로 몸을 기울이고 함께 창밖을 내다보았다.

거스가 나무들을 가리키며 물었다.

"저거 보여?"

보였다. 운하를 따라 사방에 느릅나무들이 있고, 그 씨가 바람에 날리고 있었다. 하지만 그것들은 씨처럼 보이지 않았다. 색이 바랜 소형 장미 꽃잎들이 온 세상으로 퍼져 가는 느낌이었다. 그 창백한 꽃잎들이 바람 속에서 새떼처럼 보였다. 봄의 눈보라 같은 수천 개의 꽃잎.

자리를 내주었던 아저씨가 우리가 보는 것을 알아채고 영어로 말씀하셨다.

"암스테르담의 봄눈이지. 이펜(iepen)은 봄을 환영하기 위해 콘페티(축제 때 뿌리는 종이가루: 주)를 뿌리는 거야."

우리는 트램을 갈아탔고, 네 정거장을 더 가서 아름다운 운하 양옆으로 갈라지는 길에 도착했다. 오래 된 다리와 그림 같은 운하 옆 집들이 흔들리는 물에 비쳤다.

오랑쥬 레스토랑은 트램에서 몇 걸음 떨어져 있지 않았다. 길 한쪽

옆이었다. 그 맞은편, 운하 바로 가장자리의 노출 콘크리트 쪽으로는 야외 좌석이 있었다. 어거스터스와 내가 다가가자 여주인의 눈이 반짝였다.

"워터스 부부이신가요?"

"아마도요?"

내가 대답했다.

"두 분 좌석입니다."

주인이 길 건너편에 운하에서 몇 센티미터 떨어져 있는 좁은 탁자를 가리키며 말했다.

"샴페인은 저희의 선물입니다."

거스와 나는 서로를 쳐다보고 미소를 지었다. 길을 건너간 다음 그는 나를 위해 자리를 빼 주고 내가 앉는 것을 도와주었다. 하얀 테이블보가 덮인 탁자 위에는 정말로 샴페인 잔 두 개가 놓여 있었다. 살짝 차가운 공기는 햇살과 훌륭하게 균형이 맞았다. 우리 옆쪽으로 자전거를 탄 사람들이 지나갔다. 직장에서 집으로 돌아가는 잘 차려입은 남녀들, 친구의 자전거 뒷자리에 옆으로 다리를 모으고 앉은 놀랄 만큼 매력적인 금발의 여자들, 부모님 뒤 플라스틱 의자에 앉아 들썩거리는 헬멧을 쓰지 않은 어린 아이들. 우리 반대편으로는 운하의 물이 수백만 개의 종이가루 같은 씨앗으로 가득 차 있었다. 벽돌로 된 강둑을 따라 작은 배들이 정박하고 있고, 그 중 몇 개는 거의 침몰한 것처럼 보였다. 운하 더 아래쪽으로는 부교 위에 떠 있는 보트주택들이 보였고, 운하 가운데에서 바닥이 평평하고 위가 트여 있는 보트가 우리 쪽으로 느릿느릿 흘러오고 있었다. 보트 갑판에는 잔디밭용 의자와 이동식 스테레오가 놓여 있다. 어거스터스가 샴페인 잔을 잡고 들어 올렸다. 평생 술이라고는 아빠의 맥주를 한두 입 맛본 것밖에는 없었지만 나도 잔을 들어 올렸다.

"좋아."

그가 말했다.

"좋아."

나도 말했고, 우리는 잔을 부딪쳤다. 나는 한 모금을 마셨다. 조그만 거품이 입안에서 녹아들고 위쪽으로 내 뇌까지 전달되었다. 달콤하고 청량했다. 맛있었다.

"이거 진짜 맛있다. 난 샴페인을 마셔 본 적이 한 번도 없어."

내가 말했다.

곱슬거리는 금발머리를 가진 젊고 튼튼해 보이는 웨이터가 나타났다. 그는 어거스터스보다도 컸다.

"돔 페리뇽이 샴페인을 발명한 다음 뭐라고 했는지 아시나요?"

그가 멋진 액센트가 있는 말투로 말했다.

"아뇨."

내가 대답했다.

"그는 동료 수도사들을 불러서 이렇게 말했죠. '빨리 오게. 난 별을 맛보았다네.' 암스테르담에 오신 걸 환영합니다. 메뉴를 보시겠습니까, 아니면 쉐프의 선택으로 하시겠습니까?"

나는 어거스터스를 보았고 그는 나를 보았다.

"쉐프의 선택이 좋을 것 같은데, 헤이즐은 채식주의자예요."

나는 그 이야기를 어거스터스에게 딱 한 번, 우리가 만났던 첫날에 지나가듯 말했을 뿐이었다.

"아무 문제 없습니다."

웨이터가 대답했다.

"훌륭해요. 그리고 이거 더 마실 수 있을까요?"

어거스터스가 샴페인에 대해 물었다.

"물론이지요. 오늘 저녁에는 모든 별들을 저희가 병 안에 담았답니다, 손님. 이런, 콘페티가!"

그가 내 맨 어깨에서 씨앗을 살짝 털어냈다.

"몇 년 동안 이렇게 심하지는 않았었는데요. 올해는 사방에 있어요. 아주 짜증나지요."

웨이터가 사라졌다. 우리는 하늘에서 콘페티가 떨어져 산들바람에 땅 위를 스치고 날아가 운하에 떨어지는 모습을 보았다.

"저걸 짜증스러워하는 사람이 있다니 믿을 수가 없어."

어거스터스가 잠시 후에 말했다.

"사람들은 아름다운 것에 금방 익숙해지니까."

"난 아직까지 너한테 익숙해지지 않았는데."

그가 미소를 지으며 말했고, 나는 얼굴이 달아오르는 것을 느꼈다.

"함께 암스테르담에 와 줘서 고마워."

그가 말했다.

"내가 네 소원에 끼어들게 해 줘서 고마워."

내가 말했다.

"완전 '우와!'스러운 그 드레스를 입어 줘서 고마워."

나는 고개를 흔들며 그에게 미소를 짓지 않으려고 노력했다. 나는 수류탄이 되고 싶지 않았다. 하지만 생각해 보면 그는 자신이 뭘 하는지 알고 있을 것이다. 안 그런가? 이건 그의 선택이기도 하다.

"저기, 그 시는 어떻게 끝나?"

그가 물었다.

"응?"

"네가 비행기에서 나한테 읊어줬던 거."

"아, 〈프루프록〉? 이렇게 끝나. '우리는 바다의 방에서 머무릅니다. /

붉은색과 갈색의 해초 화환을 쓴 인어들 옆에서 / 사람들 목소리가 우리를 깨울 때까지, 그리고 우리는 익사합니다.'"

어거스터스가 담배를 꺼내 탁자에 대고 필터를 두드렸다.

"멍청한 사람 목소리는 항상 모든 걸 망친다니까."

웨이터가 샴페인 두 잔과 '라벤더 향을 입힌 벨기에산 화이트 아스파라거스'라는 것을 갖고 왔다.

"나도 샴페인을 마셔 본 적이 없어."

웨이터가 사라진 다음 거스가 말했다.

"네가 혹시 궁금해 할까 봐서 말이야. 그리고 화이트 아스파라거스도 먹어 본 적 없어."

나는 한 입을 깨물고 씹었다.

"굉장해."

내가 말했다. 그는 한 입을 깨물고 삼켰다.

"맙소사. 아스파라거스가 항상 이런 맛이라면 나도 채식주의자가 될래."

래커를 칠한 목제 보트에 탄 사람들이 아래의 운하를 따라 우리 쪽으로 다가왔다. 그 중에서 한 서른 살쯤 되어 보이는 곱슬거리는 금발을 가진 여자 한 명이 맥주를 마시다가 우리를 향해 잔을 들어 올리고 뭐라고 소리를 질렀다.

"우린 네덜란드 어 몰라요."

거스가 마주 소리쳤다.

다른 사람 한 명이 소리치며 통역해 주었다.

"아름다운 커플이 정말 아름답다고요."

매 코스마다 음식은 정말로 맛있었고, 우리의 대화는 그 훌륭함에 대한 띄엄띄엄한 찬사로만 점철되었다.

"이 드래곤 캐럿(겉은 자주색이고 속은 노란색에 가까운 당근 종류: 주) 리조토가 사람이면 좋겠어. 그러면 라스베가스에 데려가서 결혼해버릴 거야."

"스위트피 셔벗, 넌 정말이지 상상이 안 될 만큼 굉장하구나."

내 배가 더 고팠더라면 좋았을 것이다.

붉은 겨자 잎을 곁들인 그린 갈릭 뇨끼가 나온 후에 웨이터가 말했다.

"다음은 디저트입니다. 별을 좀 더 드시겠어요?"

나는 고개를 흔들었다. 두 잔이면 나에게는 충분했다. 진정제와 진통제에 대해 내성이 높은 것은 샴페인에도 마찬가지여서 몸이 따뜻해지긴 했지만 취한 정도는 아니었다. 그래도 취하고 싶진 않았다. 이런 밤은 자주 오는 것이 아니니만큼 전부 다 기억하고 싶었다.

"음."

웨이터가 간 다음 내가 말했고, 어거스터스는 비뚜름하게 웃으며 운하 아래쪽을 바라보았다. 나는 위쪽을 보았다. 볼 게 워낙 많아서 침묵이 별로 불편하게 느껴지지는 않았지만 나는 모든 것이 완벽하기를 바랐다. 아니, 모든 게 완벽했다. 하지만 그건 마치 누군가가 내 상상 속의 암스테르담을 재현하기 위해 만들어 놓은 듯한 느낌이었고, 그래서 오늘 저녁식사가 이 여행 자체와 마찬가지로 암적 이득이라는 것을 잊어버릴 수가 없었다. 나는 그저 집에서 우리가 소파에 함께 앉아 있을 때처럼 편안하게 이야기하고 농담을 나누기를 바랐지만, 모든 것의 아래 어떤 긴장감이 깔려 있었다.

"이건 내 장례식용 정장이 아니야."

그가 잠시 후에 말했다.

"내가 아프다는 걸 처음 알게 되었을 때, 병원에서 내가 나을 가능성이 85퍼센트라고 말해 줬었어. 그게 꽤나 높은 확률이라는 건 알지만, 그래도 이게 러시안 룰렛 게임이라는 생각이 계속 드는 거야. 그러니까, 난 지옥 같은 6개월이나 일 년을 보내고 내 다리도 잘라내야 하지만 결국에는 그래도 효과가 없을 수 있었어. 무슨 말인지 알지?"

"알지."

사실은 잘 모르겠지만, 어쨌든 나는 그렇게 대답했다. 나는 처음부터 말기였기 때문이다. 내 모든 치료는 암을 낫게 하기 위한 것이 아니라 수명을 연장시키기 위한 것이었다. 팔란키포가 도입되며 내 암 인생이 모호해지긴 했지만, 어쨌든 나는 어거스터스와 달랐다. 내 인생의 마지막 장은 진단을 받는 순간 쓰여졌다. 반면 거스는 다른 암 생존자들처럼 불확실한 상태로 살고 있는 거였다.

"그래. 그래서 난 준비를 하고 싶다는 그런 단계를 거쳤지. 우린 크라운 힐 묘지에 땅을 조금 샀고, 난 어느 날 아빠랑 그곳을 둘러보며 장소를 골랐어. 그리고 내 장례식 계획을 전부 다 세웠지. 그런 다음 수술 직전에 부모님께 내가 견뎌내지 못할 경우에 대비해 정장을, 진짜 좋은 걸로 사고 싶다고 말씀드렸어. 하지만 지금껏 입을 일이 없었지. 오늘밤까지는."

그가 말했다.

"그러니까 그건 네 수의구나."

"맞아. 넌 수의로 입을 옷 없어?"

"있어. 내 열다섯 번째 생일 파티 때 산 옷이야. 하지만 그걸 데이트할 때 입진 않아."

내가 대답했다. 그의 눈이 반짝였다.

"우리가 데이트 하고 있는 거야?"

그가 물었다. 나는 부끄러운 기분으로 시선을 내렸다.

"너무 조급하게 굴지 마."

둘 다 배가 꽉 찼지만, 패션프루트로 감싼 촉촉하고 진한 크레뫼 디저트는 최소한 한입이라도 맛보지 않을 수 없을 만큼 근사했다. 디저트를 놔두고서 우리는 다시 배가 고파지기를 기다리며 조금 시간을 보냈다. 해는 고집스럽게 잠자리에 들지 않으려 하는 어린애 같았다. 여덟 시 반이 넘었는데 여전히 밝았다.

갑작스럽게 어거스터스가 물었다.

"너 내세를 믿어?"

"난 영원이라는 게 부정확한 개념이라고 생각해."

내가 대답했다. 그가 히죽거리며 웃었다.

"네가 바로 부정확한 개념이야."

"알아. 그래서 난 윤회의 고리에서 빠져 있는 거야."

"그건 재미있지 않아."

그가 길을 바라보며 말했다. 여자애 두 명이 자전거를 타고 지나갔다. 한 명은 뒷바퀴 위쪽으로 곁안장에 앉아 있었다.

"뭐야. 그냥 농담이었어."

내가 말했다.

"네가 윤회의 고리에서 빠져 있다는 생각은 나한텐 하나도 재미있지 않아."

그가 말을 이었다.

"하지만 진심으로 내세를 믿어?"

"아니."

나는 그렇게 대답했다가 정정했다.

"음, 아니라고 딱 잘라 말할 정도는 아닌 것 같아. 너는?"

"믿어."

그의 목소리는 자신감으로 가득했다.

"믿어, 확실하게. 천국에서 유니콘을 타고, 하프를 연주하고, 구름으로 만들어진 대저택에 사는 그런 건 아니지만, 난 믿어. 뭔가, 분명히 뭔가가 있을 거라고 믿어. 항상 그랬어."

"정말로?"

나는 깜짝 놀랐다. 나는 솔직히 항상 천국에 대한 믿음이 일종의 지성 부족에서 나온다고 생각했던 것이다. 하지만 거스는 바보가 아니었다.

"응. 난『장엄한 고뇌』에 나왔던 그 말을 믿어. '잃어가는 그녀의 시력 앞에 떠오르는 해는 너무 밝았다.' 그게 신이라고 생각해. 떠오르는 해, 그리고 빛이 너무 밝고 그녀는 시력을 잃어가면서도 완전히 잃지는 않았다는 거. 우리가 산 사람을 위로하거나 혹은 괴롭히기 위해서 돌아온다고 믿지는 않지만, 우리가 뭔가가 될 거라고는 생각해."

"하지만 넌 잊히는 걸 두려워하잖아."

"응, 난 지상에서 잊히는 게 두려워. 하지만 내 말은, 우리 부모님처럼 말하고 싶진 않지만 난 사람이 영혼을 갖고 있다고 믿고, 영혼 간의 대화를 믿어. 망각에 대한 두려움은 다른 거야. 내가 내 목숨을 잃는 대가로 아무것도 내놓을 수 없을지 모른다는 게 두려운 거지. 위대한 선을 추구하는 삶을 살지 않았다면, 최소한 위대한 선을 위해서 죽어야 하지 않겠어? 난 내 삶도 죽음도 그렇게 의미있지 않을까 봐 두려워."

나는 그저 고개를 흔들었다.

"왜?"

그가 물었다.

"넌 뭔가를 위해서 죽거나 아니면 네 영웅적인 행동에 대한 커다란 표지 같은 걸 남기고 가는 데 집착해. 그건 좀 이상해."

"모든 사람들이 특별한 삶을 살고 싶어 하잖아."

"모든 사람은 아니야."

나는 짜증을 감추지 못한 채 말했다.

"너 화났어?"

"그게 그냥……."

나는 말을 하려고 했지만 문장을 끝맺을 수가 없었다.

"그냥."

내가 다시 말했다. 우리 사이에서 촛불이 깜박거렸다.

"넌 지금 중요한 사람들은 오로지 살면서 뭔가를 했거나 아니면 뭔가를 위해 죽은 사람들뿐이라고 말하고 있는 거잖아. 그건 나한테 하기엔 너무 심한 말 아냐?"

나는 어쩐지 어린애가 된 기분이었고, 그게 그렇게 대단한 일이 아닌 척하기 위해서 디저트를 한 입 먹었다.

"미안. 난 그런 뜻으로 말한 게 아니었어. 그냥 나 자신에 대해서만 생각했을 뿐이야."

"그래, 그렇겠지."

내가 말했다. 배가 꽉 차서 더 말을 할 수가 없었다. 토하지 않을까 걱정이 될 정도였다. 식사를 하고 난 후 종종 토하기 때문이다. (거식증이 아니라 그냥 암이라서다.) 나는 내 디저트 접시를 거스 쪽을 밀었지만 그는 고개를 흔들었다.

"미안해."

그가 다시 말하며 탁자 너머로 손을 뻗어 내 손을 잡았다. 나는 그가 손을 잡게 놔두었다.

"나 정도면 그래도 최악은 아니잖아."

"최악은 뭔데?"

내가 장난스럽게 물었다.

"우리 집 변기 위에는 장식글자로 '따스한 신의 말씀으로 매일 몸을 씻으라.'라는 말이 쓰여 있다고, 헤이즐. 난 훨씬 더 끔찍한 사람이 될 수도 있었어."

"비위생적인 말 같은데."

내가 말했다.

"난 최악은 아니라고."

"넌 최악은 아니지."

나는 미소를 지었다. 그는 정말로 나를 좋아했다. 내가 자기 도취에 빠져 있는 걸지 모르겠지만, 오랑쥬에서 그걸 깨달은 그 순간에 그가 더욱 좋아져 버렸다.

우리 웨이터가 와서 디저트 접시를 치우며 말했다.

"두 분의 식사는 피터 반 호텐 씨께서 계산하셨습니다."

어거스터스는 미소를 지었다.

"이 피터 반 호텐이라는 사람, 괜찮은데."

우리는 어둠 속에서 운하를 따라 걷다가 오랑쥬에서 한 블록 올라와서, 자전거 보관대와 옆에 있는 다른 자전거들에 엮어 자물쇠를 채워둔 오래 되고 녹슨 자전거들로 둘러싸인 공원 벤치에서 멈추었다. 우리는 운하를 보며 나란히 앉았고 그가 나에게 팔을 둘렀다.

홍등가에서 비쳐 나오는 불빛이 보였다. '홍등가'라고는 하지만 거기서 나오는 빛은 음산한 초록색이었다. 나는 수천 명의 관광객들이 술에 취해 좁은 골목에서 휘청거리며 서로 부딪치는 모습을 상상했다.

"그분이 우리에게 내일 이야기를 해 주실 거라는 걸 믿을 수가 없어. 피터 반 호텐이 세상에서 가장 훌륭한 책의 그 유명한 글로 쓰이지 않은 마지막을 이야기해 줄 거라는 걸."

내가 말했다.

"심지어 우리 저녁식사까지 사 주셨지."

어거스터스가 말했다.

"난 계속해서 그분이 우리에게 이야기를 해 주기 전에 녹음기를 갖고 있지 않은지 수색하는 장면이 떠올라. 그런 다음 자기 거실에 있는 소파에서 우리 둘 사이에 앉아 안나의 엄마가 네덜란드 튤립 맨과 결혼했는지 이야기해 주는 거야."

"햄스터 시지푸스도 잊지 마."

어거스터스가 덧붙였다.

"맞아, 그리고 햄스터 시지푸스에게는 어떤 운명이 기다리고 있었는지도."

나는 몸을 앞으로 기울여 운하 안쪽을 쳐다보았다. 운하 안에 창백한 느릅나무 이파리가 하도 많아서 거의 우스꽝스러울 정도였다.

"오로지 우리만을 위해 존재하는 후속편인 거야."

내가 말했다.

"그래서, 넌 어떨 거라고 생각해?"

그가 물었다.

"정말로 모르겠어. 천 번쯤 이렇게 생각했다 저렇게 생각했다 하고 있어. 매번 다시 읽을 때마다 난 새로운 걸 떠올려. 너도 알지?"

그가 고개를 끄덕였다.

"너도 생각한 게 있어?"

"응. 난 네덜란드 튤립 맨이 사기꾼이라고 생각하진 않지만, 그들에게 말했던 것 같은 부자도 아닐 거라고 생각해. 그리고 안나가 죽은 다음에 안나의 엄마가 그와 함께 네덜란드로 가서 거기서 영원히 살 거라고 생각하지만, 그렇게 잘되지는 않는 거야. 왜냐하면 그녀는 자기 딸이 있는 곳 근처에 있고 싶으니까."

나는 그가 책에 대해서 그렇게 많이 생각했었는지 몰랐다. 『장엄한 고뇌』는 내가 거스에게 중요한 것과는 또 다른 식으로 중요했던 모양이다.

우리 아래서 돌로 된 운하 벽에 물이 스쳐 조용히 철썩거렸다. 친구들 한 무리가 후음 섞인 네덜란드 어로 서로에게 빠른 속도로 소리를 질러대며 우르르 자전거를 타고 지나갔다. 거의 나만 한 크기의 작은 보트들이 운하에 반쯤 잠겨 있다. 물냄새는 한 자리에 너무 오래 고여 있었던 것처럼 느껴졌다. 그의 팔이 나를 끌어당기고, 그의 진짜 다리가 엉덩이부터 발까지 내 진짜 다리에 스쳤다. 나는 그의 몸쪽으로 조금 몸을 기울였다. 그가 움찔했다.

"미안, 너 괜찮아?"

그는 고통이 역력한 목소리로 응, 하는 한숨을 내쉬었다.

"미안. 어깨뼈가 튀어나와서."

내가 말했다.

"괜찮아. 사실 근사한걸."

그가 말했다.

우리는 거기 한참 동안 앉아 있었다. 마침내 그의 손이 내 어깨에서 떨어져 공원 벤치 등받이 위에 놓였다. 우리는 그저 운하만 쳐다보았다. 나는 여기 사람들이 물 속에 잠겨 있어야 했던 이곳을 어떻게 존재하게 만들었는지, 내가 마리아 선생님에게 비정상적으로 반쯤 잠겨 있는 일종의 암스테르담 아닌지에 대해 한참 생각했고, 그러다 보니 죽음에 대해서 생각하게 되었다.

"캐롤린 매더스에 대해서 물어봐도 돼?"

"넌 내세가 없다면서."

그는 나를 쳐다보지도 않고 대답했다.

"하지만 그래, 괜찮아. 뭘 알고 싶은데?"

내가 죽어도 그가 괜찮을지 알고 싶었다. 내가 사랑하는 사람들의 삶에 끔찍한 타격을 주는 수류탄이 되고 싶지 않았다.

"그냥, 그러니까, 무슨 일이 있었는지."

그는 한숨을 쉬었다. 한숨이 하도 길어서 내 병신 같은 폐 앞에서 그가 잘난 척하는 것처럼 느껴질 정도였다. 그가 새 담배를 입에 물었다.

"너도 병원의 놀이터처럼 노는 사람 없는 곳이 없다는 거 잘 알지?"

나는 고개를 끄덕였다.

"음, 난 의사들이 다리를 자르고 어쩌고 하느라고 메모리얼에 2주 동안 있었어. 5층에 있어서 놀이터가 잘 보였지. 거긴 당연히 거의 항상 텅 비어 있었어. 난 병원 안뜰에 있는 텅 빈 놀이터라는 상징적 울림에 사로잡혀 있었어. 그런데 그때 여자애 하나가 혼자서 놀이터에 나타나기 시작했어. 마치 영화에나 나올 것처럼 매일 와서 혼자서 그네를 타는 거야. 그래서 난 친절한 간호사 중 한 명에게 그 여자애에 관해 물어봤고, 간호사가 그 애를 데려와 줬어. 그게 바로 캐롤린이었고, 난 내 넘치는 카리스마를 발휘해서 그 애를 꼬셨지."

그가 말을 멈추어서 나도 뭔가 말하기로 했다.

"넌 그 정도로 카리스마가 넘치진 않아."

내 말에 그가 말도 안 된다는 듯 코웃음을 쳤다.

"넌 그냥 굉장히 섹시할 뿐이라고."

내가 말했다. 그가 웃음을 터뜨렸다.

"죽은 사람에 관한 이야기를 할 때의 문제는."

그가 말을 하다가 문득 멈추었다.

"문제는 그들을 낭만적으로 묘사하지 않으면 나쁜 놈이 되는 것 같단 말이지. 하지만 사실은…… 복잡한 것 같아. 그러니까, 초인적인 힘으로 영웅적으로 암과 싸우고 절대로 불평하거나 마지막 순간까지 웃음을 잃지 않고 기타 등등 어쩌고저쩌고 하는, 성실하고 단호한 암환자에 대한 말들 너도 잘 알지?"

"알지. '상냥했고 관대한 영혼이었으며 그들의 삶은 우리 모두에게 본보기가 될 것이다. 그들은 정말로 강인했다! 우리는 그들을 대단히 존경한다!'"

내가 말했다.

"맞아. 하지만 사실은, 그러니까 우리는 제쳐 두고 말이지, 아동 암환자들은 통계적으로 딱히 더 굉장하거나 인정이 많거나 인내심이 강하거나 뭐 그렇지 않단 말이야. 캐롤린은 항상 기분이 변덕스럽고 불행했지만, 난 그게 좋았어. 그 애가 세상에서 싫어하지 않는 유일한 사람으로 나를 골라 준 것 같은 기분이었어. 그래서 우린 항상 붙어 지내며 모든 사람들을 욕했어. 알아? 간호사들과 다른 애들과 우리 가족과 생각나는 모든 사람들을 욕했지. 하지만 난 그게 그 애의 성격이었는지 아니면 종양 탓이었는지 잘 몰라. 그러니까 그 애의 간호사 한 사람이 나한테 캐롤린이 가진 종양은 의학적인 분류상으로 개자식 종양이라고 알려져 있다고 말해 준 적이 있어. 사람을 괴물로 바꿔놓기 때문이지. 개자식 종양이 재발해서 뇌의 5분의 1이 없어진 여자애가 있단 말이야. 개는, 그러니까, 무념무상의 아동 암환자들의 영웅적인 전형이 아니었어. 개는…… 그러니까 솔직히 말해서, 완전 못된 애였어. 하지만 개가 종양을 갖고 있었으니까, 그리고 개가 죽었으니까 그렇게 말을 하면 안 되겠지. 하지만 개한테는 항상 기분이 안 좋을 만한 이유가 수도 없이 많았다고. 알지?"

나도 안다.

"『장엄한 고뇌』에서 그 부분 알지? 안나가 체육수업인가를 하기 위해서 축구장을 가로질러 가다가 풀밭에 그대로 엎어지고, 그래서 암이 신경계에 재발했다는 걸 깨닫는 거. 그렇게 일어날 수가 없어서 얼굴이 축구장 잔디에서 1인치쯤 떨어진 곳에 있는 것 같은 상태로 꼼짝 못하고 풀을 자세히 바라보다가 빛이 풀에 비치는 모습을 알게 되는……, 문장은 기억이 안 나지만 안나가 인간성이라는 건 창조의 위대함에 감탄할 수 있는 기회라는 사실을 깨닫는 휘트먼(월트 휘트먼. 미국 시인으로 초월주의와 사실주의의 과도기를 대표하며 대표작이 〈풀잎〉이다: 주)적인 계시를 받게 되는 부분이었어. 그 부분 알지?"

"알아."

내가 대답했다.

"그래서 그 뒤에, 화학요법을 받고 있는 중에, 왠지는 모르겠지만 난 굉장히 희망에 들뜨게 됐어. 살 수 있을 거라고 생각한 게 아니라 안나가 책에서 그런 것처럼 이 모든 것에 감탄할 수 있다는 사실에 흥분과 고마움을 느꼈던 거야.

하지만 그 사이에 캐롤린은 매일매일 더욱 악화됐지. 걔는 얼마 후에 집으로 돌아갔고, 잠시 동안 나는 우리가, 말하자면 평범한 연애 같은 걸 할 수도 있을 거라고 생각했어. 하지만 사실은 그럴 수 없었지. 걔는 머릿속으로 하는 생각과 입으로 나오는 말 사이에 필터가 없었고, 그건 슬프고 불쾌하고 종종 가슴 아픈 일이거든. 하지만, 그게, 뇌종양에 걸린 여자애를 찰 수는 없잖아. 그리고 걔네 부모님이 날 좋아하셨고, 걔한테 정말 깜찍한 남동생이 있었어. 그러니 걜 어떻게 찰 수 있겠어? 걘 죽어가고 있는데.

그건 영원처럼 느껴졌던 것 같아. 거의 일 년이 걸렸고, 그 일 년 동안 난 갑자기 아무 이유 없이 웃음을 터뜨리고서 내 의족을 가리키며 날 '오뚝이'라고 부르는 여자애와 어울려야 했어."

"너무해."

내가 말했다.

"진짜야. 내 말은, 그건 종양 때문이었어. 종양이 그 애의 뇌를 먹어치우고 있었던 거야, 알지? 아니면 종양 탓이 아닐지도 몰라. 알 방법이 없지. 개랑 종양은 떼어놓을 수 없는 관계였으니까. 하지만 점점 아파지면서 개는 했던 이야기를 반복하고, 같은 이야기를 그날 이미 백 번쯤 했으면서도 자기 말에 웃음을 터뜨리는 일이 잦아졌어. 그러니까, 몇 주 동안 같은 농담을 하고 또 하는 거야. '거스는 멋진 다리를 가졌대요. 한쪽만.' 그러고는 미친 사람처럼 웃었어."

"오, 거스. 그건……."

뭐라고 말해야 할지 알 수가 없었다. 그는 나를 보지 않았고 내가 그를 쳐다보는 건 사생활을 침해하는 것처럼 느껴졌다. 거스가 몸을 앞으로 기울이는 게 느껴졌다. 그는 입에서 담배를 빼고서 그것을 엄지와 검지로 굴리며 빤히 쳐다보다가 도로 입에 물었다.

"음, 공정하게 말하자면, 내 다리 한쪽은 진짜 멋지지."

"유감이야. 정말로 유감이야."

내가 말했다.

"전부 다 괜찮아, 헤이즐 그레이스. 하지만 확실히 해 두자면, 서포트 그룹에서 캐롤린 매더스의 유령을 봤다고 생각했을 때 난 별로 기쁘지 않았어. 내가 빤히 쳐다보긴 했지만, 그리워서 그랬던 건 아니야. 내 말 무슨 뜻인지 알지?"

그가 주머니에서 담뱃갑을 꺼내 담배를 도로 집어넣었다.

"유감이야."

나는 다시 말했다.

"나도야."

그가 말했다.

"난 너한테 절대로 그런 일을 겪게 하고 싶지 않아."

내가 그에게 말했다.

"오, 난 신경 안 써, 헤이즐 그레이스. 너한테 심장이 부서지는 건 일종의 특권인걸."

12

나는 네덜란드 시각으로 아침 네 시에 하루를 시작할 준비를 하고 깨어났다. 다시 잠을 자려고 온갖 시도를 해 봤지만 실패해서, 그냥 바이팝이 공기를 밀어내고 빨아들이는 동안 자리에 누운 채 용의 숨소리를 즐겼다. 하지만 한편으로는 내가 직접 숨을 쉴 수 있었으면 좋았을 거라는 생각이 들었다.

나는 여섯 시쯤 엄마가 깨어나서 내 쪽으로 돌아누울 때까지 『장엄한 고뇌』를 다시 읽었다. 엄마는 내 어깨에 얼굴을 문질렀다. 그건 거북하고 어쩐지 어거스터스적인 느낌이었다.

호텔에서는 우리 방으로 아침식사를 가져다주었고, 기쁘게도 미국의 아침식사 조항에서는 대체로 포함되지 못하는 구운 고기가 있었다. 내가 피터 반 호텐을 만나는 자리에 입기로 계획했던 드레스를 오랑쥬 저녁식사 자리에 입고 갔기 때문에, 샤워를 하고 머리는 반쯤 늘어지게 놔둔 채 나는 삼십 분 동안 가져온 옷들의 여러 가지 장단점을 엄마와 논의했다. 그러다 결국에는 『장엄한 고뇌』의 안나와 최대한 비슷하게 입기로 했다. 그 애가 항상 입는 짙은 색 청바지와 컨버스 신발, 그리고 하늘색 티셔츠로.

셔츠에는 르네 마그리트가 그린 유명한 초현실주의 그림이 스크린 프린트되어 있었다. 그가 파이프를 들고 있고 그 아래 우아한 글씨체로 "Ceci n'est pas une pipe(이것은 파이프가 아니다)."라고 쓰여 있는 그림이었다.

"난 그 셔츠, 이해가 안 가는구나."

엄마가 말씀하셨다.

"피터 반 호텐 선생님은 이해하실 거예요. 분명해요. 『장엄한 고뇌』에는 마그리트에 대한 이야기가 한 칠천 번쯤 나온다고요."

"하지만 그건 파이프 맞잖니."

"아뇨, 아니에요. 이건 파이프 '그림'이죠. 아시겠어요? 모든 초상화라는 건 본질적으로 축약된 거예요. 아주 영리한 그림이죠."

"언제 그렇게 커서 네 늙은 엄마는 이해할 수 없는 것들을 이해할 수 있게 된 거니? 내가 일곱 살 난 헤이즐에게 하늘이 왜 파란지 설명해 준 게 어제 일 같은데. 넌 그때 내가 천재라고 생각했었지."

엄마가 말씀하셨다.

"하늘이 왜 파란데요?"

내가 물었다.

"그냥."

엄마가 대답하셨다. 나는 웃음을 터뜨렸다.

열 시가 가까워지자 점점 더 긴장됐다. 어거스터스를 보는 게 긴장되고, 피터 반 호텐을 만나는 게 긴장되고, 내 옷이 별로 좋은 옷이 아니라서 긴장되고, 암스테르담에 있는 모든 집들이 다 비슷비슷해 보여서 제대로 된 집을 못 찾을까 봐 긴장되고, 우리가 길을 잃고서 다시 필로수오프에 돌아오지 못할까 봐 긴장됐다. 그냥 죄다 긴장됐다. 엄마는 계속해서 나에게 말을 거셨지만 제대로 들리지가 않았다. 엄마한테 위층으로 가서 어거스터스가 준비를 끝냈는지 확인해 달라고 말을 하려던 때에 그가 문을 노크했다.

나는 문을 열었다. 그가 셔츠를 내려다보고 미소를 지었다.

"재미있는데."

그가 말했다.

"내 가슴더러 재미있다고 말하지 마."

내가 대답했다.

"나 여기 있다."

엄마가 우리 뒤에서 말씀하셨다. 하지만 내 말에 어거스터스가 얼굴을 붉혔고, 게임에서 그를 이겼다는 생각에 나는 마침내 그를 올려다볼 수 있었다.

"정말로 엄마는 안 오실 거예요?"

내가 엄마에게 물었다.

"난 오늘 레이크스 박물관과 본델 공원에 갈 거란다. 게다가 난 그 작가 책도 안 읽었잖니. 폄하하려는 건 아니다만. 그 작가분과 리더비히 씨에게 감사하다고 인사 드려라, 알겠지?"

"네."

나는 엄마를 껴안았고 엄마는 내 귀 바로 위쪽에 키스를 해 주셨다.

피터 반 호텐의 하얀 주택은 호텔에서 바로 모퉁이를 돌아 공원을 마주소는 본델스트라트에 있었다. 158번지. 어거스터스가 한 팔로 나를 감싸고 다른 손으로 산소 카트를 끌고서 나와 함께 래커를 칠한 짙은 파란색 현관문이 있는 계단 세 개를 올라갔다. 내 심장이 쿵쿵거렸다. 내가 처음 그 미완의 마지막 페이지를 읽었을 때부터 꿈꿔 왔던 대답들과 닫힌 문 하나 거리만큼 떨어져 있는 것이다.

안에서 창틀이 흔들릴 정도로 요란하게 베이스 음이 쿵쿵 울리는 게 들렸다. 피터 반 호텐에게 랩 음악을 좋아하는 자식이 있는 건가 궁금증이 솟았다.

나는 사자 머리 모양의 도어 노커를 잡고서 조심스럽게 문을 두드렸다. 음악 소리가 계속 흘렀다.

"어쩌면 음악소리 때문에 못 들으신 게 아닐까?"

그렇게 말한 어거스터스가 사자 머리를 잡고 좀 더 세게 두드렸다.

음악 소리가 끊기고 빠른 발소리가 들렸다. 자물쇠가 풀렸다. 하나 더. 문이 삐걱거리며 열렸다. 머리숱이 적고 늘어진 턱에 일주일쯤 자란 것 같은 수염이 있는 배불뚝이 남자가 햇살에 눈을 찡그렸다. 남자는 옛날 영화에 나오는 사람들 같은 하늘색 남성용 잠옷을 입고 있었고 얼굴과 배는 굉장히 동그란 반면 팔은 비쩍 말라서 마치 이쑤시개 네 개를 꽂아 놓은 밀가루 덩어리 같아 보였다.

"반 호텐 선생님?"

어거스터스가 조금 갈라지는 목소리로 물었다.

문이 쾅 닫혔다. 그 안쪽으로 새된 목소리가 더듬거리며 소리를 지르는 게 들렸다.

"리이이-더-비히!"

(그때까지 나는 그의 비서 이름을 '리-더-위지'라고 읽는 줄 알았다.)

문 안에서 나누는 모든 대화가 우리에게 다 들렸다.

"그 애들이 왔나요, 선생님?"

여자가 물었다.

"밖에…… 리더비히, 문밖에 십대 아이 두 명의 환영이 있어."

"환영이요?"

그녀가 듣기 좋은 네덜란드 식 어조로 물었다.

반 호텐이 다급하게 대답했다.

"허깨비 유령 좀비 이세계의 방문자 저세상 사람인 환영 말이야, 리더비히. 미국 문학 박사 학위를 따려는 사람이 어떻게 이렇게 혐오스러운 영어 실력을 갖고 있을 수 있지?"

"선생님, 그 애들은 저세상 사람이 아니에요. 선생님이 편지를 교환했던 어린 팬들인 어거스터스와 헤이즐이에요."

"그 애들이…… 뭐? 하지만 걔네는, 난 걔들이 미국에 있는 줄 알았는데!"

"네, 하지만 선생님이 여기로 초대하셨잖아요. 기억하시죠?"

"내가 왜 미국을 떠난 줄 알아, 리더비히? 그러면 미국인들과 다시는 만나지 않아도 되기 때문이야."

"하지만 선생님은 미국인이시잖아요."

"구제할 수 없게도 그렇지. 하지만 이 미국인들에 대해서는, 자네가 가서 당장에 떠나라고 해 줘. 끔찍한 실수가 있었다고, 위대한 반 호텐이 수사학적인 만남을 말했던 거지 진짜를 말한 게 아니라고, 그런 제안은 상징적으로 읽어야 하는 거라고 말이야."

나는 금방이라도 토할 것 같았다. 어거스터스를 쳐다보니 그는 문만 빤히 노려보고 있었다. 그의 어깨가 처진 게 보였다.

"전 그러지 않을 거예요, 선생님."

리더비히 양이 대답했다.

"선생님께선 꼭 그 애들을 만나셔야 돼요. 그러셔야만 해요. 그 애들을 만나 주실 필요가 있어요. 선생님의 작품이 얼마나 중요한지 직접 깨달으셔야 돼요."

"리더비히, 자네 고의로 나를 속여 이 만남을 계획한 건가?"

긴 침묵이 이어졌고, 그러나 마침내 다시 문이 열렸다. 그가 여전히 눈살을 찌푸린 채 메트로놈이 움직이는 것처럼 어거스터스와 나를 번갈아 쳐다보았다.

"둘 중 누가 어거스터스 워터스지?"

그가 물었다. 어거스터스가 머뭇머뭇 손을 들었다. 반 호텐이 고개를 끄덕이고 물었다.

"그 여자아이와 거래는 끝냈느냐?"

내가 그를 알게 되고서 처음으로 완벽하게 말문을 잃은 어거스터스 워터스를 볼 수 있었다.

"전."

그가 말을 했다.

"음, 전, 헤이즐이, 음. 그냥 뭐."

"이 아이는 일종의 발달장애가 있는 것 같군."

피터 반 호텐이 리더비히에게 말했다.

"선생님."

그녀가 꾸짖듯 말했다.

"흠."

피터 반 호텐이 나에게 손을 내밀며 말했다.

"이렇게 존재론적으로 확률이 희박한 생물체를 만나는 건 즐거움이라할 수 있겠지."

나는 그의 부푼 손을 잡고 악수를 했고, 그 다음에 그는 어거스터스와

192

악수를 나누었다. 나는 '존재론적으로'라는 게 무슨 뜻일까 궁금했다. 어쨌든 그 말이 마음에 들었다. 어거스터스와 나는 '확률적으로 희박한 생물체 클럽'의 멤버였다. 오리 같은 주둥이를 가진 오리너구리와 함께.

물론 나도 피터 반 호텐이 제정신이기를 바라고는 있지만, 세상은 소원을 들어 주는 공장이 아니다. 중요한 건 문이 열렸다는 거고 내가 『장엄한 고뇌』 뒷이야기가 어떻게 되었는지를 알 수 있는 문지방을 넘어섰다는 거였다. 그걸로 충분했다. 우리는 그와 리더비히를 따라 안으로 들어간 뒤 겨우 의자가 두 개밖에 없는 커다란 참나무 식탁을 지나 오싹할 정도로 깔끔한 거실로 들어섰다. 마치 박물관 같았지만, 텅 빈 하얀 벽에는 아무 그림도 걸려 있지 않았다. 강철과 검은색 가죽으로 만들어진 소파와 라운지 의자 하나를 제외하면 거실도 거의 비어 있었다. 그러다가 소파 뒤로 꽉 차서 주둥이를 비틀어 묶어 놓은 커다란 검은색 쓰레기 봉투 두 개가 보였다.

"쓰레기인가?"

나는 아무에게도 들리지 않을 정도로 낮은 목소리라고 생각하며 어거스터스에게 속삭였다.

"팬레터지."

반 호텐이 라운지 의자에 앉으며 대답했다.

"18년 치의 편지들. 열어볼 수가 없어. 끔찍해. 너희들 편지는 내가 처음으로 답을 해 준 편지였는데, 그랬더니 어떻게 됐는지를 봐라. 솔직히 독자들의 현실이라는 건 참으로 개탄스럽더구나."

그 말이 왜 그가 한 번도 내 편지에 답을 해 주지 않았는지를 알려주었다. 읽어 보지도 않았던 것이다. 나는 그가 텅 비고 형식적인 거실에 그걸 놔둔 것은 둘째 치고 애초에 왜 갖고 있었던 건지 의문이 들었다. 반 호텐이 발판에서 슬리퍼 신은 발을 들어 올려 발목을 꼬고서 소파를 가리켰다. 어거스터스와 나는 나란히 앉았지만, 너무 가깝지 않을 정도로 거리를 두었다.

"아침식사 하겠니?"

리더비히가 물었다.

내가 이미 먹고 왔다고 대답하려는데 피터가 끼어들었다.

"아침을 먹기엔 너무 이른 시간이야, 리더비히."

"음, 이 애들은 미국에서 왔어요, 선생님. 그러니까 이 애들 몸은 정오가 넘었을 거예요."

"그럼 아침을 먹기엔 너무 늦었지."

그가 말했다.

"하지만 몸이 정오를 넘었으니 어쩌니 해도 칵테일은 마실 수 있겠지. 스카치는 마시느냐?"

그가 나에게 물었다.

"제가…… 음, 아뇨, 전 괜찮아요."

내가 대답했다.

"어거스터스 워터스?"

반 호텐이 거스 쪽으로 고개를 끄덕이며 물었다.

"어, 괜찮습니다."

"그럼 나만 마시면 되겠군, 리더비히. 스카치 앤드 워터 좀 갖다 줘."

피터가 거스에게로 시선을 돌리고 물었다.

"이 집에서 스카치 앤드 워터를 어떻게 만드는지 아느냐?"

"아뇨, 선생님."

거스가 대답했다.

"잔에 스카치를 붓고 그 다음에 물에 대한 생각을 떠올리지. 그런 다음에 진짜 스카치와 추상적인 물이라는 개념을 함께 섞는 거다."

리더비히가 끼어들었다.

"아침식사를 먼저 하시는 게 좋을 것 같은데요, 선생님."

그가 우리를 보고 연극조로 중얼거렸다.

"내 비서는 나한테 음주 문제가 있다고 생각하지."

"그리고 전 해가 이미 떴다고도 생각해요."

리더비히는 그렇게 대답했지만 어쨌든 거실 한쪽의 바로 가서 스카치 병을 꺼내 잔에 반 정도 차게 따랐다. 그런 다음 그에게 갖다 주었다. 피터 반 호텐은 한 모금 마신 다음 의자에 몸을 똑바로 펴고 앉았다.

"이런 훌륭한 술에는 최고의 자세를 갖춰야 마땅하지."

나는 내 자세를 의식하고 소파에서 조금 몸을 일으켜 앉았다. 그리고 내 캐뉼러를 정돈했다. 아빠는 항상 나에게 사람들이 웨이터와 비서를 대하는 모습을 보고 그 사람을 판단해야 한다고 말씀하셨다. 그런 기준에서 볼 때 피터 반 호텐은 아마 세상에서 가장 머저리 같은 멍청이일 것이다.

"그러니까 너희가 내 책을 좋아한단 말이지."

그가 다시 한 모금을 마신 후 어거스터스에게 말했다.

"네."

나는 어거스터스를 대신해서 대답했다.

"그리고 맞아요, 저희가…… 음, 어거스터스가 자신의 소원을 사용해서 선생님을 만나기 위해 여기 올 기회를 만들었어요. 그래서 선생님께서 『장엄한 고뇌』가 끝난 후에 어떻게 되었는지 저희에게 말씀해 주시길 바라요."

반 호텐은 아무 말도 하지 않고 그저 술만 길게 한 모금 더 마셨다.

잠시 후 어거스터스가 말했다.

"선생님의 책은 말하자면 저희 둘을 함께하게 만들어 준 책이에요."

"하지만 너희는 함께하는 게 아니지 않느냐."

그가 나를 쳐다보지도 않고 말했다.

"저희를 거의 함께하게 만들어 준 책이죠."

내가 말했다.

이제야 그가 나를 쳐다보았다.

"넌 일부러 그 애와 비슷하게 옷을 입은 거냐?"

"안나요?"

내가 물었다. 그는 그저 나를 계속 쳐다보기만 했다.

"약간은요."

내가 대답했다. 그는 술을 한참 들이켠 다음 인상을 찌푸렸다.

"난 음주 문제가 없어."

그의 목소리는 쓸데없이 컸다.

"난 술과 처칠적 관계를 갖고 있어. '난 농담을 하고 영국을 다스리고 내가 원하는 건 뭐든지 할 수 있지. 술을 안 마시는 것만 빼고.'"

그가 리더비히를 힐끗 보고 자기 잔 쪽으로 고개를 끄덕였다. 그녀는 잔을 들고 다시 바로 돌아갔다.

"물의 '개념'만 넣게, 리더비히."

그가 지시했다.

"네, 알았어요."

그녀는 거의 미국인 같은 액센트로 대답했다.

두 번째 술이 나왔다. 반 호텔의 등은 경의를 표하느라 다시 한 번 꼿꼿해졌다. 그가 슬리퍼를 걷어차 벗었다. 그의 발은 정말로 흉측했다. 그는 내 머릿속에 있는 천재적 작가의 모습을 상당히 망치고 있었다. 하지만 그에겐 답이 있으니까.

내가 입을 열었다.

"음, 저기, 우선은 어젯밤의 저녁식사에 대해 감사의 말씀을 드리고 싶어요……"

"우리가 어젯밤 저 애들에게 저녁식사를 샀어?"

반 호텐이 리더비히에게 물었다.

"네, 오랑쥬에서요."

"아, 그렇군. 음, 나에게 고맙다고 말할 필요는 없어. 리더비히에게 고맙다고 말하는 게 나을 거야. 내 돈을 낭비하는 분야에 있어서 굉장한 재능을 갖고 있으니까."

"우리가 더 기뻤단다."

리더비히가 말했다.

"음, 어쨌든 간에 고맙습니다."

어거스터스가 말했다. 그의 목소리에 짜증이 어린 게 느껴졌다.

"그래서 이제 내가 여기 있으니까, 뭘 물어보고 싶은 거냐?"

반 호텐이 잠시 후에 말했다.

"음."

어거스터스가 웅얼거렸다.

"저 애는 종이로 봤을 땐 훨씬 영리한 것 같았는데."

반 호텐이 어거스터스를 지칭하며 리더비히에게 말했다.

"암이 저 녀석 뇌에 자리를 잡기 시작한 모양이야."

"선생님!"

리더비히가 거의 충격 받은 어조로 말했다.

나도 충격을 받았다. 하지만 우리를 겸손한 태도로 맞아 주지 않는 이 밉살맞은 남자에게는 어딘가 유쾌한 구석이 있었다.

"사실 물어보고 싶은 것들이 있어요. 제 이메일에서 이미 얘기했었어요. 기억하시는지는 모르겠지만요."

내가 말했다.

"기억 못한다."

"선생님의 기억력이 좀 손상되셔서 그래."

리더비히가 말했다.

"내 기억력이 손상될 수 있다면 말이지만."

반 호텐이 대꾸했다.

"그래서, 저희가 묻고 싶은 것 말인데요."

내가 말했다.

"내 비서가 '우리'라고 말하는 건 실은 일인칭이지."

피터는 혼잣말을 하듯이 중얼거렸다. 그리고 술을 한 모금 더 마셨다. 스카치가 어떤 맛인지는 모르지만 그게 샴페인과 비슷한 맛이라면 그가 어떻게 이렇게 아침 이른 시각에 이렇게 빠르게, 이렇게 많이 마시는 건지 이해할 수가 없었다.

"제노의 거북이 패러독스에 대해서 알고 있느냐?"

그가 나에게 물었다.

"저희는 책이 끝난 후에 캐릭터들이 어떻게 되었는지 궁금해요. 특히 안나의……"

"내가 그 질문에 대답하기 위해 네 말을 들어야 한다고 생각하고 있다면 잘못된 거다. 제노라는 철학자는 알고 있느냐?"

나는 멍하니 고개를 흔들었다.

"이런 비극이. 제노는 파르메니데스가 제시했던 세계관 내에서 사십 개의 패러독스를 찾아냈다고 알려져 있는 소크라테스 이전의 철학자지. 파르메니데스 정도는 당연히 알겠지?"

나는 파르메니데스를 안다는 의미로 고개를 끄덕였지만, 실은 몰랐다.

"참으로 다행이군. 제노는 파르메니데스의 주장에서 잘못된 부분과 지나치게 단순화된 부분을 밝히는 게 주업이었지. 그건 별로 어려운 일이 아니었어. 파르메니데스는 항상 온갖 부분을 대단히 심각하게 틀리곤 했으니까. 파르메니데스는 경마장에 데리고 가면 매번, 언제나 지는 말을 고르는 사람이 갖는 가치와 똑같은 가치를 지닌 사람이지. 하지만 제노는 대단히 중요한 사람이었어……, 잠깐만. 스웨덴 힙합에 대해서는 알고 있지?"

피터 반 호텐이 농담을 하는 건지 아닌 건지 알 수가 없었다. 잠시 후 어거스터스가 나 대신 대답했다.

"한정되어 있어요."

"좋아, 하지만 그래도 아파시 옥 필시의 감동적인 앨범 '플래켄 (Flacken)'은 알겠지?"

"아뇨."

내가 우리 둘을 대표해서 대답했다.

"리더비히, 당장 〈봄팔러렐라〉를 틀어."

리더비히가 MP3 플레이어로 걸어가서 회전식 버튼을 조금 돌린 다음 플레이 버튼을 눌렀다. 사방에서 랩 음악이 쿵쿵 울리기 시작했다. 말이 스웨덴 어라는 걸 빼면 그냥 평범한 랩 음악 같았다.

음악이 끝나자 피터 반 호텐이 기대에 찬 표정으로 조그만 눈을 한껏 크게 뜨고 우리를 쳐다보았다.

"응?"

그가 물었다.

"응?"

"죄송해요, 선생님. 저흰 스웨덴 어를 몰라요."

내가 말했다.

"음, 당연히 모르겠지. 나도 모르는데. 도대체 누가 스웨덴 어를 할 줄 알겠어? 중요한 건 노래에서 무슨 헛소리를 하는지가 아니라 그 노래가 어떤 감정을 불러일으키는지야. 너도 세상에는 사랑과 두려움이라는 단 두 개의 감정만 있다는 건 알 테지. 아파시 옥 필시는 스웨덴 외의 곳에서 만들어지는 힙합 음악에서는 절대로 찾을 수 없는, 그 두 가지 감정을 오가는 재주가 있어. 다시 한 번 틀어줄까?"

"이거 농담인가요?"

거스가 말했다.

"뭐라고?"

"이거 일종의 연기 같은 건가요?"

그가 리더비히를 쳐다보며 물었다.

"그런 거예요?"

"미안하지만 그렇지 않단다. 선생님이 항상 그런 건……, 이건 좀 특이한……."

리더비히가 대답했다.

"오, 입 다물게, 리더비히. 루돌프 오토(독일의 신학가이자 진보적 사상가: 주)는 신성한 것을 발견해 보지 못했다면, 두렵고 떨리는 신비(mysterium tremendum)와 비합리적인 만남을 경험해 보지 못했다면 자신의 저서를 읽을 자격이 없다고 말한 바 있지. 그리고 지금 내가 말하건대 어린 친구들, 너희들이 아파시 옥 필시의 두려움에 대한 용맹한 대응을 알아듣지 못한다면 내 작품은 너희를 위한 것이 아니야."

나는 도저히 이 말을 제대로 표현할 수가 없었다. 그건 스웨덴 어라는 사실만 제외하면 완벽하게 평범한 랩 음악이라고.

"음, 그래서『장엄한 고뇌』에 대해서 말인데요, 안나의 엄마요. 책이 끝난 다음에 그녀는……."

반 호텐이 내 말을 자르고 잔을 두드리며 리더비히가 다시 잔을 채워

줄 때까지 말을 쏟아냈다.

"그래서 제노는 거북이 패러독스로 가장 유명하지. 네가 거북이와 달리기 시합을 한다고 상상해 보자. 거북이는 10미터 앞에서 출발하는 거야. 네가 그 10미터를 따라잡았을 때 거북이는 아마 1미터 정도 갔겠지. 그리고 네가 그 거리를 따라잡았을 때 거북이는 조금 더 갔을 거고, 그런 식으로 영원히 계속되는 거야. 네가 거북이보다 더 빠른데도 넌 영원히 거북이를 따라잡지 못해. 그저 거리를 좁힐 수만 있을 뿐이지.

물론 역학적인 고민을 하지 않고서 그냥 거북이를 제칠 수도 있겠지만, '어떻게 그렇게 할 수 있는가'라는 질문은 대단히 복잡하지. 칸토어 (게오르크 칸토어, 독일의 수학자: 주)가 어떤 무한대는 다른 무한대보다 더 크다는 사실을 증명하기 전까지는 아무도 이 문제를 풀 수 없었어."

"음."

내가 말했다.

"그 말이 네 질문에 대한 답이 될 것 같구나."

그가 자신만만하게 말한 다음 술을 한 입 가득 들이켰다.

"별로요. 저희가 궁금한 건요, 『장엄한 고뇌』가 끝난 다음에……."

"나는 그 불쾌한 책에 관한 모든 것을 부인하겠다."

반 호텐이 내 말을 자르며 말했다.

"안 돼요."

내가 말했다.

"뭐라고 했지?"

"안 돼요. 그건 받아들일 수 없어요."

내가 말했다.

"안나가 죽거나 너무 아파서 글을 쓸 수가 없어서 그 이야기가 문장 중간에 끝났다는 건 이해해요. 하지만 선생님께서 저희에게 모두가 어떻게 되었는지를 이야기해 주겠다고 하셨잖아요. 그래서 저희가 여기 온 거고요. 저희는, 전 뒷이야기를 알아야 해요."

반 호텐이 한숨을 쉬었다. 술을 한 모금 더 마신 다음 그가 말했다.

"좋다. 누구 이야기가 듣고 싶은 거지?"

"안나의 엄마와 네덜란드 튤립 맨, 햄스터 시지푸스, 그러니까 모두가 어떻게 되었는지 알고 싶어요."

반 호텐은 눈을 감았다. 숨을 내쉬느라 그의 뺨이 홀쭉해졌다. 그런 다음 그는 고개를 들어 천장을 사선으로 가로지르는 목제 골조를 쳐다보았다.

"햄스터는."

그가 잠시 후에 말했다.

"햄스터는 크리스틴에게 입양되었지."

크리스틴은 안나가 아프기 전의 친구 중 한 명이었다. 이해가 갔다. 크리스틴과 안나가 시지푸스와 같이 노는 장면이 몇 번 나왔으니까.

"햄스터는 크리스틴에게 입양되어서 소설이 끝난 후 2년쯤 더 살다가 햄스터 잠을 자는 중에 평화롭게 죽었다."

이제야 뭔가 좀 이야기가 나오는구나.

"멋져요. 정말 멋져요. 좋아요, 그럼 네덜란드 튤립 맨은요? 그는 정말로 사기꾼이었나요? 그와 안나의 엄마가 결혼을 하나요?"

반 호텐은 여전히 천장 골조만 쳐다보았다. 그가 술을 마셨다. 잔이 또다시 거의 비었다.

"리더비히, 난 못하겠어. 못해. 못한다고!"

그가 고개를 내려 나를 똑바로 쳐다보았다.

"네덜란드 튤립 맨에게는 아무 일도 생기지 않았어. 그는 사기꾼도 아니고 사기꾼이 아닌 것도 아니야. 그는 신이라고. 그는 명백하고 명확한 '신'의 은유였고, 그가 어떻게 되었느냐고 묻는 건 『위대한 개츠비』에서 T. J. 에클버그 박사의 적출된 눈이 어떻게 되었느냐고 묻는 것과 지성적인 면에서 동일한 질문이나 다름없어. 그와 안나의 엄마가 결혼했느냐고? 우린 역사적인 모험에 대해 이야기하는 게 아니라 소설에 대해 이야기하는 거야, 얘야."

"알아요. 하지만 그들이 어떻게 되었는지 생각하신 바가 있으실 거 아니에요. 제 말은, 캐릭터 얘기예요. 그들의 은유적 의미나 뭐 그런 것과는 독립적으로요."

"그들은 가공의 인물이야."

그가 다시 잔을 두드리며 말했다.

"그들에겐 아무 일도 벌어지지 않아."

"얘기해 주신다고 하셨잖아요."

내가 끈질기게 말했다. 계속 고집을 부려야만 했다. 그의 산만한 주의를 내 질문에만 집중시켜야 하니까.

"그랬을지도 모르지. 하지만 난 네가 대서양을 건너는 여행을 할 수 없는 상황이라는 잘못된 인상을 받았기 때문에 그런 거야. 나는 너한테…… 일종의 위안을 주려고 그랬던 거였어. 그런 쓸데없는 짓을 하지 말았어야 했는데. 하지만 아주 솔직하게 말하자면, 소설의 저자가 소설 속 캐릭터들에 대해 특별한 통찰력을 갖고 있을 거라는 이 어린애 같은 생각은…… 참으로 우스꽝스럽구나. 그 소설은 종이에 몇 글자 끄적거린 걸로 만들어진 거야. 그 안에 등장하는 캐릭터들은 그런 끄적거림의 바깥에서는 아무 생명력도 없어. 그들이 어떻게 되었느냐고? 소설이 끝나는 순간 존재하기를 멈춰 버렸지."

"아뇨."

나는 소파에서 몸을 일으켰다.

"아뇨, 그건 이해해요. 하지만 그들의 미래를 상상해 보지 않는다는 건 불가능하다고요. 선생님은 그 미래를 상상하는 데 가장 적합하신 분이에요. 안나의 엄마에겐 분명 무슨 일이 생겼을 거예요. 결혼을 했거나 혹은 안 했거나. 네덜란드 튤립 맨과 네덜란드로 이사를 왔거나 혹은 안 왔거나. 아이를 더 낳았거나 안 낳았거나. 그녀가 어떻게 되었는지 전 알아야만 해요."

반 호텐이 입술을 오므렸다.

"네 어린애 같은 충동을 만족시켜주지 못하는 건 유감이지만, 네가 지금껏 당연하게 받아왔을 동정심을 난 발휘하고 싶지 않구나."

"전 선생님의 동정은 원하지 않아요."

내가 말했다. 그는 무심한 어투로 대답했다.

"모든 아픈 아이들이 그러듯이 너도 동정을 원치 않는다고 말은 하지만, 네 존재 자체가 그 동정에 달려 있지."

"선생님."

리더비히가 말했지만 그는 의자에 몸을 길게 기댄 채 취해서 어눌해진 어조로 말을 이었다.

"아픈 아이들은 당연하게도 주의를 끌게 되지. 넌 진단을 받았을 당시의 어린애 상태 그대로 평생을 살게 될 운명이야. 소설이 끝난 다음에도 인생이 진행된다고 믿는 어린아이로. 그리고 우리 어른들은 그걸 동정하기 때문에 네 치료나 산소 기계 같은 데 돈을 대지. 네가 오래 살지 못할 게 분명하니까 음식과 물을 대 주고……"

"선생님!"

리더비히가 소리를 질렀다.

"넌 부작용이야."

반 호텐이 말을 이었다.

"개인의 삶에 거의 신경 쓰지 않는 진화 과정에서의 부작용이지. 돌연변이 실험의 실패작이야."

"난 관두겠어요!"

리더비히가 소리쳤다. 그녀의 눈에는 눈물이 고여 있었다. 하지만 나는 화나지 않았다. 그는 사실을 말하는 가장 고통스러운 방법을 찾고 있었지만, 당연히 나도 이미 사실을 알고 있다. 나는 내 침실부터 집중치료실에 이르기까지 여러 곳의 천장을 바라보며 수년간 살아왔기 때문에 오래 전에 내 병에 관해 가장 고통스럽게 생각하는 방법을 이미 찾아낸 터다. 그래서 나는 그를 향해 한 걸음 다가섰다.

"잘 들어요, 이 머저리 아저씨. 당신 말은 병에 대해 내가 이미 다 아는 사실들만 나열하고 있을 뿐이라고요. 내가 당신 인생에서 영원히 사라지기 전에 원하는 건 오로지 딱 하나예요. 안나의 엄마는 어떻게 됐냐고요!"

그가 살찐 턱을 내 쪽으로 들어 올리고서 어깨를 으쓱였다.

"나는 프루스트의 화자나 홀덴 콜필스의 여동생이나 허클베리 핀이 보호구역으로 달아난 다음 어떻게 되었느냐는 질문과 마찬가지로 그녀가 어떻게 되었는지에 대한 답을 해 줄 수가 없구나."

"개소리! 그건 다 개소리예요! 그냥 말을 해 줘요! 뭔가 지어내서라도 말해 달라고요!"

"싫다. 그리고 내 집 안에선 욕은 안 해 주면 고맙겠구나. 그건 숙녀다운 행동이 아니야."

사실 나는 여전히 화나지 않았다. 하지만 약속 받았던 것을 얻어내겠다는 데 굉장히 열중하고 있었다. 내 안에 뭔가가 고였고, 나는 앞으로 다가가서 스카치 잔을 잡고 있는 부은 손을 철썩 때렸다. 남아 있던 스카치가 그의 얼굴 전체에 튀었고, 잔이 그의 코에 부딪쳤다가 허공에서 발레를 하듯이 핑그르르 돌아서 오래 된 나무 바닥에 떨어져 와장창 깨졌다.

"리더비히."

반 호텐이 차분하게 말했다.

"마티니 한 잔 만들어오게. 베르무트는 아주 살짝만 넣어서."

"전 관뒀어요."

리더비히가 잠시 후에 말했다.

"말도 안 되는 소리 말아."

나는 어떻게 해야 할지 알 수가 없었다. 얌전하게 구는 건 소용이 없었고, 성질을 부리는 것도 소용없었다. 난 답이 필요했다. 어거스터스의 소원에 무임승차해서 여기까지 왔는데. 답을 들어야만 했다.

"네 그 멍청한 질문에 왜 그렇게 신경이 쓰이는지 생각해 본 적이 있느냐?"

그의 발음은 이제 완전히 흐릿했다.

"당신이 약속했잖아요!"

나는 소리를 질렀다. 부서진 트로피의 밤에 울부짖던 아이작의 무력한 비명 소리가 들리는 것 같았다. 반 호텐은 대답하지 않았다.

나는 여전히 그의 앞에 서서 반 호텐이 뭔가 말하기만을 기다렸다. 그때 어거스터스의 손이 내 팔을 잡았다. 그가 나를 문 쪽으로 끌어당겼고 나는 그를 따라갔다. 반 호텐이 리더비히에게 요즘 십대들이 고마워할 줄 모르며 예의바른 사회는 죽었느니 어쩌니 하는 말을 쏟아냈고, 리더비히는 조금 히스테릭하게 그에게 빠른 네덜란드 어로 뭐라고 쏘아붙였다.

"내 전 비서를 용서해 줘야 할 거다. 네덜란드 어는 목에 그렇게 좋은 언어가 아니거든."

그가 말했다.

어거스터스는 나를 데리고 거실을 나와 문을 지나 늦봄 아침 햇살과 떨어지는 느릅나무 콘페티 속으로 나왔다.

나에게는 빠른 퇴장이라는 것이 존재하지 않았지만 우리는 계단을 무사히 내려올 수 있었다. 어거스터스가 내 카트를 잡고서 네모난 벽돌들을 끼워맞춰 만든 울퉁불퉁한 보도를 따라 필로수오프로 걸어가기 시작했다. 그네 세트 이후 처음으로 나는 울음을 터뜨렸다.

"어이."

그가 내 허리를 안으며 말했다.

"이봐, 괜찮아."

나는 고개를 끄덕이고 손등으로 얼굴을 닦았다.

"그 사람 진짜 거지 같았어."

나는 다시 고개를 끄덕였다.

"내가 너한테 에필로그를 써줄게."

거스의 말에 나는 더욱 격하게 울었다.

"정말이야. 정말로 써 줄게. 저 주정뱅이가 써내는 쓰레기보다 훨씬 나은 걸로. 저 작자의 뇌는 스위스 치즈처럼 구멍이 뺑뺑 뚫렸을 거야. 자기가 책을 썼다는 사실도 기억하지 못할 걸. 내가 저 사람이 쓰는 것보다 열 배는 나은 이야기를 써줄 수 있어. 피와 내장과 희생이 나오는 걸로. 『장엄한 고뇌』가 『새벽의 대가』와 만나는 거지. 너도 좋아할 거야."

나는 계속해서 고개를 끄덕이며 미소를 지으려고 노력했다. 그가 나를 껴안았다. 그의 강한 팔이 나를 근육질 가슴으로 끌어당겼고, 나는 그의 폴로셔츠에 기대 조금 울다가 간신히 말을 할 수 있을 정도로 진정했다.

"내가 네 소원을 저런 머저리한테 낭비해 버렸어."

내가 그의 가슴에 대고 말했다.

"헤이즐 그레이스. 그렇지 않아. 내가 너에게 내 유일한 소원을 쓰도록 허락해 줬지만, 넌 그걸 저 작자한테 낭비한 게 아니야. 우릴 위해 썼지."

우리 뒤로 하이힐이 따각따각거리며 달려오는 소리가 들렸다. 나는 돌아보았다. 아이라인이 번져 뺨으로 흘러내리고 완전히 충격을 받은 모습의 리더비히가 우리를 따라 보도를 뛰어오고 있었다.

"우리 함께 안네 프랑크의 집에 가는 게 어떨까?"

리더비히가 말했다.

"난 저 괴물이랑은 아무 데도 안 가요."

어거스터스가 말했다.

"그 사람은 부르지 않았어."

리더비히가 말했다. 어거스터스는 여전히 보호하듯 나를 안고 한 손을 내 얼굴 옆에 대고 있었다.

"난 별로 그러고 싶지……!"

그가 말을 하려 했지만 내가 그의 말을 잘랐다.

"가요."

나는 여전히 반 호텐으로부터 답을 원했다. 하지만 내가 원하는 건 그게 전부가 아니었다. 어거스터스 워터스와 암스테르담에서 보낼 날이 이틀밖에 남지 않았다. 늙고 우울한 노인이 그걸 망치게 놔두진 않을 것이다.

리더비히는 흥분한 네 살짜리 여자아이 같은 소리를 내는 엔진이 달린 투박한 회색 피아트를 몰았다. 암스테르담 길거리를 지나가는 동안 그녀는 계속해서 끊임없이 사과를 했다.

"정말로 미안하구나. 변명의 여지가 없어. 선생님은 굉장히 아프셔."

그녀가 말했다.

"너희들과 만나면 도움이 될 거라고 생각했어. 자신의 작품이 진짜 살아 있는 사람들에게 어떤 영향을 미쳤는지 알게 되면 말이지. 하지만…… 정말로 미안하구나. 정말, 정말 부끄러운 일이었어."

어거스터스도, 나도 아무 말도 하지 않았다. 나는 뒷좌석, 그의 뒤에 앉아 있었다. 내가 차 옆쪽과 그의 의자 사이로 손을 밀어넣어 어거스터스의 손을 찾으려 했지만 찾지 못했다. 리더비히가 말을 이었다.

"난 그분이 천재라고 생각했고 또 월급도 아주 좋았기 때문에 이 일을 계속 했었지만, 그분은 괴물이 되어 버렸어."

"그 책 덕택에 굉장히 부자가 되신 모양이죠?"

내가 잠시 후에 말했다.

"오, 아니, 아니야. 그분은 반 호텐 가문 사람이거든. 17세기에 그 분의 조상이 코코아를 물에 섞는 법을 발견했단다. 반 호텐 가 사람들 몇 명이 오래 전에 미국으로 건너갔고, 피터 선생님은 그중 한 분이야. 하지만 소설을 내신 이후에 네덜란드로 오셨지. 그분은 위대한 가문의 수치야."

엔진이 요란한 소리를 냈다. 리더비히가 기어를 바꾸었고 우리는 운하 다리 위로 달려갔다.

"환경 탓이란다. 환경이 그 분을 그렇게 잔인하게 만든 거야. 그분은 나쁜 사람이 아니란다. 하지만 요즘은 나도 그렇게 생각하기가 어려워. 그분이 그 끔찍한 말을 하셨을 때, 난 믿을 수가 없었단다. 정말 미안하구나. 정말 정말 미안해."

우리는 안네 프랑크의 집에서 한 블록 떨어진 곳에 차를 세웠고, 리더 비히가 표를 사오기 위해 줄을 설 동안 나는 작은 나무에 등을 기대고 앉아서 프린센그라흐트 운하 위에 정박하고 있는 보트주택들을 바라보 았다. 어거스터스는 내 옆에 서서 산소 카트로 느릿하게 원을 그리며 바 퀴가 굴러가는 모습만 쳐다보고 있었다. 그가 내 옆에 앉았으면 싶었지 만 앉는 게 그에게 힘든 일이라는 걸, 그리고 도로 일어나는 건 더더욱 힘든 일이라는 걸 잘 알고 있었다.

"괜찮아?"

그가 나를 내려다보고 물었다. 나는 어깨를 으쓱이고 그의 종아리를 손으로 잡았다. 가짜 종아리였지만, 그래도 그냥 잡고 있었다. 그가 나를 내려다보았다.

"난 그냥……."

내가 말했다.

"알아. 나도 알아. 아무래도 세상은 소원을 들어 주는 공장이 아닌 모 양이야."

그 말에 나는 살짝 미소를 지었다.

리더비히가 표를 갖고 돌아왔지만 그녀의 얇은 입술은 걱정으로 주름 이 져 있었다.

"엘리베이터가 없어. 정말, 정말 미안하구나."

"괜찮아요."

내가 말했다.

"아니, 계단이 많아. 가파른 계단이."

"괜찮아요."

내가 다시 말했다. 어거스터스가 뭔가 말하려고 했지만, 내가 막았다.

"정말 괜찮아. 난 할 수 있어."

우리는 방으로 들어가 우선 네덜란드의 유대인들과 나치 침공, 그리고 프랑크 가족에 대한 비디오를 보았다. 그 다음에 위층으로 올라가 오토 프랑크가 일을 했던 운하 주택으로 들어섰다. 나와 어거스터스 둘 다 계단을 천천히 올라가긴 했지만, 아직은 힘이 넘치는 기분이었다. 곧 나는 안네 프랑크와 그 애의 가족, 그리고 다른 사람 넷이 숨어 지낸 그 유명한 책장을 보게 되었다. 책장은 반쯤 열려 있었고 그 뒤로는 겨우 한 사람만 지나갈 수 있는 너비의 더욱 가파른 계단이 있었다. 우리 주위로 다른 관광객들이 많아서 나는 다른 사람들을 가로막고 싶지 않았다. 하지만 리더비히가 말했다.

"다들 좀 참아 주시겠어요?"

나는 올라가기 시작했고, 리더비히가 내 뒤에서 카트를 들고 따라왔고, 거스가 그녀의 뒤를 따랐다.

계단은 열네 개였다. 나는 계속해서 내 뒤에 있는 사람들을 생각했다. 대부분은 각 나라 말을 하는 어른들이었다. 나는 좀 부끄럽고 유령이 된 것 같은 기분이었다. 그것은 마음이 놓이면서도 좀 무서운 느낌이었지만, 결국에는 계단을 다 올라갔다. 꼭대기는 음산하게 텅 빈 방이었고, 나는 벽에 기대섰다. 내 뇌는 폐에게 '괜찮아, 괜찮아, 진정해, 괜찮아.'라고 말했고 내 폐는 뇌에게 '오, 맙소사, 우린 여기서 죽을 거야!'라고 말하고 있었다. 어거스터스가 올라오는 것조차 보지 못했지만 그가 곧 다가와서 휴, 하고 한숨을 쉬는 것처럼 손등으로 미간을 닦고 말했다.

"넌 투사야."

몇 분 간 벽에 기대 있은 끝에 나는 옆방으로 갈 수 있었다. 안네가 치과의사인 프리츠 페퍼와 함께 썼던 방이다. 작고, 가구는 하나도 없었다. 안네가 잡지와 신문에서 오려내 벽에 붙인 사진들이 아직 남아 있는 것을 제외하면 여기서 누가 살았다고는 상상조차 할 수 없을 것이다.

또 다른 계단은 반 펠스 가족이 살았던 방으로 이어졌다. 이 계단은 지난번 계단보다 더 가파르고 열여덟 개였다. 거의 사다리라고 해도 될 정도였다. 나는 제일 아랫단에 서서 위를 올려다보고 아무래도 못 올라갈 것 같다고 생각했지만, 유일하게 앞으로 나아가는 방법이 올라가는 것뿐이라는 사실도 잘 알고 있었다.

"돌아가자."

거스가 내 뒤에서 말했다.

"난 괜찮아."

내가 조용히 대답했다. 멍청한 일이지만, 그 애(안네 프랑크 말이다.)에게 빚을 졌다는 생각이 자꾸 들었다. 그 애는 죽고 나는 살아 있으니까. 그 애는 블라인드를 내리고 숨죽이고 있는 등 모든 걸 다 올바르게 했는데도 죽었으니까. 그러니 나는 계단을 올라가서 게슈타포가 오기 전까지 몇 년 간 그 애가 살았던 세상의 나머지를 봐야만 했다.

어린 아이처럼 거의 기듯이 나는 계단을 올라가기 시작했다. 처음에는 숨을 쉴 수 있도록 천천히 올라갔지만 어차피 숨을 쉴 수 없을 것이므로 기절하기 전에 꼭대기에 도착하기 위해 속도를 높였다. 지옥처럼 가파른 열여덟 개의 계단을 올라가는 동안 시야에 검은 점 같은 것이 보이기 시작했다. 거의 눈앞이 안 보이고, 구역질이 나고, 팔과 다리의 근육은 산소를 달라고 울부짖는 상태로 마침내 꼭대기에 도착했다. 나는 벽에 기대 풀쩍 주저앉아 연약한 기침을 뱉어냈다. 내 위쪽 벽에 못으로 고정된 텅 빈 유리 상자가 있었고, 나는 그것을 통해 천장을 올려다보며 기절하지 않으려고 노력했다.

리더비히가 내 옆에 무릎을 구부리고 앉아서 말했다.

"넌 꼭대기에 도착한 거야. 정말로."

나는 고개를 끄덕였다. 주변의 모든 어른들이 나를 걱정스럽게 내려다보고 있는 게 희미하게 느껴졌다. 리더비히는 관광객들에게 이 언어 저 언어로 조용히 이야기를 했다. 어거스터스는 내 옆에 서서 내 머리 위에 손을 얹고 머리카락을 쓰다듬어 주었다.

한참 지난 후에 리더비히와 어거스터스가 나를 일으켜 세워 주었고, 나는 유리 상자가 뭘 보호하고 있었던 건지 볼 수 있었다. 여기에 살던 동안 아이들이 얼만큼 자랐는지 벽지에 연필로 표시해 놓은 흔적이었다. 1센티, 1센티씩, 더 이상 자라지 않을 때까지.

거기서 프랑크 가족이 살던 장소는 끝이 났지만, 여전히 박물관은 이어졌다. 길고 좁은 복도에는 건물 내의 여덟 명의 거주자 사진이 각각 전시되어 있었고 그들이 언제 어디서 어떻게 죽었는지 설명이 쓰여 있었다.

"온 가족을 통틀어 전쟁에서 살아남은 유일한 사람이지."

리더비히가 안네의 아빠 오토에 대해서 이야기해 주었다. 그녀의 목소리는 마치 교회에 있는 것처럼 조용했다.

"하지만 그는 사실 전쟁에서 살아남은 건 아니죠. 학살에서 살아남은 거죠."

어거스터스가 말했다.

"그렇지. 난 그 사람이 가족을 잃고 어떻게 계속 살 수 있었는지 모르겠어. 정말로 모르겠어."

리더비히가 말했다. 죽은 사람 일곱 명에 대한 설명을 하나하나 읽으면서 나는 더 이상 아빠가 아니게 된, 아내와 두 딸 대신 일기장만 손에 남은 오토 프랑크에 대해서 생각했다. 복도 끝에는 사전보다 더 큰 거대한 책이 있었고, 홀로코스트 때 네덜란드에서 죽은 십만 삼천 명의 이름이 쓰여 있었다. (추방된 네덜란드 유대인 5천 명만이 살아남았다고 벽의 라벨에 쓰여 있었다. 5천 명의 오토 프랑크.) 책은 안네 프랑크의 이름이 나와 있는 페이지로 펼쳐져 있었지만 내 눈길을 끈 것은 그녀의 이름 바로 아래 네 명의 아론 프랑크가 있다는 사실이었다. 네 명. 박물관도 없고, 역사적인 흔적도 없고, 애도해 주는 사람 하나 없는 네 명의 아론 프랑크. 나는 마음 속으로 내가 지상에 있는 한은 이 네 명의 아론 프랑크를 기억하고 그들을 위해 기도하겠다고 맹세했다. (어떤 사람들은 기도하기 위해서 전능한 특정 신을 믿어야만 하는 모양이지만, 나는 그렇지 않다.)

방 끝에 도착했을 때 거스가 멈춰서 물었다.

"너 괜찮아?"

나는 고개를 끄덕였다. 그가 안네의 사진 쪽을 가리켰다.

"최악인 건 그 애가 살 수도 있었다는 거야, 알아? 그 애는 해방을 몇 주 앞두고 죽었어."

리더비히는 비디오를 보기 위해 몇 걸음 물러섰고, 나는 어거스터스와 손을 잡은 채 옆방으로 걸어갔다. 오토 프랑크가 딸들을 찾는 몇 달 간의 수색 기간에 사람들에게 썼던 편지 몇 개가 A자 형태의 방안에 전시되어 있었다. 방 한가운데 벽에서는 오토 프랑크의 비디오가 나왔다. 그는 영어로 말하고 있었다.

"내가 찾아내서 정의를 실현할 수 있는 나치들이 아직 남아 있을까?"

진열장 쪽으로 몸을 기울이고 오토의 편지와 '아뇨, 해방 이후 당신의 아이들을 본 사람은 아무도 없습니다.' 라는 괴로운 답변을 읽는 동안 어거스터스가 물었다.

"다들 죽었을 것 같은데. 하지만 나치가 사악함을 독점하고 있는 것도 아니잖아."

"그렇지. 그러니까 우리가 해야 하는 일은 이거야, 헤이즐 그레이스. 팀을 짜서 세상을 향해 돌진해서 잘못된 것을 바로잡고, 약자를 보호하고, 위험에 빠진 사람을 지켜주는 2인조 장애자 자경단원이 되는 거야."

그건 내 꿈이 아니라 그의 꿈이긴 했지만, 나는 거기에 빠져들었다. 어쨌든 그도 내 꿈에 빠져들었으니까.

"우리의 대담함이 우리의 비밀무기가 되겠지."

내가 말했다.

"우리의 위업에 대한 이야기는 인류가 살아 있는 한 영원히 전해질 거야."

그가 말했다.

"그리고 그 후에도, 로봇들이 인간의 희생과 연민이라는 불합리한 행동에 대해서 회고할 때면 우리를 기억하게 될 거야."

"그 녀석들은 우리의 용맹하고 어리석은 행동을 보고 로봇 웃음을 짓겠지. 하지만 그 강철 로봇 심장에서도 우리가 살고 죽었던 것처럼 살아가고 싶다는 열망이 솟구칠 거야. 영웅적인 일을 하고 싶다는 열망이."

"어거스터스 워터스."

나는 그를 올려다보며 안네 프랑크의 집에서 누군가에게 키스를 할수는 없을 거라고 생각했다. 하지만 어쨌든 안네 프랑크는 안네 프랑크의 집안에서 누군가에게 키스를 했다는 것, 그리고 그 애는 자신의 집이 돌이킬 수 없이 망가진 십대들이 사랑에 빠지는 장소가 되는 것을 대단히 좋아했을 거라는 생각을 했다.

"이 말은 해야겠습니다."

오토 프랑크가 비디오 안에서 억양이 강한 영어로 말했다.

"나는 안네가 그렇게 생각이 깊었다는 사실에 대단히 놀랐습니다."

그리고 우리는 키스를 했다. 내 손이 산소 카트를 놓고 그의 목으로 올라갔고, 그는 내 허리를 안고 발뒤꿈치를 들고 서게 만들었다. 그의 벌어진 입술이 내 입술과 만나자 새롭고 매혹적인 방식으로 숨 가쁜 기분이 들기 시작했다. 우리 주위의 공간이 사라지고 기묘한 한 순간 내 몸이 정말로 마음에 들었다. 몇 년이나 내가 끌고 다녔던 이 암으로 망가진 몸뚱이가 갑자기 투쟁할 가치가 있는 존재로 느껴졌다. 가슴관과 PICC와 끊임없는 종양이라는 신체적 배신이, 마치 그럴 만한 가치가 있었던 것처럼.

"그것은 내가 알던 딸 안네와는 상당히 다른 사람이었습니다. 그 애는 한 번도 이런 종류의 내적 감정을 드러내지 않았습니다."

오토 프랑크가 말을 이었다.

오토 프랑크가 내 뒤에서 이야기를 하는 동안 키스는 영원처럼 이어졌다.

"그리고 내가 안네와 굉장히 잘 지냈다는 점을 고려하면, 대부분의 부모들은 자기 자식을 진정으로는 알지 못한다는 것이 나의 결론입니다."

그가 말했다.

나는 내가 눈을 감고 있다는 것을 깨닫고 눈을 떴다. 어거스터스는 나를 쳐다보고 있었다. 파란 눈이 그 어느 때보다도 가까이에 있었고, 그의 뒤로 사람들 한 무리가 우리를 반쯤 둘러싸고 있었다. 그들은 화가 난 것 같았다. 충격을 받은 것 같기도 하고. 호르몬으로 넘치는 이 10대들이 한때 아빠였던 사람의 갈라진 목소리가 나오는 비디오 바로 아래서 달라붙어 있으니.

나는 어거스터스에게서 떨어졌고 그는 내가 내 스니커즈를 내려다보는 동안 내 이마에 살짝 키스했다. 그때 사람들이 박수를 치기 시작했다. 모든 사람들이, 모든 어른들이 그저 박수를 치기 시작했고, 한 사람은 유럽 억양으로 "브라보!"하고 소리쳤다. 미소를 띤 어거스터스가 허리를 굽혀 인사를 했다. 웃으며 나도 살짝 무릎을 굽혀 절을 했고, 그러다 또 다시 박수갈채가 쏟아졌다.

우리는 모든 어른들이 먼저 내려가도록 기다렸다가 아래층으로 내려왔고, 카페에 들어가기 직전에(다행스럽게도 엘리베이터가 선물가게가 있는 1층까지 우리를 데려다주었다.) 우리는 안네의 일기와 그 애의 출간되지 않은 인용구 책을 볼 수 있었다. 인용구 책은 셰익스피어의 인용을 모아둔 페이지가 펼쳐져 있었다. '누가 유혹에 넘어가지 않을 만큼 단호할 수 있는가?' 그 애는 그렇게 써놓았다.

리더비히는 우리를 필로수오프까지 데려다 주었다. 호텔 앞에 도착하자 가랑비가 내리고 있었고, 어거스터스와 나는 벽돌로 된 보도에 서서 천천히 젖어갔다.

어거스터스: "넌 좀 쉬어야겠지?"

나: "난 괜찮아."

어거스터스: "좋아." (침묵) "무슨 생각 해?"

나: "너."

어거스터스: "내 무슨 생각?"

나: "나는 어떤 것을 더 좋아하는지 모르겠다네 / 음률의 아름다움인지 / 풍자의 아름다움인지 / 검정새의 지저귐인지 / 혹은 그 직후인지." (미국 시인 월러스 스티븐스의 작품 〈검정새를 보는 열세 가지 방식〉 중에서: 주)

어거스터스: "맙소사, 넌 정말 섹시해."

나: "같이 네 방으로 가도 좋아."

어거스터스: "그거 괜찮은 생각인데."

우리는 좁은 엘리베이터에 끼어 탔다. 바닥을 포함하여 사방이 비치는 재질로 되어 있었다. 우리 둘 다 타고 난 다음 간신히 문을 닫자 낡은 엘리베이터가 끽끽거리며 천천히 2층으로 올라갔다. 나는 지치고 땀에 젖은 상태라 겉보기도 그렇고 체취도 역겹지 않을까 걱정스러웠지만, 그래도 엘리베이터 안에서 그에게 키스했고 그는 몸을 떼고 거울을 가리키며 말했다.

"봐. 무한대의 헤이즐이야."

"어떤 무한대는 다른 무한대보다 더 크대."

나는 반 호텐의 말투를 흉내 내어 느릿하게 말했다.

"병신 같은 노인네."

어거스터스는 그렇게 말했고, 2층까지 올라오는 데에는 엄청난 시간이 걸렸다. 마침내 엘리베이터가 덜커덩거리며 멈추자 그가 거울 같은 문을 밀어서 열었다. 문이 반쯤 열리자 그가 고통으로 몸을 움찔하며 잠시 문을 놓았다.

"너 괜찮아?"

내가 물었다. 잠시 후 그가 대답했다.

"응, 응, 그냥 문이 무거워서 그런 거야."

그는 다시 문을 밀어 열었다. 그는 나를 앞장서서 걷게 해 주었지만, 당연히 나는 복도에서 어느 방향으로 가야 할지 몰랐기 때문에 엘리베이터 앞에 그냥 서 있었다. 그 역시 일그러진 얼굴로 그냥 서 있었고, 내가 다시 물었다.

"괜찮아?"

"그냥 지친 거야, 헤이즐 그레이스. 다 괜찮아."

우리는 복도에 그냥 그렇게 서 있었다. 그는 자신의 방이 있는 쪽으로 앞장서서 가지 않았고, 나는 그의 방이 어딘지 몰랐기 때문에 꼼짝 못하는 상황이 이어졌다. 그가 나와 얽히지 않는 방법을 찾는 중이라고, 애초에 이런 제안을 하지 말았어야 했다고, 이건 숙녀답지 못한 행동이고 그래서 어거스터스 워터스는 혐오감을 느끼고 눈도 깜박이지 않은 채 거기 서서 나를 보며 이 상황에서 정중하게 빠져나올 수 있는 방법을 강구하는 중이라고 거의 확신하기 일보직전이었다. 그때, 거의 영원 같은 순간이 지나고서 그가 말했다.

"내 무릎 위쪽 부분이 점점 가늘어지다가 그냥 피부로 덮여 있어. 흉측한 흔적이긴 하지만 그냥 겉보기엔⋯⋯."

"무슨 말이야?"

내가 물었다.

"내 다리. 네가 미리 마음의 준비를 해야 할까 봐. 그러니까 네가 이걸 보고서 혹시라도⋯⋯."

"아, 찌질거리지 마."

그의 앞까지 가는 데에는 딱 두 걸음이 필요할 뿐이었다. 나는 그를 벽으로 밀어붙이고 강하게 키스했고, 그가 더듬거리며 방 열쇠를 찾는 동안 계속 키스했다.

우리는 침대로 올라갔고, 내 자유는 산소관이 닿는 범위 내로 한정되어 있긴 했지만 그래도 나는 그의 위로 올라가서 셔츠를 벗기고 쇄골 아래 피부에 맺힌 땀을 맛볼 수 있었다. 내가 그의 피부에 대고 속삭였다.

"널 사랑해, 어거스터스 워터스."

내 말을 듣자 내 몸 아래 있는 그의 몸에서 긴장감이 빠져나갔다. 그가 손을 내밀어 내 셔츠를 벗기려고 했지만, 옷이 튜브와 엉켰다. 나는 웃음을 터뜨렸다.

***

"어떻게 매일 이걸 해?"

내가 튜브에 엉킨 셔츠를 푸는 동안 그가 물었다. 바보같이 내 분홍색 팬티가 보라색 브라와 안 어울린다는 생각이 떠올랐다. 남자애들이 그런 걸 눈치챌 리가 없는데. 나는 이불 아래로 들어가서 청바지와 양말을 걷어차서 벗은 다음 어거스터스가 청바지를, 그 다음에는 의족을 벗느라 이불이 꿈틀거리는 모습을 바라보았다.

우리는 나란히 등을 대고 누웠다. 모든 것이 이불 아래 가려져 있었고, 잠시 후 나는 그의 허벅지로 손을 뻗어 두텁게 흉터가 있는 잘린 다리를 손으로 쓸어 내렸다. 그리고 잠시 동안 절단 부위에 손을 얹고 있었다. 그가 움찔했다.

"아파?"

내가 물었다.

"아니."

그는 옆으로 몸을 굴리고서 나에게 키스했다.

"너 굉장히 뜨겁다."

나는 여전히 그의 다리에 손을 얹은 채 말했다.

"네가 신체 일부가 절단된 사람에 대한 페티시가 있는 게 아닌가 하는 생각이 드는데."

그가 여전히 나에게 키스를 하면서 중얼거렸다. 나는 웃었다.

"난 어거스터스 워터스 페티시가 있을 뿐이야."

내가 대답했다.

모든 일은 내가 상상했던 것과는 정확히 반대였다. 느리고 끈기 있고 조용하고 딱히 고통스럽거나 엄청나게 황홀하지도 않았다. 제대로 보지는 못했지만 꽤 많은 콘돔 관련 불상사도 있었다. 침대 머리판은 부서지지 않았다. 비명도 지르지 않았다. 솔직히 우리가 말을 하지 않고서 보낸 시간 중에서 가장 길었던 것 같다.

딱 한 가지만이 전형성에 들어맞았다. 일을 치른 후에 내가 어거스터스의 가슴에 머리를 기댄 채 그의 심장 소리를 듣고 있는데 그가 말했다.

"헤이즐 그레이스, 난 말 그대로 눈을 뜨고 있을 수가 없어."

"'말 그대로'라는 건 거기 쓰는 말이 아니야."

내가 말했다.

"아니, 정말. 피곤해."

그가 내 반대편으로 얼굴을 돌렸다. 나는 그의 가슴에 귀를 대고서 그의 폐가 잠의 리듬 속에서 안정되는 소리를 들었다. 잠시 후 나는 일어나서 옷을 입고 호텔 필로수오프의 메모지를 찾아서 그에게 러브레터를 적었다.

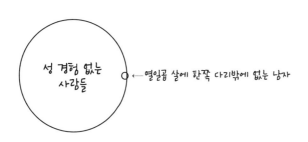

사랑하는 어거스터스,

성 경험 없는 사람들   ← 열일곱 살에 한쪽 다리밖에 없는 남자

너의 헤이즐 그레이스

13

 다음 날 아침, 암스테르담에서 종일 있는 마지막 날에 엄마와 어거스터스와 나는 호텔에서 본델 공원까지 반 블록을 걸어가서 네덜란드 국립 영화 박물관 그림자 속에 있는 카페를 발견했다. 커다란 밤나무의 이파리 그늘 아래 앉아서 카페라떼를 앞에 놓고(웨이터는 우리에게 네덜란드 사람들은 이걸 "잘못된 커피"라고 부른다고 설명해 주었다. 커피보다 우유가 더 많이 들어가기 때문이다), 우리는 엄마를 위해서 위대한 피터 반 호텐과의 만남을 자세히 설명해 드렸다. 우리는 이야기를 우스꽝스럽게 각색했다. 인생을 살면서 슬픈 이야기를 하는 방법은 여러 가지를 고를 수 있고, 우리는 우스운 방법을 골랐다. 어거스터스는 카페의자에 늘어져 앉아서 자리에서 일어날 정신조차 남아 있지 않은 혀가 꼬이고 발음이 불분명한 반 호텐을 연기했다. 나는 일어서서 자존심과 분노로 펄펄 뛰는 나 자신 역할에 빠져 소리를 질렀다.

 "일어나요, 이 뚱뚱하고 못생긴 노인네 같으니!"

 "지금 날 못생겼다고 그런 거야?"

 어거스터스가 물었다.

 "그냥 계속 해."

 내가 말했다.

 "난 못생기지 아나써. 네가 못생겼지, 코에 튜브를 꽂은 계집애야."

 "당신은 겁쟁이예요!"

 나는 소리를 질렀고 어거스터스는 웃느라 연기를 중단했다. 나는 자리에 앉았다. 우리는 엄마에게 안네 프랑크의 집에 대해서 이야기해 드렸다. 키스 부분은 빼고.

 "그 후에 반 호텐 씨 댁으로 다시 갔니?"

엄마가 물으셨다.

어거스터스는 내가 얼굴을 붉힐 여유도 주지 않고 대답했다.

"아뇨, 저흰 그냥 카페에서 시간을 보냈어요. 헤이즐이 벤다이어그램(집합 간의 관계를 보여 주는 그림: 주) 이야기로 절 재미있게 해 줬죠."

그가 나를 힐끗 보았다. 맙소사, 그는 너무 섹시했다.

"즐거웠겠구나. 저기, 난 산책을 하러 갈 거야. 너희 둘이 이야기할 시간이 필요할 것 같으니."

엄마는 거스 쪽으로 약간 낯선 어조로 말씀하셨다.

"그런 다음에 이따가 운하 보트를 타는 투어를 가면 어떻겠니?"

"음, 좋아요."

내가 말했다. 엄마는 접시 아래 5유로 지폐를 놔두고 내 머리 위에 키스한 다음 속삭이셨다.

"널 사랑하고, 사랑하고, 사랑한다."

평소보다 사랑한다는 말이 두 번 더 많았다.

거스가 콘크리트 위에서 교차되었다가 갈라지는 가지 그림자를 가리켰다.

"아름답지?"

"응."

내가 대답했다.

"아주 훌륭한 상징이야."

그가 중얼거렸다.

"그런가?"

"합쳐졌다가 다시 나눠지는 부정적인 사물의 이미지지."

그가 말했다. 우리 앞으로 수백 명의 사람들이 조깅을 하거나 자전거를 타거나 롤러블레이드를 타고 지나갔다. 암스테르담은 운동과 활동을 위한 도시, 차를 선호하지 않는 도시였다. 그래서 당연하게도 나는 거기에서 제외된 기분이었다. 하지만 맙소사, 커다란 나무 옆으로 빙 둘러가는 작은 지류, 물가에 꼼짝 않고 서서 물 위로 떠가는 수백 개의 느릅나무 꽃잎 속에서 아침거리를 찾고 있는 왜가리가 너무나 아름답지 않은가.

하지만 어거스터스는 눈치채지 못했다. 그림자가 움직이는 걸 보느라 너무 바빠서였다. 마침내 그가 말했다.

"하루 종일 이것만 보고 있을 수도 있을 것 같지만, 호텔로 돌아가야 되겠지."

"시간 여유가 있어?"

내가 물었다. 그가 슬픈 미소를 지었다.

"그러면 좋을 텐데."

그가 대답했다.

"무슨 문제라도 있어?"

내가 물었다. 그는 호텔 쪽으로 고개만 끄덕였다.

우리는 침묵 속에 걸었다. 어거스터스가 나보다 반 걸음 앞에서 걸어갔다. 너무 겁이 나서 내가 겁을 내야 할 이유가 있는지조차 물어볼 수가 없었다.

매슬로의 욕구 단계 이론이라는 것이 있다. 이 에이브러햄 매슬로라는 사람은 기본적으로 어떤 종류의 욕구를 갖기 위해서는 우선 특정한 욕구가 채워져야만 한다는 이론으로 유명해졌다. 말하자면 이렇다.

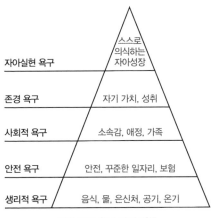

	스스로
자아실현 욕구	의식하는
	자아성장
존경 욕구	자기 가치, 성취
사회적 욕구	소속감, 애정, 가족
안전 욕구	안전, 꾸준한 일자리, 보험
생리적 욕구	음식, 물, 은신처, 공기, 온기

매슬로의 욕구 단계 이론

음식과 물에 대한 욕구가 충족되면, 다음 단계의 욕구인 안정으로 올라갈 수 있고, 그리고 그 다음, 또 그 다음으로 가지만 매슬로에 따르면 가장 중요한 사실은 생리적 욕구가 만족될 때까지 안정이나 사회적 욕구를 걱정할 처지도 못 된다는 것이다. 예술을 하거나 도덕심이나 양자 물리학 같은 것들을 생각하게 되는 '자아실현'은 고사하고 말이다.

매슬로에 따르면 나는 피라미드의 두 번째 단계에서 멈춰 있다. 내 건강에 대한 안정감을 확보할 수 없기 때문에 사랑이나 존경심, 예술 등에 대한 욕구는 아예 생각도 할 수 없다는 건데, 당연하지만 이건 완전히 거대 쓰레기 같은 소리다. 아프다고 해서 예술을 하거나 철학에 대해 고민하고 싶은 마음은 사라지지 않는다. 그런 욕망은 병에 의해 단지 변형될 뿐이다.

매슬로의 피라미드는 내가 다른 사람들보다 더 미개하다는 주장을 내포하고 있고, 대부분의 사람들도 그에게 동의하는 것 같다. 하지만 어거스터스는 아니었다. 나는 항상 그가 한때 아팠기 때문에 나를 사랑할 수 있게 된 거라고 생각했다. 하지만 이제는 어쩌면 그가 아직도 아플지 모른다는 생각이 들었다.

우리는 내 방인 키에르케고르로 들어왔다. 나는 침대에 앉으며 그가 내 옆에 앉을 거라고 생각했지만, 그는 먼지 낀 페이즐리 의자에 웅크리고 앉았다. 저 의자는 도대체 몇 년쯤 묵었을까? 50년?

그가 담뱃갑에서 담배를 꺼내 입술에 무는 것을 보는 동안 목 아래쪽을 막고 있는 공 같은 것이 더욱 단단해지는 느낌이 들었다. 그가 몸을 기대고 한숨을 쉬었다.

"네가 집중치료실에 들어가기 직전에, 엉덩이에서 둔통이 느껴지기 시작했어."

"안 돼."

공포가 가슴 속에 고여 나를 아래로 끌어내리는 느낌이었다. 그가 고개를 끄덕였다.

"그래서 PET 스캔을 받으러 갔지."

그가 말을 멈추고 담배를 입에서 빼내고는 이를 악물었다.

내 인생 대부분이 나를 사랑하는 사람들 앞에서 울지 않기 위해 노력하는 데 소모되었기 때문에 어거스터스가 뭘 하고 있는지 잘 알았다. 이를 악문다. 고개를 든다. 사람들이 내가 우는 걸 보면 상처받을 거라고, 내가 그들의 삶에서 '슬픔'이라는 존재밖에는 되지 못할 거라고, 단순한 '슬픔'으로 전락할 수는 없으니까 울어서는 안 된다고 스스로에게 말한다. 천장을 바라보면서 그렇게 말하고는 목이 메는 상태라 해도 어쨌든 울음을 삼키고서 나를 사랑하는 사람을 쳐다보고 미소를 짓는다.

그가 비뚜름한 미소를 짓고서 말했다.

"난 크리스마스트리처럼 빛났어, 헤이즐 그레이스. 내 가슴, 왼쪽 엉덩이, 간, 모든 곳이 다 빛났지."

모든 곳이. 그 말이 잠시 허공을 맴돌았다. 우리 둘 다 그게 무슨 의미인지 안다. 나는 일어나서 내 몸과 카트를 끌고 어거스터스보다 훨씬 오래 살았을 카펫을 지나 의자 아래 무릎을 꿇고 앉아 그의 무릎에 머리를 기대고 허리를 끌어안았다.

그가 내 머리카락을 쓰다듬었다.

"정말로 유감이야."

내가 말했다.

"너한테 말하지 않아서 미안해."

그의 목소리는 차분했다.

"너희 엄마는 아셨을 거야. 아줌마가 날 쳐다보는 눈길을 보건대 우리 엄마가 아마 너희 엄마한테 말을 하거나 그러셨겠지. 너한테 말을 했어야 했어. 멍청하고 이기적인 짓이었지."

나도 당연히 왜 그가 말을 하지 않았는지 알고 있다. 내가 그가 집중치료실에 있는 내 모습을 보지 않길 바랐던 것과 똑같은 이유에서였겠지. 그에게 조금도 화가 나지 않았고, 그저 이제는 금방이라도 나 자신이 폭발할 테니 다른 사람을 구하겠다고 생각하는 게 얼마나 바보 같은 짓인지 이해할 수 있고, 수류탄도 사랑할 수 있다는 것을 알게 되었다. 어거스터스 워터스를 사랑하지 않을 수가 없었다. 그러고 싶지도 않았고.

"이건 불공평해. 정말이지 빌어먹게 불공평하다고."

내가 말했다.

"세상은 소원을 들어 주는 공장이 아니야."

그리고서 그가 한순간, 아주 잠시 무너졌다. 그의 흐느낌은 번개가 동반되지 않은 천둥 소리처럼 무력하게 울렸지만 그 소리 없는 강렬함은 고통이라는 분야의 아마추어만이 약한 모습이라고 착각할 만한 것이었다. 곧 그가 나를 끌어당겨 내 얼굴 바로 앞에 단호한 표정의 얼굴을 들이댔다.

"난 싸울 거야. 널 위해서 싸울 거야. 나에 대해선 걱정하지 마, 헤이즐 그레이스. 난 괜찮아. 난 살아남아서 널 오랫동안 짜증나게 만드는 방법을 찾을 거야."

나는 울고 있었다. 하지만 지금도 그는 강인했다. 나를 꼭 끌어안고 있어서 나를 감싼 그의 팔의 강인한 근육까지 보이는 상태로 그가 말했다.

"미안해. 넌 괜찮을 거야. 다 괜찮을 거야. 약속할게."

그리고 특유의 삐딱한 미소를 지었다.

그가 내 이마에 키스했고, 그의 강인한 가슴이 살짝 가라앉는 것이 느껴졌다.

"결국 나에게도 비극적 결함이 생긴 것 같네."

잠시 후 나는 그를 침대로 밀었고 그대로 함께 누워 고식적 항암 치료(4기 환자들이 많이 받는 치료로 완치 목적이 아니라 생명 연장과 상태 경감을 목적으로 하는 치료: 주)를 시작해야 하지만 암스테르담에 오기 위해서 그가 치료를 포기했고, 부모님이 대단히 화를 내셨다는 이야기를 들었다. 부모님은 그날 아침까지 그를 말리려고 하셨고, 그게 그가 내 몸은 내 것이라고 소리쳤던 이유였다.

"일정을 바꿀 수도 있었는데."

내가 말했다.

"아니, 그럴 수 없었어."

그가 대답했다.

"어쨌든 소용없었을 거야. 소용없었을 거라는 생각이 들어. 알지?"

나는 고개를 끄덕였다.

"완전 개판이었어. 모든 게."

내가 말했다.

"집에 돌아가면 아마 병원에서 다른 걸 시도해 보려고 할 거야. 그 사람들은 항상 새로운 아이디어를 떠올리잖아."

"응."

내가 대답했다. 나 역시 임상시험의 모르모트였으니까.

"내가 너한테 건강한 사람을 사랑하게 된 거라고 믿도록 일종의 사기를 친 것 같아."

그가 말했다. 나는 어깨를 으쓱였다.

"나도 너한테 똑같이 했을지도 몰라."

"아니, 넌 그러지 않았을 거야. 하지만 우리 모두가 너처럼 근사할 순 없으니까."

그가 나에게 키스하고서는 인상을 찡그렸다.

"아파?"

내가 물었다.

"아니. 그냥."

그는 한참 동안 천장만 바라보다가 말했다.

"난 이 세상이 좋아. 샴페인을 마시는 게 좋고, 담배를 피우지 않는 게 좋아. 네덜란드 사람들이 네덜란드 어를 말하는 소리가 좋아. 그리고 지금은…… 싸울 일도 없어. 싸움을 벌이지도 않을 거고."

"넌 암과 싸울 거잖아."

내가 말했다.

"그게 네 싸움이야. 그리고 넌 계속 싸워야 하고."

내가 그에게 말했다. 사람들이 나에게 싸울 준비를 하라며 다독이는 게 정말 싫었는데, 이젠 내가 그에게 그러고 있었다.

"넌……, 넌…… 오늘을 최선을 다해 살아야 해. 이건 이제 네 전쟁이야."

감상적인 찌질한 소리를 늘어놓는 나 자신이 혐오스러웠지만, 달리 어떻게 할 수 있겠는가?

"대단한 전쟁이군."

그가 거만한 어조로 말했다.

"내가 뭘 상대로 전쟁을 벌이는 거지? 암이야. 그리고 암이라는 게 뭐지? 암은 나야. 종양은 나로 만들어진 거라고. 그것들은 내 뇌와 내 심장이 나로 만들어진 것처럼, 똑같이 나로 만들어진 거라고. 이건 내전이야, 헤이즐 그레이스. 승자가 이미 결정된 내전."

"거스."

달리 아무 할 말이 없었다. 내가 말할 수 있는 정도의 위안에 넘어가기에 그는 너무 영리했다.

"괜찮아."

그가 말했다. 하지만 그렇지 않았다. 잠시 후 그가 말했다.

"너 레이크스 박물관에 가면 말이지, 나도 정말 가고 싶지만 웃기는 소리지. 우리 둘 다 박물관을 다 돌지도 못할 게 뻔한데. 어쨌든 간에 여기 오기 전에 난 온라인으로 컬렉션을 봤어. 너 거기 가게 되면, 운이 좋으면 언젠가는 갈 수도 있으니까, 죽은 사람들의 그림을 많이 볼 수 있을 거야. 십자가의 예수도 볼 수 있고, 칼에 목을 찔린 남자도 볼 수 있고, 바다에서, 전투에서 죽은 사람들과 순교자들을 줄줄이 볼 수 있을 거야. 하지만 그 중에 암에 걸린 아이는 단 한 명도 없어. 흑사병이나 천연두나 황열병 같은 걸로 죽은 사람은 아무도 없어. 왜냐하면 병에는 영광스러운 게 없으니까. 아무 의미도 없고. 병으로 죽는 데에는 어떤 영예도 없다고."

　에이브러햄 매슬로, 당신에게 어거스터스 워터스를 소개하지요. 존재론적 호기심이 그의 잘 먹고 사랑받고 건강한 형제보다 훨씬 더 강한 소년을요. 수많은 사람들이 아무 생각 없이 그저 엄청난 소비로 점철된 삶을 살아온 반면, 어거스터스 워터스는 먼 곳에서도 레이크스 박물관의 컬렉션을 조사했다.

　"왜?"

　잠시 후 어거스터스가 물었다.

　"아무것도 아니야. 그냥……."

　나는 말을 끝맺지 못했다. 뭐라고 해야 할지 알 수가 없었다.

　"그냥 난 아주, 아주 네가 좋아."

　그는 입술의 절반을 움직여 미소를 지었다. 그의 코는 내 코와 겨우 몇 센티 떨어져 있을 뿐이었다.

　"나도 마찬가지야. 네가 이 일을 잊고 내가 죽어가지 않는 것처럼 대할 거라고 생각하진 않아."

　"난 네가 죽어간다고 생각하지 않아. 그저 암의 손길이 조금 닿았을 뿐이지."

　그가 미소를 지었다. 교수대에서 하는 농담이다.

　"난 위로만 올라가는 롤러코스터를 타고 있다고."

　그가 말했다.

　"그리고 그걸 끝까지 너와 함께 타고 가는 게 나의 특권이자 책임이지."

　내가 말했다.

　"야한 짓을 하려고 하면 굉장히 말도 안 되는 걸까?"

　"하려고 하는 것 따윈 없어. 오로지 하는 것만 있지."

　내가 대답했다.

집으로 돌아오는 비행기 안, 지상 위 1만 피트 위에 있는 구름에서 다시 2만 피트 더 위에 있을 때 거스가 말했다.

"예전엔 구름 위에서 살면 재미있을 거라는 생각을 했었어."

"응. 마치 공기를 넣어 부풀릴 수 있는 문워크 장난감(에어매트처럼 공기로 부풀려서 아이들이 들어가서 놀 수 있는 대형 집 모양 장난감: 주)처럼 말이야. 하지만 그건 공기를 넣어줄 필요가 없겠지."

"하지만 그러다 중학교 과학 시간에 마르티네즈 선생님께서 우리 중에 구름 속에 살고 싶은 환상을 품어 본 사람이 있느냐고 물으셨어. 다들 손을 들었지. 그랬더니 마르티네즈 선생님은 구름 속에는 바람이 시속 240킬로미터로 불고 기온은 영하 30도쯤 되는 데다 산소도 없어서 우리 모두 몇 초 안에 죽게 될 거라고 말씀하셨지."

"참 친절한 분이네."

"그 분은 꿈 학살이 전공이셨거든, 헤이즐 그레이스. 더 얘기해 줄까? '너희들, 화산이 끝내 준다고 생각하지? 폼페이에서 비명을 지르며 죽어간 만 명의 시체들에게 그렇게 말해 보렴. 아직도 속으로는 이 세상에 마법의 원소가 존재한다고 믿고 있니? 그건 전부 다 영혼이라고는 없는 분자들이 서로를 향해 무작위로 충돌해서 벌어지는 일들일 뿐이야. 너희 부모님이 돌아가시면 누가 너희를 돌봐 줄까 걱정되니? 걱정될 만도 하지. 너희 부모님들은 벌레 먹이가 되실 테니까.'"

"모르는 게 약일 때도 있지."

내가 말했다.

비행기 승무원이 음료 카트를 밀고 통로를 걸어오며 나직하게 말했다.

"음료 드시겠습니까? 음료 드시겠습니까?"

거스가 내 쪽으로 몸을 기울이고 손을 들어 올렸다.

"저희 샴페인을 마실 수 있을까요?"

"너희 스물한 살은 됐니?"

승무원이 의심스럽게 물었다. 나는 내 코의 튜브가 잘 보이도록 일부러 만지작거렸다. 승무원은 미소를 짓고서 잠든 우리 엄마를 쳐다보았다.

"신경 안 쓰시겠니?"

그녀가 엄마를 지칭하며 물었다.

"네."

내가 대답했다.

그래서 그녀는 플라스틱 컵 두 개에 샴페인을 따라 주었다. 암적 이득이다.

거스와 나는 건배를 했다.

"너를 위하여."

그가 말했다.

"너를 위하여."

나는 그의 컵에 내 컵을 부딪치며 말했다.

우리는 샴페인을 마셨다. 오랑쥬에서 마셨던 것보다는 흐릿한 별이었지만, 여전히 맛있었다.

"있잖아, 반 호텐이 한 말은 전부 사실이었어."

거스가 나에게 말했다.

"그럴지도 모르지. 하지만 그렇게 개자식처럼 말할 필요는 없었어. 그 사람이 햄스터 시지푸스의 미래는 상상했으면서 안나의 엄마에 대해선 생각하지 않았다는 사실을 믿을 수가 없어."

어거스터스가 어깨를 으쓱였다. 그의 정신이 갑자기 다른 곳에 가 버린 느낌이었다.

"괜찮아?"

내가 물었다. 그는 고개를 아주 미세하게 흔들었다.

"아파."

"가슴?"

그는 고개를 끄덕였다. 주먹을 꽉 쥐고 있다. 나중에 그는 그게 한쪽 다리만 있는 뚱보가 가는 굽의 하이힐을 신고 그의 가슴 한가운데 올라서 있는 느낌이라고 설명해 주었다. 나는 내 자리의 식판을 위로 올려서 잠그고 몸을 구부려 그의 배낭에서 약을 꺼냈다. 그는 하나를 샴페인과 함께 삼켰다.

"괜찮아?"

내가 다시 물었다.

거스는 주먹을 쥐었다 폈다 하며 가만히 앉아 약효가 몸에 퍼지기를 기다렸다. 하지만 약은 통증을 그 약 크기만큼도 줄여 주지 못한다.

"그건 마치 개인적인 문제 같았어."

거스가 조용히 말했다.

"그 사람이 우리에게 뭔가 이유가 있어서 화가 난 것처럼. 그러니까 반 호텐 말이야."

그는 남은 샴페인을 빠르게 꿀꺽꿀꺽 마신 다음 금세 잠이 들었다.

아빠는 수하물 찾는 곳에서 정장을 입고 '존슨', '베링턴', '카마이클'처럼 각 손님들의 성이 적힌 팻말을 들고 있는 리무진 운전사들 사이에서 우리를 기다리고 계셨다. 아빠도 팻말을 들고 계셨다. '우리 어여쁜 가족들'이라고 쓰여 있고 그 아래 '(그리고 거스)'라고 적혀 있었다.

나는 아빠를 껴안았고 아빠는 (당연하게도) 울기 시작하셨다. 집으로 돌아오는 길에 거스와 나는 아빠에게 암스테르담 이야기를 해 드렸지만, 집에 와서 필립을 연결하고서 튼튼하고 오래 가는 미국산 텔레비전을 아빠와 함께 보며 무릎에 냅킨을 펼치고 미국산 피자를 먹으면서야 마침내 거스 이야기를 할 수 있었다.

"거스가 재발했대요."

"알고 있다."

아빠가 대답하셨다. 아빠가 내 쪽으로 몸을 기울이고 덧붙이셨다.

"그 애 엄마가 여행가기 전에 말씀해 주셨어. 그 애가 너한테 비밀로 해서 유감이구나. 난…… 미안하다, 헤이즐."

나는 한참 동안 아무 말도 하지 않았다. 우리가 보고 있는 프로그램은 어떤 집을 살 건지 사람들이 고르는 내용이었다.

"너희들이 떠나고 없는 동안에 『장엄한 고뇌』를 읽었단다."

아빠가 말씀하셨다. 나는 아빠 쪽으로 고개를 돌렸다.

"오, 멋져요. 어떻게 생각하세요?"

"좋더구나. 내 이해 범위를 약간 벗어나지만. 난 문학적인 사람이 아니라 생화학 전공자란다, 기억하지? 그 책이 끝을 맺었다면 좋았을 텐데."

"네. 흔한 불만이죠."

내가 대답했다.

"게다가 너무 희망이 없어. 좀 패배주의적이야."

아빠가 말씀하셨다.

"패배주의적이라는 게 '솔직하다'는 뜻이라면 저도 동의해요."

"난 패배주의가 솔직한 거라고 생각하지 않아. 그걸 받아들일 생각도 없고."

아빠가 대답하셨다.

"그럼 모든 게 이유가 있어서 일어나는 거고 우리 모두가 구름 위로 올라가 하프를 타며 대저택에 살게 될 거라고 생각하세요?"

아빠가 미소를 지으며 팔을 둘러 나를 꼭 끌어안고 내 머리 옆쪽에 키스를 하셨다.

"내가 뭘 믿는지는 모르겠단다, 헤이즐. 어른이 된다는 건 자신이 뭘 믿는지 아는 거라고 생각했지만, 내 경험으로는 그렇지가 않더구나."

"네. 괜찮아요."

내가 대답했다.

아빠는 다시금 거스에 대해 유감이라고 말씀하셨고, 그런 다음 우리는 쇼를 보았다. 사람들이 집을 골랐고, 아빠는 여전히 나에게 팔을 두르고 계셨고, 나는 꼬박꼬박 졸기 시작했지만 침대로 가고 싶지는 않았다. 그때 아빠가 말씀하셨다.

"내가 뭘 믿는지 아니? 대학 시절 수학 수업을 들은 적이 있단다. 작고 나이 든 여교수님이 가르치시는 굉장히 훌륭한 수학 수업이었지. 선생님께서는 푸리에 변환에 대해서 이야기를 하시다가 말하던 중에 갑자기 멈추시고는 그러셨지. '가끔 우주는 자신을 알아주기를 바라곤 하는 것 같아.'

그게 내가 믿는 거란다. 난 우주가 자신을 알아채 주길 바란다고 믿는다. 우주가 의식에 대해 편견을 갖고 있지 않고, 지성에 대해 어느 정도 보상을 해 준다고 생각한단다. 우주는 그 우아함을 사람들이 관찰하는 것을 즐기기 때문이지. 그리고 유한한 시간 속에서 살고 있는 내가 도대체 뭐라고 우주가, 최소한 내가 본 우주가 일시적인 거라고 말하겠니?"

"아빠 굉장히 똑똑하세요."

내가 잠시 후에 말했다.

"넌 칭찬을 굉장히 잘하고 말이지."

아빠가 대답하셨다.

다음 날 오후에 나는 거스의 집으로 차를 몰고 가서 거스가 우리가 〈브이 포 벤데타〉를 봤던 거실 소파에서 낮잠을 자는 동안 그의 부모님과 피넛버터과 젤리 샌드위치를 먹으며 두 분께 암스테르담 이야기를 해드렸다. 부엌에 앉은 채로도 그가 보였다. 그는 등을 대고 나에게서 고개를 돌리고 누워 있었고, PICC관이 이미 삽입되어 있었다. 새로운 종류의 약물로 암을 공격하려는 거였다. 거스의 부모님은 두 종류의 화학 약물과 단백질 수용체가 거스의 암에 있는 종양 유전자를 없애기를 바라고 있었다. 임상시험 지원자에 뽑힌 게 행운이라고 두 분이 나에게 말씀하셨다. 행운. 나는 이 약들 중 하나를 알고 있다. 그 이름을 듣는 순간 나는 먹은 걸 다 토하고 싶었다.

잠시 후 아이작의 엄마가 아이작을 데리고 오셨다.

"아이작, 안녕. 난 네 사악한 전 여자 친구가 아니라 서포트 그룹의 헤이즐이야."

그의 엄마는 아들과 함께 나를 향해 걸어오셨고, 나는 식탁 의자에서 일어나 그를 껴안았다. 그의 몸이 잠깐 동안 나를 찾다가 힘껏 껴안았다.

"암스테르담은 어땠어?"

그가 물었다.

"짱이었어."

내가 대답했다.

"워터스, 어디 있어, 친구?"

"낮잠 자는 중이야."

내 목소리가 메였다. 아이작이 고개를 흔들었고 모두가 조용해졌다.

"지랄 같아."

아이작이 잠시 후 중얼거렸다. 그 애 엄마가 의자를 끌어당긴 다음 아이작을 의자로 데려갔다. 그가 자리에 앉았다.

"그래도 난 여전히 카운터인서전스에서 네 앞 못 보는 엉덩이를 걷어차 줄 수 있다고."

어거스터스가 우리 쪽을 돌아보지도 않고서 말했다. 약 때문에 말이 조금 느렸지만, 보통 사람의 속도 정도였다.

"모든 엉덩이들은 앞을 못 볼걸."

아이작이 그렇게 대답하며 허공으로 손을 더듬더듬 뻗어 자기 엄마를 찾았다. 아이작의 엄마가 손을 잡고 그를 일으켜 세워주었고, 두 사람은 함께 소파로 걸어갔다. 거스와 아이작이 어색하게 껴안았다.

"기분은 어때?"

아이작이 물었다.

"모든 게 동전 맛이 나. 그것만 빼면 나야 항상 위로만 올라가는 롤러코스터를 타고 있지, 임마."

거스가 대답했다. 아이작이 웃음을 터뜨렸다.

"눈은 어때?"

"오, 아주 훌륭해. 내 말은, 그것들이 내 머리에 붙어 있지 않은 게 문제일 뿐이야."

"그래, 짱 멋지네. 너보다 잘났다고 말하려는 건 아니지만, 내 몸은 종양 세포로 되어 있다고."

"나도 들었어."

아이작은 괴롭지 않은 척 말하려고 노력했다. 그가 거스의 손을 찾으려고 더듬다가 거스의 허벅지를 찾아냈다.

"난 잠혔어."

거스가 말했다.

아이작의 엄마가 식탁 의자 두 개를 끌어다 주셨고, 아이작과 나는 거스의 옆에 앉았다. 나는 거스의 손을 잡고 그의 엄지와 검지 사이 공간에 원을 그리며 쓰다듬었다.

어른들은 거스가 불쌍하다는 이야기 같은 걸 하시려는지 우리 셋만 거실에 남겨 두고 지하로 내려가셨다. 잠시 후 어거스터스가 우리에게로 고개를 돌리고 천천히 일어났다.

"모니카는 어떻게 지낸대?"

"한 번도 연락 못 받았어."

아이작이 말했다.

"카드도, 이메일도 없어. 나한테 이메일을 읽어 주는 기계가 있거든. 완전 짱이야. 목소리의 성별이나 억양이나 그런 것들을 바꿀 수도 있어."

"그럼 내가 너한테 포르노 이야기를 보내면 나이 든 독일 남자 억양으로 네가 들을 수 있는 거야?"

"그렇지."

아이작이 대답했다.

"하지만 엄마가 아직 작동하는 걸 도와주셔야 하니까 독일 포르노는 1, 2주 정도 있다가 보내라고."

"걔가 너한테, 뭐랄까, 어떻게 지내고 있냐는 문자도 한 번 안 했어?"

내가 물었다. 나에게는 그게 끔찍하게 부당한 일처럼 여겨졌다.

"완벽한 통신 두절입니다."

아이작이 말했다.

"웃긴다."

내가 말했다.

"난 거기에 대해 생각하는 건 관뒀어. 여자 친구를 사귈 시간도 없고. 난 전업으로 '장님으로 사는 법'을 배우는 일을 하는 중이거든."

거스가 우리 반대편으로 고개를 돌리고 창밖으로 뒤뜰의 파티오를 바라보았다. 그의 눈이 감겼다.

아이작은 나에게 어떻게 지내느냐고 물었고 나는 잘 지내고 있다고 대답했다. 그는 나에게 서포트 그룹에 진짜 섹시한 목소리를 가진 새로운 여자애가 왔고, 내가 거기 가서 그 애가 정말로 섹시한지 알려줬으면 좋겠다고 말했다. 그때 갑자기 어거스터스가 말했다.

"전 남자 친구가 머리통에서 눈을 뽑아냈다고 해서 연락을 안 하면 안 되는 거야."

"그건 그냥⋯⋯!"

아이작이 말을 하려 했지만 거스가 잘랐다.

"헤이즐 그레이스, 4달러 있어?"

"음, 응."

내가 대답했다.

"좋아. 커피 테이블 아래 내 다리가 있어."

거스가 몸을 일으켜 세운 다음 소파 가장자리에 웅크리고 앉았다. 나는 그에게 의족을 건네주었고, 그는 느린 동작으로 그것을 다리에 끼웠다.

나는 그가 일어서는 걸 도와주고 아이작에게 팔을 내밀어 가구 사이로 지나가는 것을 도와주었다. 문득 갑작스럽게, 몇 년 만에 처음으로 내가 이 중에서 가장 건강한 사람이라는 생각이 떠올랐다.

내가 운전을 했다. 어거스터스가 조수석에 앉았고 아이작은 뒤에 앉았다. 우리는 식품점에 들렀고, 어거스터스의 지시에 따라 그와 아이작이 차에서 기다리는 동안 내가 가서 계란 한 판을 사 왔다. 그런 다음 아이작이 기억을 더듬어 모니카의 집을 알려주었다. JCC 근처에 있는 오싹하게 깔끔한 2층짜리 집이었다. 광폭 타이어가 달린 모니카의 밝은 초록색 1990년대산 폰티악 파이어버드가 드라이브웨이에 서 있었다.

"그 차 거기 있어?"

내가 차를 세우는 것을 알아챈 아이작이 물었다.

"오, 있고말고. 어떻게 보이는지 알아, 아이작? 우리가 멍청하게 바랐던 모든 희망의 집약처럼 보여."

"걔가 안에 있어?"

거스는 천천히 고개를 돌려 아이작을 쳐다보았다.

"걔가 어디 있는지가 무슨 상관이야? 이건 걔에 관한 게 아니야. '너'에 관한 거라고."

거스는 무릎에서 계란 상자를 집어 들고 문을 열고는 보도 위로 다리를 내렸다. 그런 다음 아이작을 위해서 문을 열어 주었다. 나는 백미러로 거스가 아이작이 내리는 것을 도와주는 것을 보았다. 둘이 서로에게 어깨를 기대고 있는 모습이 마치 손바닥이 딱 맞붙지 않은 채 기도하는 손처럼 위쪽으로 사선이 되는 형태를 이뤘다.

나는 창문을 내리고 차에 앉아서 지켜보았다. 파괴 행위는 좀 겁이 났기 때문이다. 그들은 차 쪽으로 몇 걸음 걸어갔고, 거스가 계란 상자를 열고 아이작에게 계란을 건넸다. 아이작이 그것을 던졌으나 거의 10미터도 넘게 차에서 벗어났다.

"약간 왼쪽이야."

거스가 말했다.

"내 겨냥이 왼쪽으로 치우쳤다는 거야, 아니면 왼쪽으로 겨냥을 하라는 거야?"

"왼쪽으로 겨냥해."

아이작이 팔을 휘둘렀다.

"좀 더 왼쪽."

거스가 말했다. 아이작이 다시 팔을 휘둘렀다.

"그래. 완벽해. 좀 더 세게 던져 봐."

거스가 그에게 계란을 하나 더 건넸고, 아이작이 그것을 던졌다. 계란은 차를 넘어가서 완만한 호를 그리며 집 지붕에서 철썩 깨졌다.

"명중!"

거스가 말했다.

"정말로?"

아이작이 흥분해서 물었다.

"아니, 넌 차에서 6미터쯤 넘어간 곳으로 던졌어. 그냥 세게 던지되 아래쪽으로 겨냥해. 그리고 마지막으로 던진 데에서 약간만 오른쪽으로."

아이작이 손을 더듬어 거스가 들고 있는 상자에서 계란을 집었다. 그가 그것을 던지자 미등에 가서 맞았다.

"좋아! 좋았어! 미등이야!"

거스가 말했다.

아이작은 계란을 하나 더 집었고 이번에는 오른쪽으로 크게 벗어났다. 다음 것은 너무 낮았고, 그 다음 것은 바람막이 유리에 맞았다. 그 다음 세 개는 차례로 트렁크에 맞았다.

"헤이즐 그레이스."

거스가 나를 향해 소리쳤다.

"로봇 눈이 발명되면 아이작이 이걸 볼 수 있게 사진 좀 찍어 봐."

나는 일어나서 창문 밖으로 몸을 내밀고 차 지붕에 팔꿈치를 댄 채 전화기로 사진을 찍었다. 불을 붙이지 않은 담배를 입에 물고 근사하게 비

뚤어진 미소를 지은 채 거의 빈 분홍색 계란 상자를 머리 위로 들어 올리고 있는 어거스터스를. 그의 다른 팔은 아이작의 어깨에 걸쳐져 있었고, 아이작의 선글라스는 카메라 쪽으로 정확하게 향하고 있지 않았다. 그들의 뒤로 앞 유리와 범퍼에서 계란 노른자가 줄줄 흘러내리는 초록색 파이어버드가 보였다. 그리고 그 뒤로 현관문이 열렸다.

내가 사진을 찍고서 잠시 후에 중년 아줌마가 말했다.

"도대체 너희들 지금 무슨 짓을……."

그러다가 아줌마가 말을 멈추었다.

"아주머니."

어거스터스가 고개를 까딱이며 말했다.

"따님의 차가 방금 눈이 먼 청년에 의해 정당한 계란 세례를 받았습니다. 그러니 문을 닫고 도로 집으로 들어가시죠. 안 그러면 저희가 경찰을 불러야만 하니까요."

잠깐 머뭇거리다가 모니카의 엄마는 문을 닫고 사라졌다. 아이작은 마지막 계란 세 개를 빠르게 던졌고 그 다음 거스는 그를 데리고 차로 돌아왔다.

"봐, 아이작. 네가 그냥 상대방에게서 정당성을 빼앗아 버리면……, 우리 이제 모퉁이를 돌 거야……, 네가 그걸 빼앗아서 상대방이 자기네 차가 계란 세례를 받는 걸 목격하는 자체가……, 몇 걸음만 더……, 범죄인 것처럼 느끼게 만들어 버리면 그들은 당황하고 겁을 먹고 걱정하기 시작하다가 결국에 자기네……, 네 바로 앞에 문손잡이가 있어……, 조용하고 절망적인 삶으로 돌아가게 되어 있어."

거스는 차 앞을 빙 둘러 와서 조수석에 앉았다. 문이 닫히자 나는 쏜살같이 차를 출발시켰고, 수십 미터를 달려온 다음에야 내가 막다른 길을 향해 가고 있음을 깨달았다. 나는 골목에서 차를 돌려 모니카의 집 앞을 빠르게 지나쳐 갔다.

나는 다시는 그의 사진을 찍지 못했다.

15

며칠 후에 거스의 집에서, 그의 부모님과 우리 부모님과 거스와 내가 식탁에 끼어 앉아 거스의 아빠 말에 따르면 이전 세기에 마지막으로 사용했던 식탁보를 깔고 속을 채운 고추 요리를 먹었다.

우리 아빠: "에밀리, 이 리조토는…….."

우리 엄마: "정말 맛있네요."

거스의 엄마: "오, 고마워요. 기꺼이 조리법을 알려드릴게요."

거스가 한 입 삼키며: "저기, 내 입에 느껴지는 맛은 그냥 '오랑쥬가 아닌' 맛인데."

나: "훌륭한 결론이야, 거스. 이 음식은 맛있긴 하지만 오랑쥬하고는 비교가 안 돼."

우리 엄마: "헤이즐."

거스: "이 맛은 그냥…….."

나: "음식이지."

거스: "응, 정확해. 이건 음식 맛이야. 훌륭하게 만들어지긴 했지만, 이 맛은 절대로, 뭐라고 고상하게 표현할 수 있을까……?"

나: "신이 직접 천국을 요리해서 다섯 종류의 음식으로 만들어 발효시킨 보글거리는 플라즈마가 담긴 반짝거리는 음료와 함께 내 주고, 운하 옆에 놓인 식탁 주변으로 진짜 문자 그대로 꽃잎이 떠다니는

그런 맛은 아니지."

거스: "훌륭한 설명이야."

거스의 아빠: "우리 애들은 이상하군요."

우리 아빠: "훌륭한 설명이십니다."

저녁을 먹고 일주일 후, 거스는 가슴 통증 때문에 응급실로 향했다. 그들은 그를 하룻밤 동안 입원시켰고, 나는 다음 날 아침에 메모리얼 병원으로 가서 4층에 있는 그를 방문했다. 아이작을 보러 왔던 이래로 메모리얼에 처음 오는 거였다. 아동병원에 있는 것 같은 짜증나게 밝은 원색으로 칠한 벽이나 차를 운전하는 개 그림 같은 것은 없었지만 완벽하게 무미건조한 분위기라서, 아동병원의 행복한 아이들을 위한 어쩌고저쩌고 하는 분위기 쪽이 차라리 그리워졌다. 메모리얼 병원은 기능적이었다. 여기는 저장고였다. 시체 선(先) 안치소다.

엘리베이터 문이 4층에서 열리자 거스의 엄마가 대기실에서 서성거리며 핸드폰으로 통화를 하고 있는 게 보였다. 아줌마는 황급히 전화를 끊고 나를 껴안은 다음 카트를 대신 끌어 주겠다고 말씀하셨다.

"괜찮아요. 거스는 어때요?"

"힘든 밤을 보냈단다, 헤이즐."

아줌마가 말씀하셨다.

"그 애의 심장이 너무 힘들게 움직이고 있어. 활동량을 좀 줄여야 돼. 여기서 나가면 이제 휠체어를 써야 한단다. 통증을 좀 더 잘 가라앉혀 줄 수 있는 새 약을 투여한다더라. 그 애 누나들이 막 도착했어."

"그렇군요. 제가 거스를 만나도 되나요?"

아줌마는 나에게 팔을 두르고 어깨를 꼭 껴안았다. 그것은 기묘한 느낌이었다.

"우리가 널 사랑한다는 거 알지, 헤이즐? 하지만 지금은 우리 가족끼리만 있고 싶구나. 거스도 거기에 동의하고. 괜찮니?"

"네."

내가 대답했다.

"네가 방문했었다고 그 애한테 말해 주마."

"네. 전 그냥 여기서 잠시 책이나 읽고 있을게요."

내가 말했다.

아줌마는 복도를 따라 그가 있는 곳으로 돌아가셨다. 나도 이해하지만, 그래도 그가 보고 싶었다. 내가 그를 볼 마지막 기회를, 작별인사 같은 걸 할 마지막 기회를 놓칠지도 모른다는 생각이 들었기 때문이다. 대기실에는 갈색 카펫과 푹신한 갈색 의자들만 있었다. 나는 발치에 산소 카트를 내려놓고 잠시 동안 2인용 의자에 앉아 있었다. 스니커즈를 신고 '이것은 파이프가 아닙니다' 티셔츠를 입고 있어서 2주 전 '벤다이어 그램의 오후' 때와 완벽하게 똑같은 의상이었지만 그는 보지 못할 것이다. 나는 핸드폰의 사진들을 하나하나 넘겨보기 시작했다. 그와 아이작이 모니카의 집 앞에 있는 사진부터 시작해서 〈기묘한 해골〉로 가던 날 처음으로 찍었던 그의 사진에 이르기까지 몇 달 간의 앨범을. 마치 아득한 옛날처럼 느껴졌다. 우리가 만난 이 짧은 시간이 마치 무한대로 늘어난 것처럼. 어떤 무한대는 다른 무한대보다 더 크다.

2주 후, 나는 굉장히 비싼 샴페인 한 병과 내 산소 탱크를 거스의 무릎 위에 놓고 〈기묘한 해골〉을 향해 그의 휠체어를 밀고 예술 공원을 가로질러 갔다. 샴페인은 거스의 의사 중 한 명이 공짜로 준 것이었다. 거스는 의사들이 자신의 가장 좋은 샴페인을 아동환자에게 줘야겠다고 생각하게 만드는 타입이다. 휠체어로 〈기묘한 해골〉까지 접근할 수 있는 가장 가까운 곳에 자리를 잡고 거스는 휠체어에, 나는 축축한 잔디밭에 앉았다. 나는 갈비뼈에서 어깨로 점프하며 서로를 부추기는 아이들을 가리켰고 거스는 시끄러운 소리 너머 나에게 들릴 만큼 크게 말했다.

"지난번에 난 내가 저 아이들이라고 상상했었어. 이번엔 저 해골 쪽에 동질감이 느껴져."

우리는 곰돌이 푸가 그려진 종이컵으로 샴페인을 마셨다.

16

말기암환자 거스와 함께하는 극히 보통의 하루는 이렇다.

나는 그가 아침을 먹고 토한 이후인 정오쯤 그의 집으로 간다. 그는 휠체어를 타고 현관에서 나와 만난다. 더 이상 서포트 그룹에서 만난 근육질의 멋진 남자아이는 아니지만, 여전히 반쯤 웃는 미소에 여전히 불을 붙이지 않은 담배를 물고 파란 눈을 밝고 생생하게 빛내고 있다.

우리는 식탁에서 그의 부모님과 함께 점심을 먹었다. 피넛 버터 앤 젤리 샌드위치와 어젯밤에 남은 아스파라거스였다. 거스는 먹지 않았다. 나는 그에게 기분이 어떤지 물었다.

"훌륭해. 너는?"

그가 대답했다.

"좋아. 어젯밤엔 뭐 했어?"

"꽤 많이 잤어. 헤이즐 그레이스, 너한테 후속편을 써 주고 싶은데 하루종일 빌어먹게 피곤해서 말이야."

"그냥 나한테 말로 해 줘도 돼."

내가 말했다.

"음, 난 네덜란드 튤립 맨에 관해서 반 호텐 만남 이전의 분석을 여전히 지지해. 사기꾼은 아니지만 자기가 암시했던 것처럼 부자도 아니라고."

"안나의 엄마는?"

"거기에 대해서는 아직 결론을 내리지 못했어. 인내심을 갖게, 베짱이여."

어거스터스가 미소를 지었다. 그의 부모님은 조용히 그를 바라보며 눈길 한 번 돌리지 않으셨다. 마치 거스 워터스 쇼가 아직 진행되는 동안 계속 봐 두고 싶으신 것처럼.

"가끔 내가 자서전을 쓰는 꿈을 꿔. 나를 숭배하는 대중에게 나에 관한 추억을 마음 깊이 간직할 수 있게 해 줄 만한 자서전을 말이지."

"내가 있는데 널 숭배하는 대중 같은 게 왜 필요해?"

내가 물었다.

"헤이즐 그레이스, 네가 나만큼 매력적이고 외양적으로도 섹시하다면 만나는 사람들의 마음을 사로잡는 건 굉장히 쉬운 일이라고. 하지만 모르는 사람들이 너를 사랑하게 만드는 건…… 자, 여기엔 좀 기술이 필요하지."

나는 눈을 굴렸다.

점심을 먹은 후에 우리는 뒤뜰로 나갔다. 그는 여전히 자기 휠체어를 자기 힘으로 굴릴 수 있을 정도였다. 그가 문지방을 넘기 위해서 앞바퀴를 들어 올리고 뒷바퀴로만 휠체어를 굴렸다. 엄청난 양의 진통제로도 완전히 저해할 수 없는 균형감각과 빠른 반사신경이라는 축복을 받은 타고난 운동체질이다.

그의 부모님은 집안에 계셨지만 식탁 쪽을 힐끔 돌아보니 여전히 우리를 지켜보고 계셨다.

우리는 잠시 침묵 속에 앉아 있었고, 잠시 후 거스가 말했다.

"가끔 그 그네 세트를 계속 갖고 있었으면 좋았을 텐데 하는 생각을 해."

"우리 집 뒤뜰에 있던 거?"

"응. 향수병이 아주 심해서 한 번 엉덩이를 대 본 적도 없는 그네까지 그립다니까."

"향수병은 암의 부작용이지."

내가 말했다.

"아니야. 향수병은 죽음의 부작용이야."

그가 대답했다. 우리 위로 바람이 불어오고 나뭇가지 그림자가 우리 피부 위에서 흔들거렸다. 거스가 내 손을 꼭 잡았다.

"멋진 삶이야, 헤이즐 그레이스."

그가 약을 먹어야 해서 우리는 안으로 들어갔다. 그의 뱃속으로 이어지는 플라스틱 G-튜브를 통해서 액체로 된 영양물질을 밀어넣는 거였다. 그는 잠시 동안 몽롱한 상태로 가만히 있었다. 거스의 엄마는 낮잠을 자기를 바라셨지만, 그렇게 말씀하실 때마다 거스가 싫다고 고개를 흔들어서 우리는 잠시 동안 그가 의자에 앉아 반쯤 졸게 놔두었다.

그의 부모님은 거스와 그의 누나들이 나오는 옛날 비디오를 보셨다. 거스의 누나들이 내 나이쯤 되고 거스는 다섯 살쯤 되어 보였다. 그들은 지금과는 다른 집의 드라이브웨이에서 농구를 하고 있었고, 작은 거스는 마치 타고난 것처럼 누나들 주위로 원을 그리면서 드리블을 했고 누나들은 웃음을 터뜨렸다. 나로서는 그가 농구하는 모습을 처음 보는 거였다.

"정말 잘하네요."

내가 말했다.

"그 애가 고등학교 때를 봤어야 돼. 1학년 때 대표 팀에 뽑혔단다."

그의 아빠가 말했다.

거스가 웅얼거렸다.

"저 아래층에 가도 돼요?"

그의 엄마 아빠가 거스가 타고 있는 휠체어를 아래층으로 밀어 주셨다. 위험이라는 말이 아직도 가치를 지니고 있다면 위험하다고 해도 좋을 만큼 의자가 덜컹거렸고, 아래층으로 내려온 후 두 분은 우리만 남겨 두고 올라가셨다. 그는 침대에 누웠고 우리는 이불 아래 함께 누웠다. 나는 옆으로 돌아서, 거스는 등을 대고서. 나는 그의 마른 어깨에 머리를 기댔고 폴로 셔츠를 뚫고 그의 체온이 내 피부까지 와 닿았다. 그의 진짜 발과 내 발이 얽히고 내 손은 그의 빰을 쓸었다.

그의 얼굴과 코가 맞닿을 정도로 가까이 다가가자 그의 눈만 보였고, 그렇게 보니 그가 아프다는 것이 떠오르지 않을 정도였다. 우리는 잠시 키스를 하고 그런 다음 그대로 누워서 헥틱 글로우의 시초가 된 앨범을 들었다. 마침내 우리는 그렇게, 튜브와 몸이 뒤엉킨 덩어리로 잠이 들었다.

우리는 한참 후에 일어나서 침대 가장자리에 베개를 한껏 쌓아 편안하게 기대고 앉아서 〈카운터인서전스 2: 새벽의 대가〉를 플레이했다. 나는 당연히 형편없었지만, 나의 형편없음이 그에게는 오히려 편리하게 작용했다. 그가 나를 위해 저격수의 총알 앞으로 몸을 던져 자신을 희생하는 것처럼 아름답게 죽는다든지 아니면 나를 쏘려고 하는 경비병을 죽이는 등의 일을 하기가 쉬웠기 때문이다. 그는 나를 구출하는 걸 대단히 즐기고, 이런 식으로 소리를 지르곤 했다.

"네놈들은 오늘 내 여자 친구를 죽일 수 없을 거다, 국적 불명의 국제 테러리스트 놈들!"

그가 나에게 하임리히 요법(기도에 이물이 있을 때 쓰는 응급처치법. 환자를 뒤에서 안고 주먹으로 복부를 아래서 위로 밀쳐 올린다: 주)을 쓸 수 있게 숨이 막히는 듯한 상황이라도 연출해야 하나 하는 생각이 떠올랐다. 그러면 그도 자기 인생이 아무 쓸모없이 살다 사라졌다는 두려움에서 벗어날 수 있지 않을까. 하지만 곧 그가 육체적으로 하임리히 요법을 쓸 수 없어서 내가 가짜로 꾸몄다는 것이 전부 탄로 나면 서로가 대단히 수치스러울 거라는 생각이 들었다.

잃어가는 시력 앞에 떠오르는 해가 너무 밝을 경우에 위엄을 지키는 건 지독하게 어려운 일이다. 존재하지 않는 도시의 폐허 속에서 나쁜 놈들을 사냥하는 동안 내 머릿속에는 그 생각만 떠올랐다.

마침내 그의 아빠가 내려와서 거스를 도로 위층으로 데려가셨고, '친구는 영원하다'는 경구가 위에 붙어 있는 현관에서 나는 무릎을 꿇고 그에게 굿나잇 키스를 했다. 그리고 거스가 자기 저녁을 먹을 수 있도록 (그리고 토할 수 있도록) 우리 집으로 돌아가서 우리 부모님과 저녁을 먹었다.

TV를 좀 보다가 나는 잠을 잤다.

아침에 일어난다.

정오쯤 나는 다시 거스의 집으로 간다.

17

암스테르담에서 돌아온 지 한 달쯤 지난 어느 날 아침, 나는 그의 집으로 향했다. 부모님이 그가 아래층에서 아직 자고 있다고 하셔서 나는 지하실 문을 요란하게 노크한 다음 안으로 들어갔다.

"거스?"

그는 자기만의 언어를 웅얼거리고 있었다. 그리고 침대에 오줌을 쌌다. 끔찍했다. 나는 제대로 쳐다볼 수도 없었다. 나는 그저 그의 부모님을 소리쳐 불렀고, 두 분이 아래층으로 내려오셔서 그를 씻기고 옷을 갈아입힐 동안 위층에서 기다렸다.

다시 아래층으로 내려오니 그는 진통제에서 서서히 깨어나 괴로운 또하루를 맞이할 준비를 하고 있었다. 나는 시트를 벗긴 매트리스에 앉아 카운터인서진스를 할 수 있게 그의 베개를 정리해 주었지만 그는 너무 기운이 없어서 거의 나만큼이나 형편없었다. 우리는 5분이 못 가서 죽었다. 영웅적인 근사한 죽음이 아니라 그저 부주의한 죽음이었다.

나는 그에게 거의 아무 말도 하지 않았다. 그가 내가 여기 있다는 걸 잊어 줬으면 하는 마음이 들었던 것도 같다. 내가 사랑하는 남자가 자기 오줌 웅덩이 위에 엉망으로 누워 있는 모습을 내가 발견했다는 걸 그가 기억하지 못하기를 바랐다. 그가 나를 쳐다보고 "어, 헤이즐 그레이스. 어떻게 여기 들어온 거야?"라고 말해 주기를 바랐다.

하지만 불행히도 그는 기억하고 있었다.

"일 분 일 초가 지날 때마다 난 '굴욕'이라는 단어의 진가를 점점 더 몸으로 느끼게 되는 것 같아."

그가 마침내 말했다.

"나도 침대에 오줌을 싸 봤어, 거스. 내 말 믿어. 별 일 아니라고."

"넌 예전에……."

그가 날카롭게 숨을 들이쉬고 말을 이었다.

"날 어거스터스라고 불렀었는데."

"있잖아."

그가 잠시 후에 말했다.

"어릴 때이긴 하지만, 난 내가 죽으면 부고가 모든 신문에 실릴 거라고 생각했어. 내 삶이 회자될 만한 가치가 있을 거라고. 난 항상 내가 특별하다는 은밀한 생각을 갖고 있었지."

"넌 특별해."

내가 말했다.

"내가 무슨 뜻으로 말하는 건지 알잖아."

그가 무슨 뜻으로 말하는 건지 알고 있었다. 그저 동의하지 않을 뿐이다.

"난 뉴욕타임스가 내 부고 기사를 쓰든 말든 상관하지 않아. 그저 네가 써 주길 바라."

내가 그에게 말했다.

"넌 세상이 너에 대해 알지 못하기 때문에 네가 특별하지 않다고 말하고 있지만, 그건 나에 대한 모욕이야. 난 널 알잖아."

"내가 네 부고를 써 줄 수 있을 정도로 오래 버티진 못할 것 같은데."

그가 사과 대신 그렇게 말했다. 나는 정말이지 그에게 짜증이 났다.

"난 그저 내가 너에게 부족하지 않기만을 바랄 뿐인데, 항상 그렇지 못해. 넌 항상 이걸로는 부족하게 느낄 테지. 하지만 이게 네가 가진 전부야. 넌 나와 네 가족, 이 세상을 가졌잖아. 이게 네 삶이야. 그게 지랄 같다면 정말 유감이구나. 하지만 넌 화성에 간 첫 번째 사람이 될 수도 없고, NBA 스타가 될 수도 없고, 나치를 사냥할 수도 없어. 내 말은, 널 좀봐, 거스."

그는 대답하지 않았다.

"그런 뜻이 아니라……."

내가 말을 하려 했지만 그가 잘랐다.

"아니, 그런 뜻이지."

내가 막 사과를 하려고 할 때 그가 다시 말했다.

"아니, 내가 미안해. 네 말이 맞아. 그냥 게임이나 하자."

그래서 우리는 그냥 게임만 했다.

18

핸드폰에서 헥틱 글로우의 음악이 나오는 바람에 나는 잠에서 깼다. 거스가 좋아하는 음악이다. 그 말은 그가 전화를 한 거거나 다른 사람이 그의 핸드폰으로 전화를 했다는 뜻이다. 나는 알람시계를 보았다. 새벽 2시 35분. 그가 죽은 거야. 그 생각에 내 안의 모든 것이 하나로 무너져 내렸다.

나는 간신히 목소리를 냈다.

"여보세요?"

잠깐 동안 나는 부모님의 절망적인 목소리가 들릴 거라고 생각했다.

"헤이즐 그레이스."

어거스터스가 연약한 목소리로 말했다.

"오, 하느님 감사합니다. 너구나. 안녕. 안녕, 널 사랑해."

"헤이즐 그레이스, 나 지금 주유소에 있어. 뭔가가 잘못됐어. 네가 도와줘야 돼."

"뭐? 너 어디 있는 거야?"

"86번 고속도로와 갓길 사이에. G-튜브를 잘못 건드렸는데 뭐가 잘못된 건지 모르겠고……."

"911에 연락할게."

내가 말했다.

"싫어, 싫어, 싫어, 싫어, 싫어. 그 사람들은 날 병원으로 데려갈 거야. 헤이즐, 내 말 잘 들어. 절대로 911이나 우리 부모님께 연락하지 마. 그랬다가는 널 용서하지 않을 거니까 제발 그러지 말고 그냥 여기로 와서 제발 내 빌어먹을 G-튜브 좀 어떻게 해 줘. 난 그냥, 맙소사, 이건 징말 멍청한 짓이야. 난 우리 부모님이 내가 나간 걸 모르시길 바라. 제발. 나 약도 가져왔어. 그냥 약을 주입할 수가 없는 것뿐이야. 제발."

그는 울고 있었다. 암스테르담에 가기 전 그의 집 앞에서 들었던 걸 제외하면 그가 이런 식으로 흐느끼는 건 들어 본 적이 없었다.

"알았어. 나 지금 갈게."

나는 바이팹을 빼고 산소 탱크 튜브를 장착한 다음 카트에 탱크를 신고 분홍색 면 잠옷바지 아래 스니커즈를 신고 원래 거스 것이었던 버틀러 농구팀 티셔츠를 입었다. 그리고 엄마가 열쇠를 넣어 두시는 부엌 서

랍에서 열쇠를 찾아내고 내가 없는 사이에 두 분이 깨실 경우에 대비해 쪽지를 적어 놓았다.

거스를 확인하러 가요. 중요한 일이에요. 죄송해요.
사랑해요, H로부터

　주유소까지 3킬로미터쯤 달려가자 마침내 잠이 좀 깨서 거스가 한밤 중에 왜 집을 나온 건지 생각할 수 있게 되었다. 어쩌면 환상을 봤거나 순교에 대한 꿈 때문에 엉뚱한 짓을 하려고 했던 걸지도 모른다.
　나는 비상등을 켜고 갓길로 쏜살같이 달려갔다. 반쯤은 그에게 빨리 달려가고 싶어서, 반쯤은 경찰이 나를 잡아 세운다면 누군가에게 내 죽 어가는 남자 친구가 작동이 제대로 안 되는 G-튜브를 단 채 주유소 앞 에서 꼼짝 못하고 있다는 이야기를 털어놓을 수 있는 정당한 이유가 된 다는 생각이 들어서였다. 하지만 나 대신 결정을 내려줄 수 있는 경찰은 나타나지 않았다.

　주차장에는 차가 두 대밖에 없었다. 나는 그의 차 옆에서 멈추고 문을 열었다. 실내등이 켜졌다. 어거스터스는 자신의 토사물로 뒤덮인 채 운 전석에 앉아 있었다. 그의 손은 G-튜브가 삽입되어 있는 배를 누르고 있었다.
　"안녕."
　그가 웅얼거렸다.

"오, 맙소사, 어거스터스, 너 병원에 가야 돼."

"그냥 이거나 봐 줘."

냄새에 구역질이 났지만 나는 몸을 구부려 그의 배꼽 위에 수술로 튜브를 삽입해 놓은 부분을 살펴보았다. 그의 복부 피부는 따뜻하고 새빨갰다.

"거스, 뭔가 감염이 된 것 같아. 난 고칠 수 없어. 너 왜 여기 있는 거야? 왜 집에 안 있고?"

그가 무릎 위에서 고개를 돌릴 힘조차 없어서 그대로 토했다.

"아, 자기야."

내가 말했다.

"난 담배를 사고 싶었어."

그가 웅얼거렸다.

"내 담배를 잃어버렸어. 아니면 병원에서 치웠든지. 잘 모르겠어. 병원에서 하나 갖다 주겠다고 했지만 난……, 내가 직접 사고 싶었어. 사소한 거 하나라도 내가 하고 싶었어."

그가 앞쪽을 멍하니 쳐다보았다. 조용히 나는 핸드폰을 꺼내 911을 누르기 위해 기계를 내려다보았다.

"미안해."

내가 그에게 말했다.

911입니다, 어떤 긴급상황이시죠?

"안녕하세요. 전 지금 86번 고속도로 갓길에 있는데, 앰뷸런스가 필요해요. 제 인생 최고의 사랑이 G-튜브 고장이라는 상황을 겪고 있어요."

그가 나를 쳐다보았다. 끔찍했다. 그를 똑바로 쳐다볼 수가 없었다. 삐딱한 미소와 불을 붙이지 않은 담배의 어거스터스 워터스는 사라지고, 그 자리를 채운 이 절망적이고 비참한 생명체가 내 아래쪽으로 앉아 있었다.

"이게 끝이구나. 난 이제 심지어 담배를 안 피우는 것조차 할 수가 없어."

"거스, 널 사랑해."

"내가 누군가의 피터 반 호텐이 될 가능성이 있을까?"

그가 연약하게 운전대를 내리쳤다. 그가 우는 동안 자동차 경적이 빠아아앙 하고 울렸다. 그가 고개를 뒤로 젖히고 시선을 들었다.

"난 내가 싫어, 난 내가 싫어, 이게 싫어, 이게 싫어, 내가 혐오스러워, 이게 싫어, 이게 싫어, 이게 싫어, 빌어먹을. 그냥 죽게 해 줘."

이런 분야의 협약에 따르면 어거스터스 워터스는 마지막 순간까지 유머감각을 갖고 있어야 하고, 잠시라도 용기를 잃지 말아야 하고, 세상이 그의 유쾌한 영혼을 더 이상 잡아두지 못하는 순간까지 그 기상이 불굴의 독수리처럼 높게 솟아올라야만 했다.

하지만 이게 현실이다. 동정을 받고 싶지 않아서 몸부림치는 불쌍한 소년. 비명을 지르고, 울고, 그의 목숨을 부지해 주지만 제대로 살 수 있게 해 주지는 않는 감염된 G-튜브로 인해 아픈 소년.

나는 그의 턱을 닦아 준 다음 손으로 그의 얼굴을 잡고 그의 눈을 보기 위해 옆에 무릎을 꿇고 앉았다. 그의 눈은 여전히 살아 있었다.

"미안해. 그 페르시아군과 스파르타군이 나오는 영화 같았더라면 좋았을 텐데."

"나도 그래."

그가 말했다.

"하지만 그렇지 않잖아."

내가 말했다.

"나도 알아."

"나쁜 놈들은 없어."

"그래."

"심지어 암도 사실 나쁜 놈은 아니야. 암은 그저 살고 싶어 하는 거라고."

"그래."

"넌 괜찮을 거야."

내가 그에게 말했다. 사이렌 소리가 들려왔다.

"좋아."

그가 말했다. 그는 의식을 잃어가고 있었다.

"거스, 다시는 이런 짓 하지 않겠다고 약속해 줘. 내가 너한테 담배를 갖다 줄게. 알겠지?"

그가 나를 쳐다보았다. 그의 눈동자가 뒤로 넘어가고 있었다.

"약속해 줘야 돼, 응?"

그는 살짝 고개를 끄덕였고 곧 그의 눈이 감겼다. 고개가 흔들거렸다.

"거스, 나랑 같이 있어."

"뭔가 읽어 줘."

빌어먹을 앰뷸런스가 요란한 소리를 내며 우리 옆을 지나가 버렸다. 그래서 그들이 돌아와서 우리를 찾기를 기다리며 나는 유일하게 머릿속에 떠오르는 시를 읊어 주었다. 윌리엄 카를로스 윌리엄스의 〈붉은 손수레에〉였다.

아주 많은 것들이

붉은

손수레에

달려 있네

빗물에

광이 나네

그 옆에 하얀

병아리들이 있네.

윌리엄스는 의사였다. 이것은 딱 의사의 시처럼 느껴졌다. 시가 끝났
지만 앰뷸런스는 여전히 우리 쪽으로 오지 않았기 때문에 나는 시를 계
속 지어내서 이어 나갔다.

그리고 아주 많은 것들이 달려 있네, 나무 위에 달린 가지로 나뉜 파란
하늘에. 아주 많은 것들이 달려 있네, 파란 입술의 소년의 배에서 튀어
나온 부녕한 G-튜브에. 아주 많은 것들이 달려 있네, 이 우주의 관찰자
에게.

반쯤 의식이 없는 상태로 그가 나를 쳐다보고 웅얼거렸다.

"그러고는 네가 시를 못 쓴다고 그러는 거야?"

19

그는 며칠 후에 마침내 자신의 야망을 완전히 빼앗긴 상태로 병원에서 집으로 돌아왔다. 그를 고통에서 해방시켜 주는 데에는 더 많은 약물이 필요했다. 그는 완전히 위층으로 자리를 옮겨서 거실 창문 옆 병원용 침대에서 지내게 되었다.

이제는 잠옷과 수염이 난 목덜미와 웅얼거림과 부탁, 그리고 그가 끝없이 자신을 위해 이것저것 해 주는 사람들에게 고맙다고 말하는 시기였다. 어느 날 오후에 그가 방 한구석에 있는 빨래 바구니를 막연하게 가리키며 나에게 물었다.

"저게 뭐게?"

"빨래 바구니?"

"아니, 그 옆에 있는 거."

"그 옆에 아무것도 안 보이는데."

"그건 내 마지막 남은 위엄이야. 아주 작지."

***

다음 날 나는 집 안으로 들어갔다. 거스의 부모님은 내가 현관 벨을 누르는 것을 싫어하셨다. 그러면 그가 깰 수도 있기 때문이다. 그의 누나들은 은행가 남편들과 전부 남자애들인 세 아이를 데리고 와 있었고, 아이들은 나에게 달려와서 '누구야, 누구야, 누구야?' 하고 연거푸 물으며 폐활량이 충전 가능한 자원인 것처럼 현관 주변으로 빙글빙글 원을 그리며 뛰어다녔다. 그의 누나들은 전에 만났지만, 아이들이나 그 애들 아빠는 처음이었다.

"난 헤이즐이야."

"거스 삼촌한테 여자 친구가 있대."

아이들 중 하나가 말했다.

"나도 거스한테 여자 친구가 있다는 거 알아."

내가 말했다.

"그 여자 친구는 가슴도 크대."

또 다른 아이가 말했다.

"그래?"

"그건 왜 갖고 있어?"

첫 번째 아이가 내 산소 카트를 가리키며 물었다.

"이건 내가 숨을 쉬는 걸 도와준단다. 거스는 깨어 있니?"

"아니, 자고 있어."

"삼촌은 죽어간대."

다른 아이가 말했다.

"삼촌은 죽어간대."

세 번째 아이가 갑자기 진지한 어조로 다시 말했다. 잠깐 동안 모두가 조용했고, 나는 내가 뭐라고 말을 해야 하나 고민했지만 곧 아이 하나가 다른 아이를 건어찼고 그들은 다시 사방으로 뛰어다니며 서로에게 덤벼들다가 부엌으로 향했다.

나는 거실에 계신 거스의 부모님에게로 가서 거스의 매형인 크리스와 데이브를 만났다.

그의 이복누나들을 사실 잘 아는 건 아니었지만 그들은 어쨌든 나를 안아 주었다. 줄리는 침대 가장자리에 앉아 자고 있는 거스에게 아기에게 아주 귀엽다고 말해 줄 때 쓰는 것과 똑같은 말투로 말하고 있었다.

"오, 거시 거시, 우리 귀여운 거시 거시."

우리 거시? 어릴 때 정말로 그렇게 불렀던 건가?

"기분 좀 어때, 어거스터스?"

나는 적절한 행동거지를 보이려고 노력하며 물었다.

"우리 어여쁜 거시."

마사가 그에게 몸을 기울이고 말했다. 나는 그가 정말로 자는 건지 아니면 '선량한 누나들의 공격'을 피하기 위해서 그냥 진통제 투여 버튼을 꽉 누른 건지 궁금해지기 시작했다.

그는 잠시 후에 깨어났고, 그가 가장 먼저 한 말은 '헤이즐'이었다. 솔직히 내가 엄청 기뻤다는 건 인정해야겠다. 마치 내가 그의 가족의 일원이 된 것처럼.

"밖에 가자. 갈 수 있지?"

그가 조용히 말했다.

우리는 밖으로 나갔다. 그의 엄마가 휠체어를 밀어 주셨고 누나들과 매형들과 아빠와 조카들과 내가 뒤를 따랐다. 여름이 완연하게 자리를 잡아서 흐리지만 고요하고 더운 날이었다. 그는 남색 긴팔 티셔츠에 플리스 운동복 바지를 입고 있었다. 그는 항상 추워 했다. 거스가 물을 마시고 싶어 해서 그의 아빠가 가서 물을 한 잔 가져왔다.

마사는 거스의 옆에 무릎을 꿇고 앉아서 이야기에 끼어들려고 노력했다. 이를테면 이런 거였다.

"넌 항상 정말 예쁜 눈을 갖고 있었단다."

그는 살짝 고개만 끄덕였다.

매형들 중 한 명이 거스의 어깨에 팔을 두르고 말했다.

"신선한 공기를 쐬니까 어떠니?"

거스는 어깨만 으쓱였다.

"약 좀 줄까?"

그의 엄마가 그의 주변에 무릎을 꿇고 앉아 있는 원에 끼어들며 물으셨다. 나는 한 걸음 물러나서 조카들이 거스네 집 뒤뜰에 있는 작은 잔디밭을 뛰어다니다가 꽃밭을 죄다 짓밟는 것을 바라보았다. 아이들은 즉각 서로를 바닥으로 밀치는 놀이를 시작했다.

"얘들아!"

줄리가 누구랄 것 없이 막연하게 소리를 질렀다. 그러고는 거스를 향해 고개를 돌리고 말했다.

"저 애들이 자라서 너처럼 사려 깊고 똑똑한 남자애가 되면 정말로 좋겠구나."

나는 소리 내어 우웩이라고 하고 싶은 것을 꾹 참았다.

"거스는 그렇게 영리하진 않아요."

내가 줄리에게 말했다.

"헤이즐 말이 맞아. 사실 정말로 잘생긴 사람들은 멍청하잖아. 게다가 나는 그냥 잘생긴 정도를 훨씬 넘어서니까."

"맞아요. 근본적으로 거스가 섹시하기 때문이죠."

내가 말했다.

"그건 네가 약간 눈이 멀어서 그런 걸지도 몰라."

거스가 말했다.

"사실로 우리 친구 아이작은 눈이 멀었잖아."

내가 말했다.

"끔찍한 비극이었지. 하지만 내 이 치명적인 아름다움을 어떻게 할 수 있겠어?"

"어떻게도 못하지."

"이 아름다운 얼굴은 내가 지고 가야 하는 짐이지."

"네 몸은 말할 것도 없고."

"이봐, 정말로 내 화끈한 몸매에 대해서는 이야기도 꺼내지 마. 내가 벌거벗은 걸 보고 싶진 않죠, 데이브 매형? 내 벌거벗은 몸을 보는 바람에 정말로 헤이즐 그레이스의 숨이 멎어버렸다니까요."

그가 산소 탱크 쪽으로 고개를 끄덕이며 말했다.

"좋아, 이제 됐다."

거스의 아빠가 그렇게 말씀하시고는 갑자기 나에게 팔을 두르고 내 머리 옆에 키스하고 속삭이셨다.

"매일 네가 있다는 사실에 하느님께 감사 드린단다, 얘야."

어쨌든 그것은 내가 거스와 함께 한 마지막으로 좋은 날이었다. 진짜 '마지막으로 좋은 날' 이전까지는.

20

아동 암환자라는 분야에서 좀 덜 헛수작 같은 집회를 들자면 '마지막 좋은 날' 집회일 것이다. 이것은 암환자들이 불가피한 하락 곡선 속에서 갑자기 정체 상태를 맞이했을 때, 고통이 잠시나마 참을 만해졌을 때 이 예상치 못했던 시간을 보내기 위해서 모이는 집회이다. 문제는 물론 자신의 마지막 좋은 날이 진짜 '마지막 좋은 날'이라는 걸 알 방법이 없다는 것이다. 당시에는 그냥 또 하루의 좋은 날일 뿐이니까.

나는 어거스터스 방문에서 하루 휴가를 냈다. 나 자신도 상태가 조금 안 좋았기 때문이다. 특별한 건 아니고, 그냥 피곤했다. 나는 느긋한 하루를 보냈고, 오후 다섯 시가 조금 넘어 어거스터스가 전화를 했을 때에는 이미 바이팝을 연결하고 있는 상태였다. 엄마 아빠와 함께 TV를 보기 위해서 바이팝을 거실로 끌어오긴 했지만.

"안녕, 어거스터스."

내가 말했다. 그는 내가 사랑하게 된 목소리로 대답했다.

"좋은 저녁이야, 헤이즐 그레이스. 오후 여덟 시쯤까지 예수의 진정한 심장으로 올 수 있을까?"

"음, 아마도?"

"훌륭해. 그리고 혹시 너무 귀찮지 않다면 추모사를 준비해 와."

"음."

내가 말했다.

"널 사랑해."

그가 말했다.

"나도야."

내가 대답했다. 그리고 전화가 끊겼다.

"음, 오늘밤 여덟 시에 서포트 그룹에 가야 돼요. 긴급 모임이에요."

내 말에 엄마가 TV를 무음으로 돌렸다.

"나 괜찮은 거니?"

나는 엄마를 잠시 쳐다보고 눈썹을 치켜 올렸다.

"그거 수사학적인 질문인 거 같은데요."

"하지만 왜 갑자기 거기에……."

"거스가 어쨌든 간에 제가 오길 바라니까요. 괜찮아요. 제가 운전해서 갈 수 있어요."

나는 엄마가 도와주기를 바라고 바이팝을 만지작거렸지만 엄마는 꼼짝도 하지 않으셨다.

"헤이즐, 너희 아빠와 난 너를 거의 못 보는 것 같은 기분이 드는구나."

엄마가 말씀하셨다.

"특히 일주일 내내 일을 해야 하는 사람은 말이다."

아빠가 덧붙이셨다.

"개한테 제가 필요해요."

나는 마침내 혼자 힘으로 바이팝을 떼어냈다.

"우리도 네가 필요하단다, 아가."

아빠가 말씀하셨다. 아빠는 마치 내가 길거리로 뛰어나가려고 하는 두 살짜리인 것처럼 내 팔목을 꽉 붙잡으셨다.

"음, 말기 병을 앓으세요, 아빠. 그럼 집에 좀 더 있어 볼게요."

"헤이즐."

엄마가 꾸중하듯 말씀하셨다.

"저한테 집에만 붙어 있지 말라고 하셨던 건 엄마잖아요."

내가 말했다. 아빠는 여전히 내 팔을 잡고 계셨다.

"그런데 이제는 개가 먼저 죽어버리고 제가 다시 이 집에서 꼼짝 못하고 묶여 있길 바라시는 거예요? 그러면 엄마가 예전처럼 절 보살펴 주실 수 있으니까요? 하지만 전 그런 게 싫어요, 엄마. 예전처럼 엄마가 필요하시 않다고요. 자기 인생을 살 필요가 있는 사람은 바로 엄마예요."

"헤이즐!"

아빠가 팔목을 더 세게 쥐며 말씀하셨다.

"엄마한테 사과하렴."

나는 팔을 잡아당겼지만 아빠는 놓아주지 않으셨고, 한 손만으로는 캐 뉼러를 제대로 낄 수가 없었다. 정말 화가 났다. 내가 원하는 건 흔한 '십 대 전용의 퇴장'인데. 쿵쿵거리며 거실을 나가서 내 침실 문을 쾅 닫고 헥틱 글로우의 음악을 틀어놓고 맹렬하게 추모사를 쓰는 것이다. 하지만 그럴 수가 없었다. 빌어먹을 놈의 숨을 못 쉬니까.

"캐뉼러요. 그걸 해야 돼요."

내가 흐느끼듯이 말했다.

아빠는 즉시 내 팔을 놓아주고 나에게 산소 튜브를 서둘러 연결해 주셨다. 아빠의 눈에 죄책감이 어린 게 보였지만, 여전히 아빠는 화가 나계셨다.

"헤이즐, 엄마한테 사과하렴."

"좋아요. 죄송해요. 그러니까 이따 가게 해 주세요."

두 분은 아무 말씀도 하지 않으셨다. 엄마는 그저 가슴에 팔짱을 끼고 나를 쳐다보지도 않고 앉아 계셨다. 잠시 후 나는 일어나서 내 방으로 가서 어거스터스에 관한 글을 쓰기 시작했다.

엄마와 아빠 두 분 다 몇 번인가 문을 두드리셨지만 나는 그저 중요한 일을 하고 있다고만 말했다. 무슨 말을 하고 싶은지 생각하는데 거의 영원 같은 시간이 걸렸고, 그나마도 별로 마음에 들지 않았다. 완전히 글쓰기를 마치기 전에 시계를 보니 이미 7시 40분이었다. 설령 옷을 갈아입지 않아도 늦을 거라는 뜻이라서 결국 나는 하늘색 면 잠옷 바지와 슬리퍼, 거스의 버틀러 셔츠를 걸쳤다.

방에서 나와 부모님을 지나쳐 가려고 하는데 아빠가 말씀하셨다.

"허락도 안 받고 집에서 나갈 순 없다."

"오, 맙소사, 아빠. 걔가 저한테 추모사를 써달라고 했다고요, 아시겠어요? 전 이제, 조만간, 매일매일, 빌어먹을, 밤에, 집에 있게 될 거라고요, 네?"

그 말에 마침내 두 분은 입을 다무셨다.

가는 내내 노력한 끝에 부모님에 대한 화가 조금 진정되었다. 나는 교회 뒤쪽으로 돌아가서 반원형 드라이브웨이에, 어거스터스의 차 뒤에 차를 세웠다. 교회 뒷문은 주먹 크기의 돌이 끼워진 채 열려 있었다. 안으로 들어가서 나는 계단으로 내려갈까 잠시 고민했지만 끽끽대는 고물 엘리베이터를 기다리기로 결정했다.

엘리베이터 문이 열리자 서포트 그룹 방이 나왔다. 의자는 똑같이 원형으로 배치되어 있었지만 내 눈에는 휠체어에 앉아 있는 유령처럼 마른 거스만 들어왔다. 그는 원의 한가운데서 나를 쳐다보고 있었다. 엘리베이터 문이 열리기를 기다리고 있었던 모양이다.

"헤이즐 그레이스, 너 완전 환상적으로 보이는데."

"나도 알아."

방 구석에서 부스럭거리는 소리가 들렸다. 아이작이 작은 나무로 된 강의대를 꽉 잡고 서 있었다.

"좀 앉을래?"

내가 그에게 물었다.

"아니, 난 추모사를 읽으려던 참이야. 너 늦었어."

"네······, 나······, 뭐?"

거스가 나에게 앉으라고 손짓했다. 나는 원 한가운데로 의자를 끌어와서 그의 옆에 앉았고 그가 휠체어를 돌려 아이작을 쳐다보고 말했다.

"난 내 장례식에 참석하고 싶어. 그나저나 내 장례식에서 추모연설 해줄 거지?"

"음, 당연하지, 응."

나는 그의 어깨에 머리를 기대며 대답했다. 그리고 거스의 등으로 팔을 돌려 그와 휠체어를 한꺼번에 안았다. 그가 움찔했고, 나는 팔을 풀었다.

"환상적이야. 나도 유령으로 참석할 수 있으면 좋겠지만, 확실히 해 두기 위해서 난…… 음, 너한테 강요하려던 건 아니지만, 오늘 오후에 선(先) 장례식을 하면 좋겠다는 생각을 했어. 그리고 내가 꽤 기분이 좋은 상태니까 지금이 딱 좋겠다는 결론을 내렸지."

"여기는 도대체 어떻게 들어왔어?"

내가 그에게 물었다.

"교회가 밤새도록 문을 열어 놓는다는 게 믿어져?"

거스가 말했다.

"음, 아니."

"당연히 믿으면 안 되지."

거스가 미소를 지었다.

"어쨌든 간에 나도 이게 좀 꼴값 하는 짓이라는 건 알고 있어."

"어이, 너 내 추모사를 훔쳤다고."

아이작이 말했다.

"내 추모사의 서문이 네가 얼마나 꼴값 하는 개자식인지인데."

나는 웃음을 터뜨렸다. 거스가 말했다.

"좋아, 좋아. 너 편할 때 시작해."

아이작이 목을 가다듬었다.

"어거스터스 워터스는 꼴값 떠는 개자식이었습니다. 하지만 우리는 그를 용서할 것입니다. 우리가 그를 용서하는 이유는 그가 실제로는 개떡같지만 상징적으로 선량한 마음을 갖고 있었기 때문도 아니고, 그가 역사상 그 어떤 비흡연자보다도 담배를 멋있게 드는 법을 알았기 때문도 아니고, 겨우 18년밖에 살지 못했기 때문도 아닙니다."

"17년이야."

거스가 정정했다.

"난 너한테 시간이 좀 더 있을 거라고 가정하고 말하는 거야, 남의 말에 끼어드는 망할 놈아.

어거스터스 워터스는 말이 정말 많아서 자신의 장례식에서조차 제 말에 끼어드는 녀석이었습니다. 그리고 대단히 잘난 척이 심했죠. 이런 제기랄, 그 녀석은 오줌 하나 싸는 데에도 인간의 노폐물에 대한 수많은 상징적 반향에 대해서 늘어놓는 녀석이었어요. 그리고 허영도 심했습니다. 전 자신의 육체적인 매력을 이렇게까지 잘 알고 있는 육체적으로 매력적인 사람은 만나 본 적이 없어요.

하지만 이것만큼은 말할 수 있습니다. 미래의 과학자들이 로봇 눈을 발명해서 우리 집에 와서 껴 보라고 하면, 저는 과학자들에게 꺼지라고 말할 겁니다. 그 녀석이 없는 세상은 보고 싶지 않거든요."

나는 이 무렵 약간 울고 있었다.

"그리고 수사학적인 핵심을 덧붙이자면, 전 로봇 눈을 낄 겁니다. 왜냐하면 로봇 눈을 끼면 여자애들의 셔츠 안까지 아마 꿰뚫어볼 수 있을 테니까요. 내 친구 어거스터스, 저세상에서 잘 지내라."

어거스터스는 잠시 입술을 오므린 채 고개를 끄덕이다가 아이작에게 엄지를 치켜들어 보였다. 마음이 가라앉은 후에 그가 덧붙였다.

"나라면 여자애들의 셔츠를 꿰뚫어보는 부분은 삭제하겠어."

아이작은 여전히 강의대를 붙잡고 있었다. 그가 울기 시작했다. 강의대에 이마를 대고 있는 그의 어깨가 떨리는 게 보였고, 마침내 그가 말했다.

"망할, 어거스터스! 네 추모사까지 편집하냐?"

"예수님의 진정한 심장 안에서 욕하지 마."

거스가 말했다.

"망할."

아이작이 다시 말하고는 고개를 들고 침을 삼켰다.

"헤이즐, 손 좀 빌릴 수 있을까?"

그가 자기 혼자서 원으로 돌아올 수 없다는 걸 잊고 있었다. 나는 일어나서 그의 손을 내 팔에 얹고 그와 함께 천천히 내가 앉아 있던 거스 옆 자리의 의자로 돌아왔다. 그런 다음 강의대로 가서 프린트해 온 내 추모사 종이를 펼쳤다.

"제 이름은 헤이즐이에요. 어거스터스 워터스는 제 인생의 운명적이고 위대한 사랑이었습니다. 저희의 사랑은 웅장한 러브 스토리였고 아마 그 이야기를 한 마디라도 한다면 여기가 온통 눈물바다가 될 거예요. 거스도 알고 있었어요. 알고 있죠. 전 저희들의 사랑 이야기는 하지 않을 겁니다. 왜냐하면 모든 진짜 사랑 이야기가 그렇듯 이건 저희와 함께 사라질 거고, 그래야 마땅하니까요. 전 그가 절 위해 추모사를 읽어 주길 바랐어요. 왜냐하면 달리 그래 주길 바라는 사람이 없으니까……."

나는 울기 시작했다.

"좋아, 울지 말아야지. 난 절대로……, 좋아. 좋아."

나는 몇 번 숨을 들이켠 다음 다시 추모사로 돌아갔다.

"우리의 사랑 이야기를 할 수는 없으니까 수학 이야기를 할게요. 전 수학자가 아니지만, 이건 알아요. 0과 1 사이에는 무한대의 숫자들이 있습니다. 0.1도 있고 0.12도 있고 0.112도 있고 그 외에 무한대의 숫자들이 있죠. 물론 0과 2 사이라든지 0과 100만 사이에는 더 '큰' 무한대의 숫자들이 있습니다. 어떤 무한대는 다른 무한대보다 더 커요. 저희가 예전에 좋아했던 작가가 이걸 가르쳐 줬죠. 제가 가진 무한대의 나날의 크기에 화를 내는 날도 꽤 많이 있습니다. 전 제가 가질 수 있는 것보다 더 많은 숫자를 원하고, 아, 어거스터스 워터스에게도 그가 가졌던 것보다 더 많은 숫자가 있었기를 바라요. 하지만, 내 사랑 거스, 우리의 작은 무한대에 대해 내가 얼마나 고맙게 생각하고 있는지 말로 다할 수가 없어. 난 이걸 세상을 다 준다 해도 바꾸지 않을 거야. 넌 나한테 한정된 나날 속에서 영원을 줬고, 난 거기에 대해 고맙게 생각해."

21

어거스터스 워터스는 선 장례식 8일 후에 메모리얼 병원 집중치료실에서 죽었다. 그 자신으로 만들어진 암이 마침내 그 자신으로 만들어진 심장을 멈추게 했던 것이다.

그는 엄마와 아빠와 누나들과 함께 있었다. 거스의 엄마가 새벽 세 시 반에 나에게 전화를 해 주셨다. 나는 당연히 그가 죽었다는 사실을 깨달았다. 침대로 가기 전에 거스의 아빠가 연락해서 "아마 오늘밤일 것 같구나."라고 말씀하셨지만 그래도 침대 옆 탁자에서 핸드폰을 집어 발신자가 '거스 엄마'라는 것을 보는 순간 내 안의 모든 것이 무너졌다. 아줌마는 전화 반대편에서 그저 울면서 미안하다고 하셨고, 나도 미안하다고 말했다. 아줌마는 그가 죽기 전 두어 시간 동안 의식이 없었다고 말씀해 주셨다.

우리 부모님이 이미 예상하고 계신 얼굴로 방으로 들어왔고, 나는 그저 고개만 끄덕였다. 부모님은 아마도 분명 언젠가 두 분에게도 닥쳐올 똑같은 공포감을 느끼며 서로를 껴안으셨다.

나는 아이작에게 연락했고 그는 인생과 우주와 신을 죄다 욕하고 필요할 때에는 부술 만한 망할 트로피들이 왜 하나도 없는 거냐고 말했다. 그러고 나서 나는 더 이상 연락할 사람이 없다는 것을 깨달았다. 그건 정말로 슬픈 일이었다. 내가 어거스터스 워터스의 죽음에 대해서 정말로 이야기를 나누고 싶은 유일한 사람이 어거스터스 워터스라니.

우리 부모님은 아침이 될 때까지 계속 내 방에 함께 계셨고, 마침내 아빠가 물으셨다.

"너 혼자 있고 싶니?"

내가 고개를 끄덕이자 엄마가 말씀하셨다.

"우린 바로 방문 앞에 있을게."

네, 당연히 그러시겠죠.

참을 수가 없었다. 모든 것들이. 매 분 매 초가 전보다 더더욱 끔찍했다. 나는 그저 계속해서 그에게 전화를 걸면 어떤 일이 벌어질까, 혹시 누군가가 받을까 하는 생각만 했다. 지난 몇 주 동안 우리가 함께 보낸 추억의 시간이 줄어들긴 했지만, 그게 중요한 게 아니었다. 추억하는 기쁨을 빼앗겨 버린 느낌이었다. 더 이상 함께 추억을 되살릴 사람이 없으니까. 함께 추억할 사람을 잃는 건 마치 추억 그 자체를 잃는 것 같았다. 우리가 했던 일들이 몇 시간 전에 떠올렸을 때보다 덜 중요하고 비현실적으로 변해 버린 것 같았다.

응급실에 가면 가장 먼저 의료진이 물어보는 것이 통증을 1부터 10까지 숫자로 나타내 보라고 하는 것이다. 그러면 그에 따라 사용할 약물과 투약 속도를 결정한다. 나는 몇 년 동안 이 질문을 수백 번쯤 받아보았다. 처음 숨을 쉴 수 없었을 때, 가슴이 불에 타는 것 같고 불길이 갈비뼈 안쪽을 핥으며 내 온몸을 태우려고 하는 것 같았을 때 부모님이 나를 응급실로 데려갔던 일이 아직도 기억난다. 간호사가 나에게 통증이 어느 정도인지 물어보았고 나는 말조차 할 수가 없어서 손가락 아홉 개를 들어 보였다.

나중에, 의료진이 나에게 뭔가를 해 준 다음에 간호사가 들어와서 내 혈압을 재는 동안 내 손을 살짝 쓰다듬으며 말했다.

"네가 투사라는 걸 내가 어떻게 알았는지 아니? 넌 10 정도의 통증을 9라고 했거든."

하지만 사실은 그게 아니었다. 내가 9라고 했던 건 10을 아껴 두고 싶어서였다. 그리고 여기, 내 침대에 혼자 가만히 누워 천장을 바라보는 동안 끔찍하게 고통스러운 10이 나를 계속해서 후려치고 후려쳤다. 파도가 나를 바위 위로 집어던졌다가 도로 바다로 끌어와 또 다시 울퉁불퉁한 절벽으로 내던지고, 익사하지도 않은 채 물 위에 등을 대고 둥둥 떠다니게 놔둔다.

마침내 나는 그에게 전화를 했다. 신호음이 다섯 번쯤 울리다가 음성 사서함으로 넘어갔다.

"어거스터스 워터스의 음성사서함입니다."

그가 내가 사랑하게 된 명쾌한 목소리로 말했다.

"메시지를 남겨 주세요."

삐 소리가 났다. 전화선의 고요함은 섬뜩했다. 나는 그저 우리가 전화 통화를 할 때면 날아가곤 했던 그 초현실적인 제3의 비밀장소로 돌아가고 싶었을 뿐이었다. 그 감각이 돌아오기를 기다렸지만 오지 않았다. 고요함은 위안이 되지 않았고, 결국 나는 전화를 끊었다.

나는 침대 아래서 노트북 컴퓨터를 꺼내 전원을 켜고 그의 안부게시판으로 들어갔다. 거기에는 이미 애도의 말이 넘쳐났다. 가장 최근 것은 이런 거였다.

사랑한다, 친구. 저세상에서 다시 만나자.

……내가 들어 본 적도 없는 사람이 쓴 거였다. 사실 내가 읽는 것만큼
이나 빠르게 쌓이고 있는 거의 모든 게시물들이 내가 만나 본 적도 없고
그가 한 번 말한 적도 없는 사람들이 쓴 것이었다. 이제 그가 죽었으니
거스의 다양한 미덕에 대해서 찬양하는 사람들. 나조차도 이들이 그를
몇 달이나 만나지 않았고 만나려는 노력조차 안 했다는 걸 아는데. 내가
죽으면 내 안부게시판도 이럴지, 아니면 내가 학창생활에서 빠져나온지
오래 되어 이런 만연한 기념사조차 생길 일이 없을지 궁금해졌다.

나는 계속 읽었다.

벌써 네가 그리워, 친구.

널 사랑해, 어거스터스. 하느님께서 널 축복하고 지켜 주시길.

넌 우리 가슴 속에 영원히 남아 있을 거야, **훌륭한 친구야.**

(이 문장이 특히 나를 불쾌하게 만들었는데, 이 말은 살아 있는 사람
들은 불멸이라는 주장을 내포하기 때문이다. '넌 내 기억 속에서 영원할
거야, 왜냐하면 난 영원히 살 거니까! 난 이제 너의 신이지, 죽은 놈아!
내가 널 소유했어!' 자신이 죽지 않을 거라는 생각은 죽음의 또 다른 부
작용이다.)

넌 항상 정말 멋진 친구였는데 네가 학교를 떠난 후에 더 자주 만나러 가지 못해서 미안해, 친구. 넌 벌써 천국에서 농구를 하고 있을 테지.

나는 어거스터스 워터스가 이 말을 분석하는 것을 상상해 보았다. '내가 천국에서 농구를 한다고 치면, 그건 물질적인 천국이라는 장소에 물질적인 농구공이 있다는 건가? 누가 문제의 농구공을 만들지? 천국에도 내가 갖고 놀 농구공을 만드는 천국용 농구공 공장에서 일하는 불운한 영혼들이 있는 건가? 아니면 전능하신 하느님이 무(無)에서 농구공을 만들어 내시나? 이 천국이라는 곳이 물리학 법칙이 적용되지 않는 관측 불가능한 우주에 존재한다면 말이야, 내가 날아다니거나 책을 읽거나 아름다운 사람들을 구경하거나 뭐 그런 진짜 재미있는 일을 할 수 있는데 뭐 하러 농구 따윌 하겠어? 네가 죽은 나를 상상하는 방식을 보니까 예전의 나나 지금의 변한 나 자신보다는 너 자신에 대해서 더 많은 걸 알 수 있을 것 같은데.'

그의 부모님이 정오 경에 전화를 하셔서 5일 후인 토요일에 장례식을 치를 거라고 알려 주셨다. 나는 그가 농구를 좋아했다고 생각하는 사람들로 가득 찬 교회를 떠올리고 토하고 싶었지만, 거기 가야만 한다는 걸 잘 알고 있었다. 추모사와 뭐 그런 것들을 해야 하니까. 전화를 끊고 나는 다시 그의 게시판을 읽었다.

방금 거스 워터스가 기나긴 암과의 싸움 끝에 죽었다는 소식을 들었다.

편안하게 쉬어라, 친구야.

이 사람들이 순수하게 슬퍼하고 있다는 것도 알고, 내가 이 사람들에게 정말로 화가 난 것도 아니었다. 나는 우주에 화가 난 거였다. 그렇다고는 하지만 어쨌든 열이 받았다. 이 수많은 친구들이 친구가 더 이상 필요하지 않을 때에야 나타난단 말이지. 나는 그의 코멘트에 대한 댓글을 썼다.

우리는 창조와 소멸, 인식에만 관심이 있는 우주에 살고 있어. 어거스터스 워터스는 기나긴 암과의 싸움으로 죽은 게 아니야. 그는 인간의 의식과의 기나긴 싸움 끝에 가능한 것을 모두 다 만들었다 없애려 하는 우주의 욕구로 인한 희생양으로써 죽은 거지. 너희들도 모두 그렇게 될 거고.

나는 이것을 게시하고 누군가가 댓글을 달기를 기다리며 계속해서 화면을 새로고침 했다. 하지만 아무것도 달리지 않았다. 내 댓글은 새로운 게시물의 폭풍 속에서 사라졌다. 모두가 그를 대단히 그리워하고, 그의 가족을 위해서 기도한다고 한다. 나는 반 호텐의 편지를 떠올렸다. '글은 되살리지 못한다. 대상을 묻어 버린다.'

잠시 후 나는 거실로 나가서 부모님과 함께 앉아 TV를 보았다. 어떤 프로그램인지 전혀 알 수 없었지만 중간쯤 엄마가 물으셨다.

"헤이즐, 우리가 어떻게 해 줄까?"

나는 그저 고개를 흔들었다. 다시 울음이 터졌다.

"우리가 뭘 해 줄까?"

엄마가 다시 물으셨다. 나는 어깨를 으쓱였다.

하지만 엄마는 계속해서 물으셨다. 마치 엄마가 뭔가 해 주실 수 있을 것처럼. 마침내 나는 그냥 소파에 웅크리고 엄마 무릎 위로 누웠고 아빠가 내 다리를 꼭 껴안으셨다. 나는 엄마의 허리에 팔을 감았고, 두 분은 그렇게 슬픔이 지나갈 때까지 몇 시간 동안이나 나를 안아 주셨다.

22

도착한 뒤에 나는 예수의 진정한 심장 교회의 성소 옆에 있는 노출석 벽으로 된 작은 방문객 대기실 뒤쪽에 앉아 있었다. 방안에는 약 80개 정도의 의자가 놓여 있었고 3분의 2는 찼지만 나머지 3분의 1은 비어 있었다.

잠시 동안 나는 사람들이 보라색 테이블보로 덮인 일종의 카트 위에 놓여 있는 관으로 다가가는 것을 보았다. 내가 한 번도 본 적 없는 이 모든 사람들이 그의 옆에 무릎을 꿇거나 그를 내려다보며 잠시 동안 울거나 뭐라고 말을 했고, 그런 다음 모두가 그를 건드리는 대신 관을 만졌다. 왜냐하면 아무도 죽은 사람을 만지고 싶어 하지 않으니까.

거스의 엄마 아빠는 관 옆에 서서 지나가는 모든 사람들과 포옹을 나누었지만 나를 발견하자 미소를 지으며 황급히 다가오셨다. 나는 일어나서 우선 그의 아빠를, 그리고 그의 엄마를 차례로 껴안았다. 아줌마는 마치 거스가 그랬던 것처럼 내 어깨뼈가 조일 정도로 나를 꼭 안으셨다. 두 분 모두 대단히 나이 들어 보였다. 지친 얼굴에 눈은 움푹 들어갔고 피부는 늘어져 보였다. 두 분 역시 장애물 경주의 끝에 도달하신 거다.

"그 애는 널 굉장히 사랑했단다. 정말로 그랬어. 그건 절대, 절대로 풋사랑 같은 게 아니었지."

내가 모를 거라는 듯이 아줌마가 덧붙이셨다.

"걔는 아줌마도 굉장히 사랑했어요."

내가 조용히 말했다. 설명하기는 어렵지만, 두 분과 이야기를 나누는 건 마치 칼로 서로 찌르고 또 찔리는 느낌이었다.

"유감이에요."

내가 말했다. 그런 다음 그의 부모님은 우리 부모님과 이야기를 나누셨다. 고개를 끄덕이고 입가가 긴장되는 그런 종류의 대화였다. 나는 관을 쳐다보고는 주위에 아무도 없는 것을 깨닫고 그쪽으로 가기로 결정했다. 코에서 산소 튜브를 빼고 머리 위로 튜브를 벗어서 아빠에게 건넸다. 그냥 나와 거스 그 자체만이 함께 있고 싶었다. 나는 내 클러치백을 쥐고서 의자 열 사이의 임시 통로로 걸어가기 시작했다.

거리가 굉장히 멀게 느껴졌지만 나는 내 폐에게 입 다물라고, 너희는 강하니까 할 수 있다고 계속해서 말했다. 점점 다가갈수록 그의 모습이 보였다. 그의 머리는 가르마를 타서 그가 알면 정말로 끔찍하게 여길 만한 모양으로 깔끔하게 왼쪽으로 넘겨져 있었고, 얼굴은 플라스틱처럼 희었다. 하지만 그는 여전히 거스였다. 나의 마르고 아름다운 거스.

나는 열다섯 살 생일 파티를 위해서 샀던 내 장례식용 드레스인 짧은 검은 드레스를 입고 오고 싶었지만 더 이상 맞지 않아서 무릎 길이의 평범한 검은 드레스를 입었다. 어거스터스는 오랑쥬에서 입었던 라펠이

가는 바로 그 정장 차림이었다.

무릎을 꿇으며 나는 당연하게도 그들이 거스의 눈을 감겨 놓았음을, 다시는 그의 파란 눈을 볼 수 없음을 깨달았다.

"널 사랑해. 현재형으로."

나는 그에게 속삭인 다음 그의 가슴 한가운데 손을 얹고 말했다.

"괜찮아, 거스. 괜찮아. 정말로. 다 괜찮아, 내 말 듣고 있지?"

그가 내 말을 듣고 있다는 확신이 솔직히 별로 없었다. 나는 몸을 기울여 그의 뺨에 키스했다.

"좋아."

내가 말했다.

"좋아."

갑자기 모든 사람들이 우리를 쳐다보고 있다고 자각하게 되었다. 마지막으로 이렇게 많은 사람들이 우리가 키스하는 걸 봤던 것은 안네 프랑크의 집에서였다. 하지만 정확하게 말하면 이제는 우리를 보고 있는 게 아니었다. 그냥 나를 볼 뿐이지.

나는 클러치백을 열고 안을 뒤져 꽉 찬 카멜 라이트 한 갑을 꺼냈다. 아무도 알아채지 못하기를 바라며 재빨리 나는 그것을 그의 옆구리와 관의 푹신한 은색 안감 사이로 밀어 넣었다.

"이건 불 붙여서 피워도 돼. 난 상관 안 할 테니까."

내가 그에게 속삭였다.

내가 그에게 이야기를 하는 동안 엄마와 아빠가 내 탱크를 갖고 두 번째 줄로 오셨기 때문에 긴 통로를 다시 돌아갈 필요가 없었다. 자리에 앉자 아빠가 나에게 티슈를 건네 주셨다. 나는 코를 풀고 튜브를 귀 뒤로 건 다음 튀어나온 부분을 코에 도로 고정했다.

나는 우리가 진짜 장례식을 하기 위해 정식 예배당으로 갈 거라고 생각했지만, 모든 게 이 작은 곁방에서 이루어졌다. 그분이 못 박힌 십자가의 일부분, 예수의 진정한 손이랄까. 목사님이 오셔서 관이 설교단이라도 되는 것처럼 그 뒤에 서서 어거스터스가 얼마나 용감한 전투를 치렀으며 병 앞에서 그의 영웅적인 모습이 우리 모두에게 얼마나 대단한 본보기가 되는지 등의 이야기를 시작하셨다. 나는 목사님이 "천국에서 어거스터스는 마침내 치료되어 완전해질 겁니다."라고 말하는 순간부터 열이 받기 시작했다. 마치 한쪽 다리가 없다고 해서 그가 다른 사람들보다 완전하지 못하다는 것처럼. 나는 혐오의 한숨을 억누를 수가 없었다. 아빠가 내 무릎 바로 위를 꼭 쥐고 나에게 꾸짖는 듯한 눈총을 던지셨지만, 그때 내 바로 뒷줄에서 누군가가 내 귀에 간신히 들릴 정도로 중얼거리는 소리가 들렸다.

"왠 말똥 같은 소리야, 응, 꼬마?"

나는 홱 돌아보았다.

피터 반 호텐은 뚱뚱한 배 둘레를 위해 특별히 맞춘 게 분명한 하얀 리넨 정장에 밝은 파란색 정장 셔츠를 입고 초록색 넥타이를 매고 있었다. 장례식이 아니라 파나마 식민지 점령 기념식을 위해 옷을 차려입은 모양새였다. 목사님이 "기도합시다."라고 말했고 다른 모든 사람들은 고개를 숙였지만, 나는 입을 딱 벌린 채 피터 반 호텐의 모습만 쳐다보고 있었다. 잠시 후 그가 속삭였다.

"우리도 기도하는 척해야지."

그리고서 고개를 숙였다.

나는 그에 대해 잊고 오로지 어거스터스를 위해 기도하려고 노력했다. 나는 다시 돌아보지 않고 목사님 말씀에만 바싹 귀를 기울였다.

목사님이 아이작을 불러냈고, 그는 선 장례식 때보다 훨씬 진지하게 말했다.

"어거스터스 워터스는 비밀도시 암(癌)바니아의 시장이었고, 대체 불가능한 인물이었습니다."

아이작은 이렇게 말을 시작했다.

"다른 사람들은 거스에 대해서 재미있는 이야기를 할 수도 있을 겁니다. 그 친구는 재미있는 녀석이었으니까요. 하지만 전 진지한 이야기를 하려고 합니다. 제가 눈을 적출했던 다음 날에 거스가 병원으로 찾아왔습니다. 전 앞이 안 보이는 데다 마음에 상처를 받고 아무것도 하고 싶지 않은 상황이었는데, 거스가 제 방으로 다짜고짜 들어와서 외쳤죠. '근사한 소식이 있어!' 전 '지금은 근사한 소식을 별로 듣고 싶지 않아'라고 말했지만 거스는 '이건 네가 꼭 들어야 하는 근사한 소식이야'라고 말했어요. 그래서 제가 '알았어, 뭔데?'라고 했더니 그 녀석이 그러더군요. '넌 네가 아직 상상조차 할 수 없는 환상적인 순간과 끔찍한 순간으로 가득한 길고 멋진 인생을 살게 될 거야!'"

아이작은 더 이상 말하지 못했다. 아니면 그가 쓴 게 거기까지였는지도 모르겠다.

고등학교 친구가 거스의 뛰어난 농구 실력과 팀원으로서의 수많은 자질에 대해 이야기를 한 후에 목사님이 말씀하셨다.

"이번에는 어거스터스의 특별한 친구 헤이즐로부터 이야기를 듣도록 하지요."

특별한 친구? 사람들 사이에서 약간 웃음소리가 났기 때문에 나는 목사님께 이 정도 말은 해도 된다는 결론을 내렸다.

"전 그의 여자 친구였어요."

그 말에 사람들이 웃었다. 그리고 나서 나는 내가 쓴 추모사를 읽기 시작했다.

"거스의 집에는 그와 저 둘 다 굉장히 마음의 위안으로 삼았던 훌륭한 격언이 하나 있습니다. '고통이 없이 어찌 기쁨을 알 수 있으리오.'는 말이죠."

나는 거스의 부모님이 팔짱을 끼고 서로를 안은 채 한 마디 한 마디마다 고개를 끄덕이는 것을 보며 멍청이 같은 경구들을 계속 읽어 나갔다. 어쨌든 장례식이라는 건 살아있는 사람들을 위한 거니까.

그의 누나 줄리가 이야기를 한 다음 거스가 신의 품으로 돌아간 것을 기리는 기도로 식이 끝났다. 나는 오랑쥬에서 그가 했던 말, 그는 맨션과 하프를 믿지는 않지만 뭔가가 있을 거라는 것만은 분명히 믿는다고 했던 말을 떠올렸다. 그래서 우리가 기도하는 동안 그 어딘가에 갔을 그의 모습을 상상하려고 노력했지만, 그와 내가 다시 함께 있을 수 있게 될 거라는 확신은 도저히 들지 않았다. 나는 이미 죽은 사람들을 너무나 많이 알고 있으니까. 이제부터 그와 나에게 시간이 다르게 흘러갈 거라는 사실도 잘 안다. 나는 이 방안에 있는 다른 모든 사람들처럼 계속해서 사랑하는 사람과 잃은 사람들을 쌓아갈 거고, 그는 그러지 않을 테니까. 그리고 나에게는 그것이 진정 참을 수 없는 마지막 비극이었다. 셀 수 없이 많은 다른 죽은 사람들처럼 그 역시 괴롭힘을 당하던 사람에서 괴롭히는 사람으로 추락해 버렸다는 것.

그때 거스의 매형 중 한 사람이 커다란 카세트 라디오를 가져와서 거스가 골라 놓은 음악을 틀었다. 헥틱 글로우가 부른 〈새로운 파트너〉라는 슬프고 조용한 노래였다. 나는 솔직히 그냥 집에 가고 싶었다. 나는 여기 있는 사람들을 거의 알지 못하고, 피터 반 호텐의 작은 눈이 나의 드러난 어깨뼈를 응시하는 게 느껴졌다. 노래가 끝나고 나자 모두가 나에게 다가와서 내가 근사하게 이야기를 했다고 말하고 정말 아름다운 행사였다고 이야기했다. 하지만 그건 거짓말이었다. 이건 장례식이고, 다른 장례식들과 똑같았다.

그의 관을 메는 사람들(사촌들, 그의 아빠, 삼촌, 내가 본 적 없는 친구들)이 와서 그를 짊어졌고, 모두 함께 장지로 걸어가기 시작했다.

엄마 아빠와 함께 차에 탄 다음에 내가 말했다.

"난 가고 싶지 않아요. 피곤해요."

"헤이즐."

엄마가 말씀하셨다.

"엄마, 거긴 앉을 자리도 없고 영원히 계속될 텐데 전 지쳤다고요."

"헤이즐, 워터스 부부를 위해서 우린 거기 가야 돼."

엄마가 말씀하셨다.

"그냥……."

나는 말을 끊었다. 뒷좌석에 앉아 있으니 어쩐지 굉장히 작아진 기분이었다. 아니, 작아지고 싶었다. 여섯 살짜리로 돌아가고 싶었다.

"알았어요."

나는 그저 창밖만 잠시 바라보았다. 정말이지 가고 싶지 않았다. 사람들이 그가 자기 아빠와 함께 고른 땅속에 그를 내려놓는 것을 보고 싶지 않았고, 그의 부모님이 이슬 젖은 잔디밭 위에 무릎을 꿇고 고통으로 오열하는 것을 보고 싶지도 않았고, 리넨 재킷 아래로 튀어나와 있는 알코올 가득한 피터 반 호텐의 배도 보고 싶지 않았고, 수많은 사람들 앞에서 울고 싶지도 않았으며, 그의 무덤에 흙을 한 줌 던지고 싶지도 않고,

우리 부모님이 파란 하늘과 약간 기울어진 오후의 햇살 아래 서서 당신들의 나날과 당신들의 자식과 내 계획과 내 관과 내 흙에 대해 생각하시게 만들고 싶지도 않았다.

하지만 나는 이 모든 것을 다 했다. 끔찍한 것들까지 전부 다 했다. 엄마 아빠가 그래야 한다고 생각하시니까.

***

식이 끝난 후 반 호텐이 나에게로 걸어와서 투실투실한 손을 내 어깨에 올리고 말했다.

"내가 같이 좀 타도 되겠느냐? 내 렌트카를 언덕 아래 놔두고 와서 말이지."

나는 어깨를 으쓱였고, 그는 아빠가 차 잠금 장치를 열자마자 뒷좌석 문을 열었다.

차에 탄 다음 그가 앞좌석 사이로 몸을 기울이고 말했다.

"명퇴한 작가이자 사람 실망시키기 분야 세미 프로인 피터 반 호텐이 올시다."

부모님이 자기 소개를 하셨다. 그는 두 분과 악수를 나누었다. 나는 피터 반 호텐이 장례식에 참석하기 위해 세계의 절반을 돌아왔다는 사실에 상당히 놀랐다.

"도대체 어떻게 이걸……"

내가 말을 하려 했지만 그가 잘랐다.

"인디애나폴리스 부고 알림을 계속 보느라 그 끔찍한 너희들의 인터넷을 사용했지."

그가 리넨 정장 안으로 손을 집어넣고는 5분의 1쯤 남은 위스키 병을 꺼냈다.

"그래서 그냥 비행기 티켓을 사서는……"

그가 뚜껑을 열며 다시 말을 잘랐다.

"1등석 가격이 만 오천 달러였지만, 난 그런 충동을 즐겨도 될 만큼의 돈이 충분하니까. 그리고 비행기에서는 술이 공짜거든. 의욕이 있다면 거의 바닥을 낼 수도 있지."

반 호텐은 위스키를 한 모금 마신 후 앞쪽으로 몸을 기울여 아빠에게 권했다. 아빠는 "음, 됐습니다."라고 대답하셨고, 반 호텐은 이번에는 나에게 병 쪽으로 고개를 끄덕여 보였다. 나는 병을 받아들었다.

"헤이즐."

엄마가 말했지만 나는 뚜껑을 열고 한 모금 마셨다. 뱃속이 폐로 변한 것 같은 느낌이 들었다. 나는 병을 도로 반 호텐에게 넘겼고, 그는 길게 한 모금을 마신 후에 말했다.

"그래서, 옴니스 셀룰라 에 셀룰라(Omnis cellula e cellula)."

"에?"

"네 남자 친구 워터스와 나는 서신을 몇 통 주고받았지. 그 아이의 마지막……"

"잠깐만요, 이제는 팬레터를 읽는다고요?"

"아니, 그 애는 내 출판업자를 통해서가 아니라 우리 집으로 보냈어. 그리고 난 그 애를 팬이라고 부르지 않겠다. 그 애는 나를 경멸했으니까. 하지만 어쨌든 간에 내가 자기 장례식에 참석해서 너에게 안나의 엄마가 어떻게 되었는지 이야기해 주면 내 잘못된 행동을 보상할 수 있을 거라고 열심히 주장하더구나. 그래서 내가 여기 온 거고, 이게 네가 바라던 답이다. 옴니스 셀룰라 에 셀룰라."

"네?"

내가 다시 물었다.

"옴니스 셀룰라 에 셀룰라."

그가 다시 말했다.

"모든 세포는 세포에서 나오는 것이니. 모든 세포는 이전의 세포에서 태어난 거고, 그건 또 그 이전의 세포에서 태어난 거지. 생명은 생명에서 나오는 거고, 생명이 생명을 낳고 또 생명을 낳고 또 생명을 낳고 또 생명을 낳아."

차가 언덕 아래에 도착했다.

"알았어요, 네."

나는 이럴 기분이 아니었다. 피터 반 호텐이 거스의 장례식을 마음대로 좌지우지할 수는 없다. 그렇게 놔두지 않을 것이다.

"고맙습니다. 음, 이제 언덕 아래 도착한 것 같네요."

내가 말했다.

"설명을 듣고 싶지 않으냐?"

그가 물었다.

"네. 됐어요. 난 당신이 아주 성숙한 열한 살짜리 어린애처럼 주의를 끌고 싶어서 그럴싸한 말을 늘어놓는 불쌍한 알코올 중독자라고 생각하고, 그래서 엄청 안됐다고 생각해요. 하지만 아뇨, 당신은 더 이상 『장엄한 고뇌』를 썼던 그 사람이 아니기 때문에 설령 노력한다 해도 후속편을 쓸 수 없을 거예요. 어쨌든 고맙습니다. 멋진 인생 사세요."

"하지만……!"

"술도 고맙고요. 이제 차에서 내려 주시죠."

내가 말했다. 그는 꾸중을 들은 것 같은 표정이었다. 아빠가 차를 세우셨고 우리는 잠시 동안 거스의 무덤 아래쪽에서 가만히 기다렸다. 마침내 반 호텐이 문을 열고 말없이 내렸다.

차가 달리는 동안 나는 뒤쪽 창문으로 그가 술을 마시고는 내 쪽으로 마치 건배하듯 병을 들어 올리는 것을 보았다. 그의 눈은 대단히 슬퍼 보였다. 솔직히 말하자면 그가 조금 안됐다는 생각이 들었다.

여섯 시쯤 마침내 집에 도착했고 나는 완전히 지쳐 있었다. 그냥 자고 싶었지만 엄마는 치즈 파스타를 조금 먹게 하셨다. 최소한 침대에서 먹는 건 허락해 주셨다. 나는 바이팹을 끼고 두어 시간 정도 잤다. 일어나는 건 끔찍했다. 잠깐 몽롱한 상태에서 모든 것이 괜찮은 것처럼 느끼다가 다음 순간 모든 일들이 새삼스럽게 나를 짓눌렀기 때문이다. 엄마가 바이팹을 빼 주셨고, 나는 이동식 탱크를 질질 끌고 비틀거리며 욕실로 가서 이를 닦았다.

이를 닦으면서 거울로 나 자신을 살피며 나는 세상에 두 종류의 어른들이 있다는 생각을 했다. 피터 반 호텐처럼 뭔가 상처를 줄 만한 존재를 찾아 세상을 헤집고 다니는 비참한 생명체들이 있다. 그리고 우리 부모님처럼 좀비처럼 세상을 돌아다니며 계속 걷기 위한 모든 일을 의무적으로 하는 어른들도 있다.

둘 중 어떤 미래도 그다지 매력적으로 느껴지지 않았다. 내가 이미 세상의 모든 순수하고 좋은 것들을 다 보았다는 생각이 들었고, 설령 죽음이 앞을 가로막지 않는다 해도 어거스터스와 내가 나눈 것 같은 종류의 사랑은 영원히 지속될 수 없는 게 아닐까 하는 의심이 들기 시작했다. '그리하여 새벽은 낮으로 바뀐다. 금빛 도는 것들은 오래 지속되지 못한다.' 시인은 그렇게 말했다.

누군가가 욕실 문을 두드렸다.

"사람 있어요."

내가 말했다.

"헤이즐, 들어가도 되니?"

아빠가 말씀하셨다. 나는 대답하지 않았지만 잠시 후에 잠긴 문을 열고 변기 뚜껑을 내리고 앉았다. 왜 숨을 쉬는 게 이렇게 힘든 일이어야 하는 걸까? 아빠가 내 옆에 무릎을 꿇고 앉아 내 머리를 감싸고 당신의 쇄골 쪽으로 끌어당기고 말씀하셨다.

"거스가 죽어서 유감이구나."

아빠의 티셔츠 때문에 숨이 막히는 것 같은 기분이 들었지만 이렇게 꽉 안겨 아빠의 편안한 냄새를 맡고 있으니 기분이 좋았다. 아빠가 뭔가 화가 난 것 같기도 했지만, 그것도 좋았다. 나도 화가 나 있으니까.

"전부 다 개떡 같은 일이야. 모든 것들이. 80퍼센트의 생존율인데 거스는 20퍼센트라고? 개소리지. 그 애는 정말로 영리한 아이였? 그것도 개소리야. 난 그게 싫어. 하지만 그 애를 사랑하는 건 굉장한 특권이었지, 안 그러니?"

나는 아빠 셔츠에 대고 고개를 끄덕였다.

"그럼 아빠가 너에 대해서 어떻게 느끼는지 너도 알겠지?"

나의 사랑스러운 아빠. 아빠는 항상 무슨 말을 해야 할지 알고 계신다.

23

이틀쯤 후에 나는 정오에 일어나서 아이작의 집으로 향했다. 그가 현관으로 직접 나왔다.

"엄마는 그레이엄을 데리고 영화 보러 가셨어."

그가 말했다.

"우리 뭔가를 해야 돼."

내가 말했다.

"뭔가라는 게 장님과 소파에 앉아서 비디오 게임을 하는 거라면 어떨까?"

"그래, 그게 바로 내가 생각하던 종류의 뭔가야."

그래서 우리는 두 시간 동안 소파에 앉아 빛 한 줄기 들지 않는 이 보이지 않는 미궁을 탐험하며 스크린을 향해 이야기를 했다. 지금까지 게임에서 가장 유쾌했던 부분은 컴퓨터를 우리의 우스꽝스러운 대화에 끌어들이려고 했던 거였다.

나: "동굴 벽을 만져 봐."

컴퓨터: "당신은 동굴 벽을 만집니다. 축축합니다."

아이작: "동굴 벽을 핥아."

컴퓨터: "이해할 수 없습니다. 다시 말씀해 주십시오."

나: "축축한 동굴 벽이랑 자."

컴퓨터: "당신은 자려고 합니다. 옷이 젖습니다."

아이작: "그런 자는 거 말고. 벽이랑 자라고."

컴퓨터: "이해할 수 없습니다."

아이작: "어이, 난 이 어두운 동굴 속에서 몇 주 동안 혼자였고 뭔가 해소할 게 필요해. 동굴 벽이랑 자라고."

컴퓨터: "당신은 자려고 합……."

나: "엉덩이를 동굴 벽을 향해 내밀어."

컴퓨터: "이해할 수……."

아이작: "동굴이랑 달콤한 사랑을 나눠."

컴퓨터: "이해할 수……."

나: "알았어. 왼쪽 통로를 따라 가."

컴퓨터: "당신은 왼쪽 통로를 따라갑니다. 통로가 좁아집니다."

나: "기어."

컴퓨터: "당신은 100미터를 기어갑니다. 통로가 좁아집니다."

나: "낮은 포복을 해."

컴퓨터: "당신은 30미터를 낮은 포복으로 갑니다. 당신의 몸 위로 물방울이 떨어집니다. 당신은 통로를 막은 작은 돌무더기 앞에 도착합니다."

나: "이제 동굴이랑 잘 수 있어?"

컴퓨터: "눕지 않으면 잘 수 없습니다."

아이작: "어거스터스 워터스가 없는 세상에 사는 게 마음에 들지 않아."

컴퓨터: "이해할 수 없습······."

아이작: "나도 그래. 정지."

그는 우리 사이의 소파 위에 리모컨을 내려놓고 물었다.

"혹시 아팠는지 어땠는지 알아?"

"걘 아마 살려고 진짜 노력했던 것 같아. 결국엔 의식을 잃었지만, 아마도, 응, 그리 멋지지는 않았던 거 같더라. 죽는 건 지랄 같아."

내가 말했다.

"그러게."

아이작이 대답했다. 그리고 한참 후에 덧붙였다.

"말도 안 되는 것처럼 느껴져."

"항상 일어나는 일이잖아."

내가 말했다.

"너 화난 거 같은데."

"응."

내가 대답했다. 그리고 우리는 한참동안 그렇게 조용히 앉아 있었다. 뭐, 괜찮았다. 나는 제일 처음으로 되돌아가서 예수의 진정한 심장에서 거스가 망각이 두렵다고 말했던 것을, 그리고 내가 그에게 그가 우주적이고 불가피한 일을 두려워하고 있는 거라고 말했던 것을 떠올렸다. 사실 문제는 고통 그 자체나 망각 그 자체가 아니라, 이 모든 것들이 끔찍하게 무의미하다는 것, 고통이 내포한 절대적으로 비인간적인 허무주의다. 아빠가 우주는 자신을 알아채 주길 바란다고 말씀하셨던 게 떠올랐다. 하지만 우리가 원하는 건 우주가 우리를 알아채 주는 것이다. 우주가 우리에게 일어나는 일에 눈곱만큼이라도 신경 써주는 것. 집단적 지성체라는 개념이 아니라 우리들 각각, 하나하나에 대해서.

"거스는 정말로 널 사랑했어. 알지?"

그가 말했다.

"알아."

"걘 그 사실에 대해서 입을 다물질 않았었어."

"알아."

"정말 짜증났지."

"난 그게 짜증난다고 생각하지 않았는데."

내가 말했다.

"걔가 너한테, 자기가 쓴 그거 결국 주긴 줬어?"

"뭘?"

"네가 좋아했던 그 책의 후속편인가 뭔가 하는 거."

나는 아이작을 쳐다보았다.

"뭐?"

"자기가 널 위해서 뭔가 쓰고 있는데, 자기가 작가로서는 별로 재능이 없다고 그랬었어."

"언제 그 말을 했는데?"

"모르겠어. 아마 그 녀석이 암스테르담에서 돌아온 후에 언젠가 그랬던 것 같은데."

"언젠가가 언젠데?"

내가 재촉했다. 그는 그걸 끝내지 못했던 걸까? 아니면 끝내고 자기 컴퓨터나 뭐 그런 데에 남겨놓은 걸까?

"음."

아이작이 한숨을 쉬었다.

"음, 모르겠어. 여기서 딱 한 번 그 얘기를 했었거든. 그 녀석이 여기 와서, 어, 우린 내 이메일 기계를 갖고 놀았고, 그때가 막 우리 할머니한 테서 이메일을 받은 직후였어. 네가 원하면 기계로 확인을……."

"그래, 그래. 어디 있어?"

그는 그게 한 달 전이라고 말했다. 한 달. 별로 좋은 한 달은 아니었지 만, 그래도 어쨌든 한 달이라. 그 정도면 최소한 그가 뭔가를 썼을 만한 시간이었다. 바깥 어딘가에 여전히 그의 일부가, 혹은 그가 만들어낸 뭔 가가 존재하고 있을 것이다. 그걸 찾아야 했다.

"걔네 집에 가봐야겠어."

내가 아이작에게 말했다.

나는 황급히 그의 집을 나가 미니밴에 올라타고 산소 카트를 끌어올 려 조수석에 놓았다. 그리고 차에 시동을 걸었다. 스테레오에서 힙합 음 악이 울려 퍼졌고, 라디오 채널을 바꾸려고 하는데 누군가가 랩을 하기 시작했다. 스웨덴 어로.

나는 홱 돌아보았다가 피터 반 호텐이 뒷좌석에 앉아 있는 걸 보고 비명을 질렀다.

"놀라게 한 건 사과하지."

피터 반 호텐이 랩 위로 목소리를 높여 말했다. 거의 일주일이 지났는데도 그는 여전히 장례식 양복을 입고 있었다. 그의 온몸에서 알코올을 뿜어내는 듯한 냄새가 났다.

"CD는 가져도 돼. 스웨덴에서 가장 유명한 그룹 중 하나인 스눅 (Snook)……."

"아, 아, 아, 아! 내 차에서 당장 내려요!"

나는 라디오를 껐다.

"내가 알기로 이건 네 어머니의 차일 텐데. 게다가 잠겨 있지 않았다고."

그가 말했다.

"오, 세상에! 당장 차에서 내리지 않으면 911에 신고할 거예요. 맙소사, 당신은 뭐가 문제예요?"

"문제가 하나밖에 없으면 다행이게."

그가 웅얼거렸다.

"난 여기 그저 사과를 하러 온 거야. 저번에 네가 나더러 알코올에 의존하는 불쌍한 늙은이라고 했던 건 정확한 말이었어. 나는 지인이라고는 하나밖에 없었는데, 그 사람이 나와 함께 있어 줬던 이유는 내가 그러라고 돈을 지불했기 때문이었지. 게다가 뇌물로도 옆에 계속 붙잡고 있을 수 없었던 드문 영혼인 그녀는 그 이래로 관두고 나가 버렸어. 모두 다 사실이야, 헤이즐. 전부 다."

"그렇군요."

그의 발음이 불분명하지만 않았어도 훨씬 더 감동적인 연설이 될 수 있었을 것이다.

"너를 보면 안나가 생각나."

"난 많은 사람들에게 여러 사람을 상기시키죠."

내가 대답했다.

"그리고 난 이제 정말로 가야 돼요."

"그럼 출발하라고."

그가 말했다.

"내리라고요."

"싫어. 너를 보면 안나가 생각나."

그가 다시 말했다. 잠시 후 나는 차를 후진시켰다가 출발했다. 그를 끌어내릴 수도 없는 일이고, 그래야 할 필요도 없었다. 거스의 집으로 가면 거스의 부모님이 그를 떠나게 만들어 주실 것이다.

"당연하겠지만 너도 안토니에타 메오를 알겠지."

반 호텐이 말했다.

"네, 그럴 리가요."

내가 말했다. 나는 라디오를 켰고 스웨덴 힙합이 요란하게 나오는 와중에도 반 호텐은 목소리를 더 높여서 소리쳤다.

"그 애는 곧 가톨릭교회에서 시성을 받은 가장 어린 순교하지 않은 성녀가 될 거야. 그 애도 워터스 군과 같은 골육종을 앓았어. 병원에서 그아이의 오른쪽 다리를 절단했지. 고통은 말로 다할 수가 없었어. 겨우여섯 살의 나이에 이 끔찍한 암으로 죽어가면서 안토니에타 메오는 자기 아빠에게 말했지. '고통은 천과 같아서 강하면 강할수록 더욱 가치가 있어요.'라고. 사실이 그렇지 않나, 헤이즐?"

나는 그를 똑바로 쳐다보지 않고 백미러에 비친 모습만을 보았다.

"아뇨."

내가 음악 너머로 소리쳤다.

"그건 헛소리예요."

"하지만 너는 그게 사실이길 바라잖아!"

그가 마주 소리쳤다. 나는 음악을 껐다.

"네 여행을 망쳐서 미안하다. 넌 너무 어려. 넌……"

그가 갑자기 울음을 터뜨렸다. 마치 그가 거스를 위해 울 자격이라도 있는 것처럼. 반 호텐은 거스를 모른다. 그의 게시판에 뒤늦은 애도의 말을 남기는 수많은 애도자 중 한 사람일 뿐이었다.

"당신은 여행을 망치지 않았어요, 자기만 중요한 줄 아는 나쁜 자식 같으니. 우린 끝내주는 여행을 했다고요."

"난 노력했어. 난 노력했다고. 맹세해."

그가 말했다. 그때 갑자기 나는 피터 반 호텐의 가족 중 죽은 사람이 있는 거라는 사실을 깨달았다. 나는 그가 아동 암환자에 대해서 정확하게 묘사했던 것을 떠올렸다. 그리고 암스테르담에서 일부러 그녀처럼 옷을 입은 거냐는 질문 외에는 나에게 아무 말도 하지 않았던 것도. 나와 어거스터스 앞에서 보였던 그 형편없는 행동들과 고통의 정도와 그 가치 사이의 상관관계에 대한 날카로운 질문들. 그는 거기 앉아서 술만 마셨다. 몇 년이나 술에 취한 채 지내 온 노인. 내가 몰랐으면 싶은 통계치가 머릿속에 떠올랐다. 아이가 죽고 일 년 안에 부부의 절반이 이혼한다. 나는 반 호텐을 돌아보았다. 나는 대학을 따라 차를 몰아 주차된 차들 뒤에서 멈추고 물었다.

"아이가 죽었나요?"

"내 딸."

그가 말했다.

"그 애는 여덟 살이었지. 아름답게 고통을 감내했어. 절대 시성은 받지 못하겠지만."

"백혈병이었나요?"

내가 물었다. 그는 고개를 끄덕였다.

"안나처럼 말이죠."

내가 말했다.

"그 애와 아주 비슷했지. 그래."

"결혼했었어요?"

"아니. 음, 그 애가 죽을 무렵엔 아니었지. 난 그 애를 잃기 오래 전부터 이미 참기 힘든 인간이었어. 슬픔이 사람을 바꾸는 게 아니야, 헤이즐. 사람의 본모습을 드러내 주는 거지."

"그 애와 같이 살았나요?"

"아니, 처음엔 아니었어. 마지막에는 그 애를 내가 살고 있던 뉴욕으로 데려와서 그 애의 살 날을 늘리지도 못하면서 비참함만 늘려주는 온갖 신약 실험이라는 고문에 시달리게 만들었지만."

잠시 후 내가 말했다.

"그래서 당신은 그 애가 십대가 되었다고 상상하며 두 번째 인생을 부여해 준 거로군요."

"아마도 그게 올바른 진단이라 할 수 있겠지."

그가 그렇게 말하고는 황급히 덧붙였다.

"필리파 푸트의 폭주 기관차 사고 실험 정도는 알고 있겠지?"

"그런데 내가 당신 집에 당신이 보길 바랐던 여자아이의 모습을 하고 그렇게 옷을 입고 나타났던 거로군요. 당신은 그 사실에 엄청 놀랐던 거고."

"선로를 따라 통제 불가능하게 달려가는 기관차가 있었지."

그가 말했다.

"당신의 그 멍청한 사고 실험 따위에는 관심 없다고요."

내가 말했다.

"실은 필리파 푸트의 이론이야."

"그 사람 것에도 관심 없어요."

"그 애는 왜 그런 일이 일어나는 건지 이해하지 못했지."

그가 말했다.

"난 그 애한테 곧 죽을 거라고 말을 해 줘야 했어. 그 애의 사회복지사가 내가 얘기해 줘야 한다고 하더군. 네가 곧 죽을 거라고 알려 줘야 했고, 그래서 난 그 애한테 곧 천국에 가게 될 거라고 말했지. 그 애는 나도 거기 있을 거냐고 물었고, 난 아직은 거기에 없을 거라고 대답했어. 하지만 결국에는 올 거냐고 그 애가 물었고, 난 조만간 갈 거라고 약속했지. 그리고 내가 없는 동안에 거기에서 그 애를 돌봐 줄 멋진 가족이 기다리고 있을 거라고 말해 줬어. 그 애는 나한테 언제 올 거냐고 물었고 난 조만간 갈 거라고 했어. 22년 전에."

"유감이네요."

"나도 마찬가지야."

잠시 후에 내가 물었다.

"그 애의 엄마는 어떻게 된 거예요?"

그가 미소를 지었다.

"넌 여전히 뒷이야기를 찾고 있구나. 교활한 꼬마 같으니."

나는 마주 미소를 지었다.

"집으로 돌아가세요. 술을 깨고, 새 소설을 쓰세요. 당신이 잘하는 걸 해요. 뭔가에 그런 훌륭한 재능을 가진 운 좋은 사람들은 별로 많지 않다고요."

그는 백미러를 통해서 한참 동안 나를 쳐다보았다.

"좋아."

그가 대답했다.

"그래. 네 말이 맞아. 네 말이 맞지."

하지만 그렇게 말을 하면서도 그는 거의 빈 위스키 병을 꺼내고 있었다. 그가 술을 마시고, 병뚜껑을 도로 잠근 다음 차문을 열었다.

"잘 있거라, 헤이즐."

"잘 지내세요, 반 호텐."

그는 차 뒤의 모퉁이에 앉았다. 백미러로 그의 모습이 줄어드는 동안 그가 다시 병을 꺼냈고 잠시 동안 그가 그걸 모퉁이에 내려놓을 것만 같았다. 하지만 곧 그는 다시 술을 들이켰다.

인디애나폴리스 특유의 더운 오후였고, 공기는 마치 구름 속에 있는 것처럼 무겁고 잔잔했다. 나에게는 최악의 종류의 공기였고, 그의 집 드라이브웨이에서 현관까지 가는 영원 같은 시간 내내 나는 이게 그저 공기일 뿐이라고 되뇌었다. 마침내 현관 벨을 누르자 거스의 엄마가 나오셨다.

"오, 헤이즐."

아줌마는 마치 울음처럼 그렇게 말씀하셨다.

아줌마는 나에게 가지 라자냐를 조금 내주셨고(수많은 사람들이 이 집에 음식 같은 걸 갖다 준 모양이었다), 나는 아줌마와 거스의 아빠와 함께 그것을 먹었다.

"어떻게 지냈니?"

"거스가 보고 싶어요."

"그래."

뭐라고 말해야 할지 실은 알 수가 없었다. 그저 아래층에 가서 그가 나를 위해 쓴 것을 찾아보고 싶을 뿐이었다. 게다가 식당 안의 침묵이 정말로 신경 쓰였다. 두 분이 서로를 향해 이야기를 하고 달래 주거나 손을 잡거나 뭐 그러시면 좋을 텐데. 하지만 두 분은 그저 가만히 앉아 서로를 한 번 쳐다보지도 않고서 아주 적은 양의 라자냐를 드실 뿐이었다.

"천국엔 천사가 필요하지."

그의 아빠가 잠시 후에 말씀하셨다.

"알아요."

내가 말했다. 그때 거스의 누나들과 그들의 엉망진창인 아이들이 나타나 부엌이 꽉 찼다. 나는 일어나서 그의 누나 두 명과 포옹을 나눈 후 아이들이 넘쳐나는 소음을 내며 쿵쾅거리며 부엌 안을 뛰어다니는 것을 보았다. 흥분한 어린애들이 서로를 향해 달려들며 소리를 질렀다.

네가 술래야 아냐 네가 술래야 아냐 내가 술래였는데 널 잡았잖아 아냐 넌 날 못 잡았어 놓쳤잖아 그럼 지금 잡으면 되지 아냐 빵꾸똥꾸야 시간 지났거든 대니얼 형을 빵꾸똥꾸라고 부르면 안 돼 엄마 나는 그 말을 쓰면 안 되는데 엄마는 왜 방금 썼어요 빵꾸똥꾸야 빵꾸똥꾸야.

그리고 합창으로 빵꾸똥꾸 빵꾸똥꾸 빵꾸똥꾸 빵꾸똥꾸 소리가 울려 퍼졌고, 식탁에서 거스의 부모님이 이제 손을 맞잡고 계신 걸 보니 내 기분이 조금 나아졌다.

"아이작이 그러는데 거스가 뭔가를 썼대요. 절 위해서요."

내가 말했다. 아이들은 여전히 자기들끼리 빵꾸똥꾸 노래를 불러대고 있었다.

"우리가 그 애 컴퓨터를 확인해 볼게."

그의 엄마가 말씀하셨다.

"거스는 마지막 몇 주 동안 컴퓨터는 거의 쓰지 않았어요."

내가 말했다.

"그건 그렇구나. 우리가 그걸 위층으로 가져왔는지조차 기억이 안 나네. 그거 아직 지하실에 있던가요, 마크?"

"모르겠어."

"음, 혹시 제가……."

내가 지하실 쪽으로 고개를 끄덕이며 물었다.

"우린 아직 준비가 안 됐단다."

그의 아빠가 말씀하셨다.

"하지만 물론 괜찮아, 헤이즐. 가도 괜찮단다."

나는 아래층으로 내려가 그의 흐트러진 침대와 TV 앞의 게임용 의자를 지나갔다. 그의 컴퓨터는 여전히 켜져 있었다. 나는 그것을 켜기 위해 마우스를 움직인 다음 가장 최근에 사용한 파일을 검색해 보았다. 지난 한 달 동안엔 아무것도 없었다. 가장 최근의 파일은 토니 모리슨의 『가장 푸른 눈』 비평서였다.

어쩌면 손으로 뭔가 썼는지도 모른다. 나는 그의 책장으로 걸어가서 저널이나 공책을 찾아보았다. 하지만 아무것도 없었다. 『장엄한 고뇌』를 꺼내 넘겨보았다. 거기에도 글자 한 줄 적혀 있지 않았다.

나는 그의 침대 옆 탁자로 걸어갔다. 『새벽의 대가』의 9번째 후속작 『끝없는 혼란』이 그의 독서용 램프 옆에 138페이지가 접힌 상태로 놓여 있었다. 그는 그 책을 끝까지 읽지 못했다.

"스포일러 경고. 메이헴은 살아."

나는 그가 혹시 내 말을 들을 수 있을 경우를 생각하고 큰 소리로 말했다.

그런 다음 그의 흐트러진 침대로 기어올라가서 그의 이불을 고치처럼 두르고 그의 냄새 속에 폭 파묻혔다. 그의 냄새를 더 잘 맡기 위해서 캐뉼러를 뺐다. 그를 들이마시고, 내뱉고. 냄새는 내가 거기 누워 있는 동안에도 점차 사라지고 있었다. 각각의 고통을 더 이상 구분할 수 없을 정도로 가슴이 타 들어갔다.

잠시 후 나는 침대에 앉아서 캐뉼러를 다시 끼고 숨을 좀 들이쉬다가 다시 위층으로 올라갔다. 그의 부모님의 기대에 찬 표정을 향해 아니라는 의미로 그냥 고개를 흔들었다. 아이들이 나를 지나쳐 달려갔다. 거스의 누나 중 한 사람(나는 두 사람을 구분할 수 없었다.)이 말했다.

"엄마, 저 애들을 공원 같은 데 데리고 나갈까요?"

"아니, 아니야. 괜찮단다."

"거스가 공책을 놔뒀을 만한 다른 곳은 없나요? 그의 병원 침대라든지요."

침대는 이미 호스피스에서 와서 가져가고 없었다.

"헤이즐, 너도 우리랑 같이 매일 거기에 있었잖니. 넌……, 그 애는 거의 혼자 있지 않았단다, 애야. 그 애한테는 뭔가를 쓸 만한 시간이 없었어. 네가 그걸 원한다는 건 안다……, 나도 원하고. 하지만 그 애가 이제 우리를 위해 남기는 메시지는 저 위에서 오는 걸 거야, 헤이즐."

거스의 아빠가 마치 거스가 집 바로 위에 떠다니고 있다는 듯이 천장을 가리키며 말씀하셨다. 어쩌면 그럴지도 모른다. 모르겠다. 하지만 나는 그의 존재를 느끼지 못했다.

"네."

나는 그들에게 며칠 후에 다시 오겠다고 약속하고 떠났다.

다시는 그의 향기를 제대로 맡을 수 없을 것이다.

24

사흘 후, 거스가 죽고 11일째 아침에 그의 아빠가 나에게 연락하셨다. 나는 아직 바이팝을 연결하고 있는 상태라서 받을 수가 없었지만 내 핸드폰에 메시지가 저장되자마자 들어보았다.

"헤이즐, 안녕, 거스 아빠란다. 내가, 어, 그 애의 병원 침대 근처에 있는 잡지꽂이에서 검은색 몰스킨 공책을 찾았단다. 그 애가 아마 팔을 뻗을 수 있을 만큼 가까운 거리였던 것 같구나. 불행히 공책엔 아무 글도 남아 있지 않았어. 모든 페이지가 텅 비었어. 하지만 앞에, 아마도 서너 장 정도인 것 같은데, 앞의 몇 페이지가 공책에서 찢겨 나갔어. 집안을 다 찾아봤지만 종이는 찾을 수가 없었단다. 그래서 어떻게 해야 할지 모르겠더구나. 하지만 그 페이지가 혹시 아이작이 말한 게 아닐까? 어쨌든 간에 네가 잘 지내고 있기를 바란다. 매일 너를 위해 기도한단다, 헤이즐. 자, 그럼 잘 있으렴."

몰스킨 공책에서 찢겨나간 서너 장은 어거스터스 워터스의 집에는 없단 말이지. 그가 날 위해 어디에 그걸 남겨뒀을까? 〈기괴한 뼈〉에 테이프로 붙여 놨을까? 아니야, 그는 거기까지 갈 수도 없었을 거다.

예수의 진정한 심장. 어쩌면 거기에 그의 '마지막 좋은 날'에 날 위해 남겨뒀을지 모른다.

그래서 나는 다음 날 서포트 그룹에 20분 일찍 갔다. 아이작의 집으로 가서 그를 태우고 미니밴의 창문을 내린 채 거스는 영원히 들을 수 없는 헥틱 글로우의 새 앨범을 들으며 예수의 진정한 심장으로 향했다.

우리는 엘리베이터를 탔다. 나는 신뢰의 원에 있는 의자까지 아이작을 데려다 준 다음 천천히 진정한 심장을 빙 돌아갔다. 사방을 확인해 보았다. 의자 아래, 내가 추모사를 읽는 동안 서 있었던 강의대 주위, 간식 탁자 아래 있는 신의 사랑을 그린 일요학교 아이들 그림이 가득 붙은 게시판. 하지만 아무것도 없었다. 여기는 그의 집을 제외하면 그 마지막 나날 동안 우리가 함께 있었던 유일한 장소였고, 여기가 아니라면 내가 뭔가를 놓치고 있는 거였다. 어쩌면 그가 날 위해 병원에 남겨놨었는지도 모른다. 하지만 그랬다면 그가 죽은 후에 이미 버려졌을 것이다.

아이작의 옆자리에 앉을 무렵 나는 거의 숨이 턱까지 닿아 있었다. 패트릭의 무방울 이야기가 이어지는 내내 나는 내 폐에게 괜찮다고, 너희는 숨을 쉴 수 있다고, 산소는 충분하다고 말해 주었다. 거스가 죽기 겨우 일주일 전에 물을 빼냈다. 호박색 암세포 수액이 튜브를 타고 내 몸 안에서 빠져나오는 것을 직접 보았다. 그런데 벌써 다시 물이 차고 있는 느낌이었다. 숨을 쉬는 데에만 너무 열중하고 있어서 처음에는 패트릭이 내 이름을 부르는 것도 깨닫지 못했다.

그러다가 언뜻 정신을 차렸다.

"네?"

"어떻게 지내고 있니?"

"괜찮아요, 패트릭. 좀 숨이 차서요."

"다른 친구들에게 어거스터스와의 추억을 이야기해 주겠니?"

"그냥 죽어 버렸으면 좋겠어요, 패트릭. 그냥 죽어 버렸으면 좋겠다고 생각해 본 적 있나요?"

"그럼."

패트릭은 평소처럼 뜸도 들이지 않고서 말했다.

"그럼, 당연하지. 그런데 왜 그러지 않은 거지?"

나는 잠시 생각을 해 보았다. 예전의 흔한 대답은 부모님을 위해서 살아야 한다, 부모님은 나를 위해서 다른 자식도 낳지 않고 온통 헌신하셨으니까, 뭐 그런 거였고 그것도 일부 사실이긴 했지만 정확한 답은 아니었다.

"모르겠어요."

"나아질 거라는 희망이 있어서?"

"아뇨. 아뇨, 그건 아니에요. 정말로 잘 모르겠어요. 아이작?"

내가 물었다. 이야기하는 게 피곤했다.

아이작은 진정한 사랑에 대해서 이야기하기 시작했다. 내가 내 생각을 말할 수 없는 이유는 내가 봐도 좀 촌스럽기 때문이다. 다만 나는 우주가 자신을 알아주길 바란다는 것, 그래서 최대한으로 우주를 알아주고 싶다는 생각을 하고 있었다. 우주에게 오로지 관심을 기울이는 것만으로 갚을 수 있는 빚을 지고 있다는 느낌이 들었고, 또한 더 이상 사람이 아니거나 아직까지 사람이 될 기회를 갖지 못한 모든 사람들에게도 빚을 지고 있다는 느낌이 들었다. 사실 아빠가 말씀해 주셨던 거다.

나는 서포트 그룹의 남은 시간 동안 침묵을 지켰고, 패트릭은 나를 위한 특별 기도를 올려 주었다. 죽은 사람의 기나긴 명단 끝에 거스의 이름이 첨가되었고(우리 한 명 당 죽은 사람 열네 명이었다), 우리는 오늘을 최선을 다해 살겠다는 맹세를 했다. 그런 다음 나는 아이작을 데리고 차로 향했다.

집에 돌아가자 엄마와 아빠가 각자 노트북을 놓고 식탁 앞에 앉아 계셨다. 내가 들어오자마자 엄마가 노트북을 덮으셨다.

"컴퓨터에 뭐가 있어요?"

"그냥 노화 방지제 만드는 법이었어. 바이팝과 〈아메리카 넥스트 탑 모델〉을 볼 준비 됐니?"

엄마가 물으셨다.

"그냥 좀 누워 있고 싶어요."

"괜찮니?"

"네, 그냥 좀 피곤해서요."

"음, 올라가기 전에 우선 뭘 좀 먹어야……."

"엄마, 난 확실하게 배가 안 고파요."

내가 문쪽으로 한 걸음 걸어갔지만 엄마가 나를 잡았다.

"헤이즐, 먹어야 돼. 그냥 조금만……."

"아뇨. 그냥 침대로 갈래요."

"안 돼, 그럴 순 없다."

엄마 말에 나는 아빠를 쳐다보았다. 아빠는 어깨만 으쓱이셨다.

"이건 제 인생이에요."

내가 말했다.

"어거스터스가 죽었다고 해서 너도 굶어 죽겠다고 결심할 순 없어. 넌 저녁을 먹어야 해."

왠지 모르게 나는 정말로 열이 받았다.

"난 먹을 수가 없어요, 엄마. 먹을 수가 없다고요. 아시겠어요?"

나는 엄마를 밀치고 지나가려고 했지만 엄마가 내 양 어깨를 잡고 말씀하셨다.

"헤이즐, 넌 저녁을 먹어야 해. 건강을 유지해야지."

"싫어요!"

내가 소리쳤다.

"저녁 안 먹을 거고, 건강을 유지할 수도 없다고요. 전 건강하지 않으니까요. 전 죽어간다고요, 엄마. 전 엄마를 여기 혼자 놔두고 죽을 거고 엄만 내 주변에서 어슬렁거릴 필요도 없고 더 이상 엄마일 필요도 없게 될 거예요. 정말 죄송하게 생각하지만, 저도 어떻게 할 수 없는 일이라고요, 아시겠어요?!"

나는 말을 하자마자 후회했다.

"너 내 말을 들었구나."

"네?"

"내가 네 아빠한테 하는 말을 들은 거지?"

엄마의 눈에 눈물이 고였다.

"그런 거니?"

나는 고개를 끄덕였다.

"오, 맙소사, 헤이즐. 미안하구나. 내가 틀렸단다, 아가. 그 말은 진심이 아니었어. 너무 절망적이라 그런 소리를 했던 거야. 정말 그렇게 생각했던 게 아니란다."

엄마가 자리에 앉으셨고 나도 엄마 옆에 앉았다. 화를 내는 대신 엄마를 위해 그냥 파스타나 몇 입 먹는 건데 그랬다는 생각이 들었다.

"그럼 어떻게 생각하시는데요?"

내가 물었다.

"우리 중 한 사람이 살아있는 한, 난 네 엄마일 거야. 설령 만약에 네가 죽는다 해도……."

엄마가 말씀하셨다.

"만약이 아니에요."

내가 말했다. 엄마가 고개를 끄덕이셨다.

"네가 죽은 후에도 난 여전히 네 엄마일 거란다, 헤이즐. 난 네 엄마라는 입장을 그만두지 않을 거야. 넌 거스를 사랑하는 걸 그만뒀니?"

나는 고개를 흔들었다.

"그런데 내가 어떻게 널 사랑하는 걸 그만둘 수 있겠니?"

"알았어요."

내가 대답했다. 아빠는 이미 울고 계셨다.

"전 그냥 두 분이 인생을 즐기셨으면 좋겠어요. 두 분이 인생을 되찾지 못할까 봐, 돌봐 줘야 하는 저도 없이 그냥 하루 종일 여기 앉아 벽이나 쳐다보고 인생을 끝내고 싶어 하실까 봐 걱정이 돼요."

잠시 후에 엄마가 말씀하셨다.

"난 수업을 듣고 있단다. 인디애나 대학에서 온라인으로. 사회복지학 석사 학위를 공부하는 중이지. 사실 내가 보고 있던 건 노화 방지제가 아니었단다. 논문을 쓰고 있었어."

"정말로요?"

"내가 너 없는 세상을 생각하고 있다고 여길까 봐 알리고 싶지 않았어. 하지만 사회복지학 석사 학위를 따고 나면 위기를 맞은 가족들을 상담하거나 가족 내 환자를 대하는 방법을 알려주는 그룹을 이끌거나 할 수 있는……."

"잠깐만요. 엄마가 패트릭이 되시겠다고요?"

"음, 정확히 그런 건 아니야. 사회복지 분야에는 많은 종류의 일이 있으니까."

아빠가 말씀하셨다.

"우리 둘 다 네가 버림받은 기분을 느낄까 봐 걱정해서 말을 안 했던 거야. 우리가 항상 널 위해 여기 있을 거라는 걸 네가 알았으면 좋겠구나, 헤이즐. 네 엄마는 아무 데도 가지 않을 거야."

"아뇨, 이건 근사한 일이에요. 환상적이에요!"

나는 활짝 웃었다.

"엄마는 패트릭이 될 거잖아요. 엄만 훌륭한 패트릭이 될 거예요! 아마 엄마가 패트릭보다 훨씬 나을 걸요."

"고맙구나, 헤이즐. 그 말이 나한테는 정말 큰 의미란다."

나는 고개를 끄덕였다. 나도 울고 있었다. 내가 얼마나 기쁜지 말로 표현할 수가 없었다. 우리 엄마가 패트릭이 된 모습을 상상하니 거의 백만년 만에 처음으로 순수하게 기쁨의 눈물이 흘렀다. 안나의 엄마가 생각났다. 안나의 엄마도 훌륭한 사회복지사가 될 수 있었을 것이다.

잠시 후 우리는 TV를 켜고 〈아메리카 넥스트 탑 모델〉을 보았다. 하지만 5초 후에 나는 방송을 정지시켰다. 엄마에게 질문할 게 수없이 많았다.

"다 끝내려면 얼마나 남으신 거예요?"

"이번 여름에 일주일 동안 블루밍턴에 갈 수 있다면 12월까지는 끝낼 수 있을 거야."

"저한테 정확히 얼마 동안이나 숨기셨던 거예요?"

"일 년."

"엄마아!"

"너한테 상처를 주고 싶지 않았단다, 헤이즐."

놀라운 일이었다.

"그럼 엄마가 MCC나 서포트 그룹이나 그런 데 앞에서 절 기다리는 동안 항상……"

"그래, 일을 하거나 논문을 읽었지."

"정말로 멋져요. 제가 죽더라도, 엄마가 누군가에게 자신의 감정을 털어놓으라고 말할 때마다 제가 천국에서 엄마를 보고 한숨 쉬고 있을 거라는 거 알아 두세요."

아빠가 웃음을 터뜨렸다.

"내가 바로 거기서 너랑 같이 있을 거란다, 애야."

아빠가 나에게 장담하셨다.

마침내 우리는 다시 〈아메리카 넥스트 탑 모델〉을 보았다. 아빠는 죽도록 지루해 하지 않으려고 굉장히 열심히 노력하셨고, 어느 여자애가 누군지 알아 내려고 이런 식으로 노력하셨다.

"우리가 쟬 좋아하니?"

"아니, 아니에요. 아나스타샤는 우리가 욕하는 애예요. 우린 다른 금발 머리인 안토니아를 좋아해요."

엄마가 설명하셨다.

"저 애들은 전부 다 키가 크고 끔찍해."

아빠가 말씀하셨다.

"내가 그 차이를 알아보지 못해도 이해해 줘."

아빠가 나를 넘어 엄마의 손을 잡으셨다.

"제가 죽어도 두 분은 계속 함께 계실 것 같으세요?"

내가 물었다.

"헤이즐, 뭐라고? 아가."

엄마는 리모컨을 더듬거리다가 다시 TV를 정지시키셨다.

"왜 그러는 거니?"

"그냥, 그러실 거라고 생각하세요?"

"그래, 당연하지. 물론이야."

아빠가 대답하셨다.

"네 엄마와 난 서로 사랑한단다. 널 잃는다면 우린 함께 헤쳐나갈 거야."

"하늘에 맹세하세요."

내가 말했다.

"하늘에 맹세하마."

아빠가 대답하셨다. 나는 엄마를 쳐다보았다.

"하늘에 맹세하세요."

엄마도 맹세하고는 물으셨다.

"왜 이런 걸 걱정하는 거니?"

"그냥 두 분의 인생을 망치고 싶지 않아서요."

엄마는 몸을 앞으로 기울여 내 헝클어진 머리에 얼굴을 기대고 정수리에 키스하셨다. 내가 아빠에게 말했다.

"전 아빠가 비참한 백수 알코올 중독자 같은 게 되길 바라지 않아요."

엄마가 미소를 지으셨다.

"네 아빠는 피터 반 호텐이 아니란다, 헤이즐. 고통과 함께라 해도 살 수 있다는 사실을 넌 누구보다 잘 알잖니."

"네, 알았어요."

엄마는 나를 껴안았고 나는 별로 안기고 싶은 기분은 아니었지만 그냥 가만히 있었다.

"자, 이제 다시 플레이시키셔도 돼요."

내가 말했다. 아나스타샤가 프로그램에서 잘렸다. 그녀는 울고불고 난리를 쳤다. 아주 볼 만했다.

나는 저녁식사인 페스토 소스를 얹은 리본 모양 파스타를 몇 입 먹고 삼키기 위해서 대단히 노력했다.

25

다음 날 아침 나는 겁에 질려서 잠을 깼다. 커다란 호수에 보트도 없이 혼자 있는 꿈을 꾸었기 때문이다. 벌떡 일어나다가 바이팝이 당기는 바람에 정신을 차렸다. 엄마의 팔이 나를 흔들고 있었다.

"잘 잤니? 괜찮니?"

심장이 쿵쿵거리는 상태로 나는 고개를 끄덕였다. 엄마가 말씀하셨다.

"케이틀린이 전화했단다."

나는 바이팝을 가리켰다. 엄마는 그걸 벗는 것을 도와주시고 필립을 연결해 주셨다. 마침내 나는 엄마에게서 핸드폰을 받아들었다.

"안녕, 케이틀린."

"그냥 확인차 전화했어. 잘 지내고 있는지 말이야."

"응, 고마워. 잘 지내고 있어."

내가 대답했다.

"너 정말로 운이 최악인 거 같아, 자기야. 완전 터무니없어."

"그런 것 같아."

사실 나는 더 이상 내 운이 이렇다 저렇다 생각하지 않았다. 솔직히 케이틀린과 별로 이야기하고 싶지 않았지만, 그 애는 계속해서 대화를 질질 끌었다.

"그래, 어떤 느낌이야?"

그 애가 물었다.

"남자 친구가 죽는 거? 음, 개떡 같아."

"아니, 사랑에 빠지는 거 말이야."

그 애가 말했다.

"아, 음. 그건…… 흥미로운 사람이랑 함께 시간을 보내는 건 정말 근사해. 우린 굉장히 달랐고, 많은 것에 대해 서로 동의하지 않았지만, 그래도 그는 항상 흥미로운 사람이었어. 무슨 말인지 아니?"

"사실 잘 모르겠어. 내가 친하게 지내는 남자애들은 대부분 흥미로운 구석이라고는 없거든."

"걔가 완벽했다는 말은 아니야. 걔는 동화 속의 왕자님 같은 존재는 아니었어. 가끔은 그렇게 되려고 노력했지만, 그런 가식을 부리지 않을 때가 제일 좋았어."

"걔가 쓴 편지나 사진 같은 거 스크랩 해놨니?"

"사진은 좀 있지만, 걘 나한테 편지를 써 준 적은 없어. 나한테 뭔가를 썼는지 그의 공책에서 없어진 페이지가 있긴 하지만, 아마 그냥 버렸거나 사라졌거나 그런 것 같아."

"어쩌면 너한테 우편으로 보냈는지도 몰라."

그 애가 말했다.

"아냐. 그랬으면 이미 도착했을 거야."

"그럼 그게 너한테 쓴 게 아닌가 보지. 어쩌면…… 널 실망시키려고 하는 말은 아닌데, 혹시 다른 사람에게 부친 다음에 그 사람들한테 다시 부치라고 썼다거나……."

"반 호텐!!!"

나는 소리를 질렀다.

"너 괜찮니? 방금 그거 기침소리야?"

"케이틀린, 널 사랑해. 넌 천재야. 나 가봐야겠어."

나는 전화를 끊고 몸을 굴려 노트북 컴퓨터를 꺼낸 다음 전원을 켜고 lidewij.vliegenthart 주소로 이메일을 보냈다.

리더비히 양,

어거스터스 워터스가 피터 반 호텐에게 죽기 직전에(어거스터스가요.) 공책의 페이지 몇 장을 보낸 것 같아요. 누군가가 그 페이지를 읽었다는 게 저에게는 굉장히 중요합니다. 저도 물론 그걸 읽고 싶지만, 어쩌면 그게 저에게 쓴 게 아닐지도 몰라요. 어쨌든 간에 누군가가 그걸 읽어야 해요. 꼭이요.

도와주실 수 있나요?

당신의 친구,
헤이즐 그레이스 랭카스터

그날 오후에 그녀가 답장을 보냈다.

헤이즐에게

어거스터스가 죽은 줄 몰랐군요. 그 소식을 듣고 정말로 슬펐습니다. 그 애는 굉장히 카리스마 있는 소년이었어요. 정말로 유감스럽고, 정말로 슬프네요. 우리가 만났던 그날 일을 그만둔 이래로 피터 선생님과 이야기를 나눈 적이 없습니다. 여기는 지금 밤늦은 시간이라서 내일 아침에 당장 그 집으로 가서 편지를 찾아 선생님이 읽도록 만들겠습니다. 대체로 아침이 그분이 가장 상태가 좋은 시간이에요.

당신의 친구,
리더비히 블리헨타르트

p.s. 선생님을 묶어놔야 할 경우에 대비해 남자친구를 데려갈 생각이랍니다.

나는 그 마지막 날들에 왜 거스가 내가 아니라 반 호텐에게 편지를 썼는지, 왜 뒷이야기를 나에게 해 준다면 용서받을 수 있을 거라고 반 호텐에게 말한 건지 궁금했다. 어쩌면 공책의 페이지는 그저 반 호텐에게 한 번 더 부탁하는 내용일지도 모른다. 말이 되는 생각이었다. 거스가 자신의 말기 상태를 이용해서 내 꿈을 이루어 주려 하는 것. 후속편이라는 건 죽기엔 너무 사소한 이유였지만, 그가 남길 수 있는 가장 큰 것이기도 했다.

나는 그날 밤 계속해서 이메일 화면을 새로고침하고, 몇 시간을 잔 후 아침 다섯 시에 다시 확인했다. 하지만 아무것도 도착하지 않았다. 정신을 분산시키기 위해 TV를 보려고 해 보았지만 내 생각은 계속해서 암스테르담으로 향했다. 리더비히 블리헨타르트와 그녀의 남자 친구가 죽은 소년의 마지막 편지를 찾는다는 이 말도 안 되는 임무를 안고서 자전거를 타고 도시를 달려가는 모습이 떠올랐다. 리더비히 블리헨타르트의 자전거 뒷자리에 타고 덜컹거리며 벽돌로 된 길거리를 달려가는 건 얼마나 재미있을까. 그녀의 곱슬거리는 빨간 머리가 내 얼굴로 날아오고, 운하와 담배연기 냄새가 느껴지고, 카페 바깥에 앉은 사람들은 맥주를 마시며 내가 절대로 배울 수 없는 방식으로 r과 g를 발음할 것이다.

미래가 아쉬웠다. 그의 병이 재발하기 전부터 이미 나는 어거스터스 워터스와 함께 늙어갈 수 없을 거라는 걸 잘 알고 있었다. 하지만 리더비히와 그녀의 남자 친구를 생각하자 왠지 미래를 빼앗긴 것 같은 느낌이 들었다. 나는 다시는 3만 피트 상공에서 바다를 볼 수 없을 것이다. 그렇게 높은 곳에서는 파도도 배 한 척도 구분할 수 없다. 바다는 정말로 크고 끝없이 넓은 단일체이니까. 상상할 수도 있고, 기억을 떠올릴 수도 있지만 다시는 볼 수 없을 것이다. 문득 인간의 게걸스러운 야망은 꿈이 이루어진다 해도 절대로 충족되지 않는다는 생각이 떠올랐다. 왜냐하면 항상 모든 것을 좀 더 멋지게 다시 할 수도 있을 거라는 생각이 들 테니까.

이건 설령 아흔 살까지 산다 해도 사실일 것이다. 하지만 정말로 그때까지 살며 그 사실을 확인할 수 있는 사람들에게 질투가 났다. 뭐, 나는 이미 반 호텐의 딸보다 두 배나 오래 살았지만. 그도 할 수만 있었다면 딸이 열여섯 살에 죽게 해 주고 싶었을 것이다.

갑자기 엄마가 TV와 내 사이로 와서 등 뒤로 손을 깍지 끼고 서셨다.

"헤이즐."

엄마의 목소리가 너무 진지해서 나는 뭔가가 잘못됐나 보다고 생각했다.

"네?"

"너 오늘이 무슨 날인지 아니?"

"제 생일은 아니죠?"

엄마가 웃으셨다.

"아직 아니지. 오늘은 7월 14일이야, 헤이즐."

"엄마 생신인가요?"

"아니……."

"해리 후디니(미국의 유명한 마술사: 주)의 생일?"

"아니……."

"찍는 것도 정말 지겨워요."

"오늘은 바스티유 습격의 날(파리 민중이 바스티유 감옥을 습격한 날. 이로서 프랑스 혁명이 시작되었다: 주)이야!"

엄마가 등 뒤에서 손을 꺼내 두 개의 작은 플라스틱 프랑스 국기를 열정적으로 흔들었다.

"그거 좀 가짜 같은데요. '콜레라를 발견한 날'처럼요."

"내가 장담하는데, 헤이즐, 바스티유 습격의 날은 절대로 가짜가 아니란다. 223년 전 오늘, 프랑스 사람들이 자유를 쟁취하기 위해서 무장하고 바스티유 감옥을 습격했다는 거 알고 있니?"

"와. 이 중대한 기념일을 꼭 축하해야겠네요."

내가 말했다.

"당연히 내가 이미 너희 아빠랑 홀리데이 공원으로 피크닉을 갈 계획을 세워두었단다."

우리 엄마는 절대로 노력을 그만두지 않으신다. 나는 소파에서 일어섰고, 우리는 함께 샌드위치를 만들고 복도의 창고 안에서 먼지 쌓인 피크닉 바구니를 찾아냈다.

꽤 아름다운 날이었다. 마침내 인디애나폴리스에 진짜 여름이 왔고, 공기는 따뜻하고 습했다. 긴 겨울이 지나고, 세상은 인간을 위해 만들어지지 않았지만 우리는 세상을 위해 만들어졌다는 사실을 상기시켜 주는 그런 날씨였다. 아빠는 황갈색 양복 차림으로 장애자용 주차 공간에 서서 스마트폰에 타이핑을 하며 우리를 기다리고 계셨다. 우리가 차를 세우자 아빠가 손을 흔들고 다가와서 나를 껴안으셨다.

"멋진 날이야. 우리가 캘리포니아에 살았으면 매일이 이랬을 텐데."

"네, 하지만 그랬으면 이런 날을 즐기지 않았겠죠."

엄마가 말씀하셨다. 엄마 말은 틀렸지만, 나는 정정하지 않았다.

우리는 인디애나폴리스의 평원 한가운데 뚝 떨어져 있는 기묘한 사각형의 로마 시대 폐허 옆에 담요를 깔고 자리를 잡았다. 이건 진짜 폐허는 아니었다. 80년 전에 조각으로 재창조한 폐허라고 할 수 있었다. 하지만 가짜 폐허는 아무 관심도 받지 못하고 완전히 방치당해서 이제는 완전히 진짜 폐허가 되어버렸다. 반 호텐은 이 폐허를 좋아할 것이다. 아마 거스도.

우리는 폐허의 그늘 아래 앉아서 점심을 먹었다.

"자외선 차단제 줄까?"

엄마가 물으셨다.

"괜찮아요."

바람이 이파리를 흔드는 소리가 들렸다. 그 바람이 멀리 놀이터에서 놀고 있는 아이들의 비명소리를 실어 왔다. 아이들은 어떻게 살아가야 하는지, 어떻게 자신들을 위해 만들어지지 않은 세계를 탐험해야 하는지를 놀이터를 탐험하며 익혀 나가고 있었다. 내가 아이들을 보는 것을 보고 아빠는 말씀하셨다.

"저렇게 뛰어다니던 게 그립니?"

"가끔은요."

하지만 내가 생각하던 건 그게 아니었다. 나는 그저 모든 것들을 인식하려는 것뿐이었다. '폐허가 된 폐허' 위로 쏟아지는 햇살, 놀이터 구석에서 막대기를 찾아낸 거의 걷지도 못하는 꼬마 아이, 칠면조 샌드위치에 지그재그로 머스터드를 뿌리는 절대 포기하지 않는 내 엄마, 주머니의 스마트폰을 두드리며 확인해 보고 싶은 충동을 억누르고 있는 나의 아빠, 개에게 프리스비를 던져주어 달려가서 물고 돌아오게 하고 있는 남자.

내가 누구라고 이런 것들이 영원하지 않을 수도 있다고 말하겠는가? 피터 반 호텐이 누구라고 우리의 노력이 일시적인 것이라는 어림짐작이 사실인 듯 주장한단 말인가? 내가 천국에 대해서 아는 것, 죽음에 대해서 아는 모든 것은 다 이 공원 안에 있었다. 폐허가 된 폐허와 소리를 지르는 아이들로 가득찬, 끊임없이 움직이는 우아한 우주.

아빠가 내 얼굴 앞에 손을 흔드셨다.

"응답 바란다, 헤이즐. 거기 있니?"

"죄송해요, 네, 왜요?"

"엄마가 거스를 보러 가면 어떻겠느냐고 그러는데."

"아, 네."

그래서 점심을 먹은 후에 우리는 세 명의 부통령과 한 명의 대통령, 그리고 어거스터스 워터스의 마지막 쉼터인 크라운 힐 묘지로 향했다. 언덕을 올라가서 차를 세웠다. 우리 뒤로 38번가에서 차들이 요란하게 달려갔다. 그의 무덤을 찾는 것은 쉬웠다. 제일 새 거였으니까. 흙이 아직 그의 관 위로 둥글게 덮여 있었다. 묘비도 아직 없었다.

그가 거기 있는 것 같은 느낌이 들진 않았지만 어쨌든 나는 엄마의 바보 같은 프랑스 국기를 하나 받아서 그의 무덤 발치의 땅에 꽂아 놓았다. 어쩌면 지나가던 사람들이 그가 프랑스 외인부대 소속이라든지 용맹한 용병이라고 생각할지도 모르겠다.

***

오후 여섯 시가 넘어서야 마침내 리더비히가 답장을 보냈다. 나는 소파에 앉아 TV와 노트북을 동시에 보고 있었다. 이메일에 첨부파일 네 개가 붙어 있는 것을 보고 당장 그것을 열어 보고 싶었지만, 유혹을 억누르고 이메일부터 읽었다.

헤이즐에게.

오늘 아침 우리가 피터 선생님의 집에 가 보니 선생님은 완전히 취해 있었습니다. 하지만 덕택에 우리의 일이 좀 더 쉬워졌어요. 바스(내 남자 친구랍니다.)가 선생님의 정신을 다른 데로 돌려 놓을 동안 내가 선생님이 팬레터를 넣어 두는 쓰레기봉투를 뒤졌지요. 하지만 그러다가 어거스터스가 선생님의 집주소를 안다는 사실이 떠올랐어요. 나는 금방 편지를 찾았답니다. 선생님 식탁 위에 두툼한 편지 뭉치가 있더군요. 그걸 열고 선생님 앞으로 온 편지라는 걸 확인한 후에 선생님께 읽으라고 말씀드렸어요.

선생님은 거절하시더군요.

이 무렵에 나는 정말로 화가 난 상태였어요, 헤이즐. 하지만 소리를 지르지는 않았습니다. 대신 죽은 소년에게서 온 이 편지를 읽는 것이 선생님의 죽은 딸에 대한 의무라고 말했고, 선생님께 편지를 드렸어요. 선생님은 그걸 전부 읽으신 후에 말씀하셨죠. 그분의 말을 그대로 인용할게요.

"이 편지를 그 여자아이에게 보내주고, 내가 한 마디도 덧붙이지 않았다고 전해 주게."

나는 편지를 읽지 않았어요. 페이지를 넘기던 중에 몇 문장이 눈에 들어오긴 했지만요. 그걸 여기에 첨부하고 헤이즐 양의 집으로 부쳐 줄게요. 집주소는 아직도 똑같은가요?

신이 당신을 축복하고 지켜 주기를, 헤이즐.

당신의 친구,
리더비히 블리헨타르트

나는 네 개의 첨부파일을 클릭해 보았다. 그의 글씨는 엉망이고 종이 위에서 사선으로 기울어져 있었다. 글자 크기도 커졌다 작아졌다 하고, 펜의 색깔도 바뀌었다. 의식이 있을 때마다 며칠에 걸쳐서 쓴 게 분명했다.

반 호텐에게.

나는 좋은 사람이지만 작가로는 형편없습니다. 당신은 형편없는 사람이지만 작가로서는 훌륭하고요. 우리가 좋은 팀이 될 수 있을 것 같아요. 당신에게 호의를 구하고 싶지는 않지만, 시간이 있다면(내가 본 바로는 꽤 많이 있을 것 같던데요), 헤이즐을 위한 추모사를 써줄 수 있을까 묻고 싶어요. 내가 대충 메모를 해 두었는데, 이걸 좀 통일된 글로 바꾸어 줄 수 있을까요? 아니면 다르게 고쳐야 할 부분이라도 말해 주면 좋겠어요.

헤이즐에 관해 말하자면 이렇습니다. 거의 모든 사람들이 세상에 자신의 흔적을 남기는 데 집착합니다. 자신의 유산을 남기고 싶어 하죠. 자신의 죽음이 길이 기려지기를 바라고. 우리 모두 기억되기를 바라요. 나도 그렇고요. 병과의 유서 깊고 불명예스러운 전쟁에서 잊혀진 또 한 명의 희생자가 된다는 사실이 나는 가장 괴롭습니다.

나는 흔적을 남기고 싶어요.

하지만 반 호텐 씨, 사람들이 남기는 흔적이라는 건 대부분이 상처입니다. 흉측한 쇼핑몰을 짓거나 쿠데타를 일으키거나 록스타가 되려고 하면서 생각하죠. "이제 사람들이 날 기억하겠지." 하지만 (a) 사람들은 그를 기억하지 않고 (b) 그가 남긴 거라고는 더 많은 상처일 뿐입니다. 쿠데타는 독재정권을 만들 뿐이죠. 쇼핑몰은 기능장애를 일으킬 뿐이고요.

(음, 내가 그렇게 형편없는 작가는 아닐지도 모르겠네요. 하지만 내 아이디어들을 한데 묶을 수가 없어요, 반 호텐. 내 생각들은 모아서 별자리로 만들 수 없는 별들 같아요.)

우리는 소화전에 오줌을 싸는 개들과 같습니다. 우리의 유독한 오줌으로 지하수를 오염시키고, 모든 것에 '내 것'이라는 표시를 하며 죽음으로부터 살아남기 위한 우스꽝스러운 시도를 하지요. 소화전에 오줌싸는 걸 그만둘 수가 없어요. 이게 멍청하고 쓸모없는 짓이라는 걸 알면서도. (특히나 내 현재 상태에서는 완전히 쓸모없는 짓이죠.) 나도 다른 사람들처럼 그저 한 마리 동물일 뿐이에요.

헤이즐은 달라요. 그 애는 가볍게 걷죠. 그 애는 이 지상을 가볍게 걸어요. 헤이즐은 진실을 알아요. 우리가 우주를 돕는 것만큼이나 상처를 입히고 있고, 어느 쪽도 별로 좋은 일이 아니라는 것을요.

사람들은 그 애가 더 적은 상처를 남기고 간 걸, 그 애를 기억하는 사람이 더 적은 걸, 그 애가 깊은 사랑을 받았지만 별로 많은 사람들로부터 사랑받지 못했다는 걸 슬프다고 말하겠지요. 하지만 그건 슬픈 일이 아니에요, 반 호텐. 승리죠. 영웅적인 일이고. 그게 진정으로 영웅적인 일이 아닐까요? 의사들이 '첫째, 해를 입히지 말라'라고 말하는 것처럼 말이에요.

진정한 영웅은 뭔가를 하는 사람들이 아니에요. 진정한 영웅은 사물을 알아채고, 주의를 기울이는 사람들이죠. 천연두 백신을 발명한 사람은 정말로 뭔가를 발명한 게 아니에요. 그저 우두를 앓는 사람들은 천연두에 걸리지 않는다는 사실을 알아챈 거죠.

내 PET 스캔이 반짝거린 이후에 난 집중치료실에 숨어 들어가서 그 애가 의식이 없는 동안 지켜봤어요. 그냥 배지를 단 간호사 뒤를 따라 들어가서 들킬 때까지 한 십 분 정도 그 애 옆에 앉아 있었죠. 난 정말로 나 역시 죽어간다는 이야기를 하기 전에 그 애가 먼저 죽을 거라고 생각했어요. 정말 끔찍했어요. 집중치료라는 기계화된 끊임없는 장광설이랄까요. 그 애의 가슴에서는 검은 암세포 수액이 계속 나왔고, 눈은 감겨 있고, 몸에 관이 삽입되어 있었어요. 하지만 그 애의 손은 여전히 그 애의 손이고, 여전히 따뜻하고, 손톱에는 짙은 파란색이 칠해져 있었죠. 난 그냥 그 애의 손을 잡고 우리가 없는 세상을 상상해 보려고 했어요. 잠깐 동안 난 그 애가 먼저 죽어서 나 역시 죽어간다는 걸 절대로 모르길 바라는 착한 사람이 됐죠. 하지만 그러다가 우리가 사랑할 시간이 더 있으면 좋겠다고 생각하게 됐어요. 소망을 하게 됐죠. 난 나만의 상처를 남긴 거예요.

간호사가 들어와서 나에게 나가라고, 방문객은 아직 들어올 수 없다고 말해서 난 그 애가 괜찮은지 물어봤어요. 간호사는 "아직 물이 차고 있단다"라고 대답했죠. 사막에는 축복이겠지만, 바다에는 저주죠.

또 뭐가 있지? 그 애는 정말 아름다워요. 그 애를 아무리 봐도 질리지 않아요. 그 애가 나보다 더 똑똑하지 않을까 걱정할 필요도 없어요. 더 똑똑하다는 걸 이미 아니까. 그 애는 남을 헐뜯지 않으면서도 재미있어요. 난 그 애를 사랑해요. 그 애를 사랑할 수 있어서 난 정말로 행운아예요, 반 호텐. 이 세상을 살면서 상처를 받을지 안 받을지를 선택할 수는 없지만, 누구로부터 상처를 받을지는 고를 수 있어요. 난 내 선택이 좋아요. 그 애도 자기 선택을 좋아하면 좋겠어요.

나도 좋아, 어거스터스.
나도 좋아.

『잘못은 우리 별에 있어』 마침.

감사의 말

작가는 다음의 사람들에게 감사의 말을 전합니다.

이 소설에서 병과 그 치료에 관한 내용은 가상의 내용이 섞여 있습니다. 예를 들어 팔란키포라는 약은 없습니다. 이런 약이 존재하기를 바라서 제가 만들어낸 것입니다. 진짜 암의 역사에 대해 알고 싶은 분은 싯다르타 무커지의 『모든 질병의 제왕』을 읽어 보시기를 추천합니다. 또한 로버트 A. 와인버그의 『암 생물학』에서도 많은 도움을 받았고, 의학적 문제에 관해 시간을 내서 저에게 전문적 지식을 나누어준 조시 선드키스트, 마샬 우리스트, 요네케 홀랜더스에게도 감사를 표하고 싶습니다. 하지만 저는 필요할 때면 가볍게 그 지식을 무시했었답니다.

저와 많은 사람들에게 존재 자체가 선물이었던 에스터 얼에게도 감사를 표합니다. 얼 가(家) 사람들인 리, 웨인, 애비, 앤지, 그레이엄, 에이브의 관대함과 우정 역시 정말로 고맙습니다. 에스터에게 감화되어 얼 가 사람들은 그녀를 기리기 위해 〈이 별은 지지 않을 거야〉라는 비영리 재단을 만들었습니다. tswgo.org에서 더 많은 정보를 얻을 수 있습니다.

저에게 두 달 동안 암스테르담에서 글을 쓸 기회를 준 네덜란드 문학 재단에도 감사를 표합니다. 특히 플루르 반 코펜, 장 크리스토프 보일 반 헨스브뢰크, 자네타 드 비트, 카린 반 라벤슈타일, 마지 쉽스마, 네덜란드 너드파이터 모임(세상의 부정적인 측면을 없애고 더 좋은 곳으로 만들자는 취지의 모임: 주)에 대해 특히 깊은 감사를 표합니다.

몇 년 간 이 이야기가 이리저리 뒤바뀌었음에도 계속 붙어 있어 주었던 나의 편집자이자 출판업자인 줄리 스트라우스-게이블, 그리고 펭귄 사의 뛰어난 팀에도 감사 드립니다. 특히 초잔 로이어, 데보라 캐플런, 리자 캐플런, 엘리스 마샬, 스티브 멜처, 노바 렌 수마, 이렌 밴더부트, 고맙습니다.

나의 조언자이자 요정 대모인 이렌 쿠퍼. 슬기로운 조언으로 수많은 재앙에서 나를 구해 준 나의 에이전트 조디 리머. 끝내주게 멋진 너드파이터들. 오로지 세상이 덜 거지같게 만들기만을 원하는 캐티튜드. 나의 최고의 친구이자 가장 가까운 협력자인 나의 형제 행크.

내 인생 최고의 사랑일 뿐만 아니라 나의 첫 번째이자 가장 믿음직스러운 독자인 내 아내 사라. 또한 그녀가 낳은 우리 아기 헨리. 그리고 우리 부모님 마이크와 시드니 그린, 그리고 장인장모님 코니와 마샬 우리스트.

중요한 순간에 이 이야기를 쓰는 것을 도와주었던 내 친구 크리스와 마리나 워터스, 그리고 조엘린 호슬러, 섀넌 제임스, 비 하트, 벤다이어그램적으로 영리한 카렌 카베트, 발레리 바, 로시아나 할스 로하스, 존 다니엘, 이 모두에게 감사의 말을 전합니다.

옮긴이 김지원

서울대 응용화학부 졸업, 동대학원 졸업. 현재 서울대 언어교육원 강사로 재직 중이며 전문 번역가로도 활동하고 있다. 역서로는 『나폴레옹의 영광』 『손안에 담긴 세계사』 『탑 시크릿』 『라플라스의 악마』 『통제불능』 『하버드 환각 클럽』 『비스틀리』 『일곱 번째 내가 죽던 날』 『인카세론』 『블러드 레드 로드』 등이 있고, 엮은 책으로 『바다기담』과 『세계사를 움직인 100인』 등이 있다.

잘못은 우리 별에 있어

초판 1쇄 발행 2012년 8월 1일
개정판 1쇄 인쇄 2019년 6월 13일 | 개정판 6쇄 발행 2023년 9월 8일

지은이 존 그린 | 옮긴이 김지원

펴낸이 신광수
CS본부장 강윤구 | 출판개발실장 위귀영 | 디자인실장 손현지
단행본개발팀 김혜연, 조문채, 정혜리, 권병규
출판디자인팀 최진아, 당승근 | 저작권 김마이, 이아람
출판사업팀 이용복, 민현기, 우광일, 김선영, 신지애, 허성배, 이강원, 정유, 설유상, 정슬기,
          정재욱, 박세화, 김종민, 전지현
영업관리파트 홍주희, 이은비, 정은정
CS지원팀 강승훈, 봉대중, 이주연, 이형배, 전효정, 이우성, 신재윤, 장현우, 정보길

펴낸곳 (주)미래엔 | 등록 1950년 11월 1일(제16-67호)
주소 06532 서울시 서초구 신반포로 321
미래엔 고객센터 1800-8890
팩스 (02)541-8249 | 이메일 bookfolio@mirae-n.com
홈페이지 www.mirae-n.com

ISBN 979-11-6413-170-9 03840

* 책값은 뒤표지에 있습니다.
* 파본은 구입처에서 교환해 드리며, 관련 법령에 따라 환불해 드립니다.
  다만, 제품 훼손 시 환불이 불가능합니다

북폴리오는 참신한 시각, 독창적인 아이디어를 환영합니다.
기획 취지와 개요, 연락처를 bookfolio@mirae-n.com으로 보내주십시오.
북폴리오와 함께 새로운 문화를 창조할 여러분의 많은 투고를 기다립니다.

「이 도서의 국립중앙도서관 출판시도서목록(CIP)은 e-CIP홈페이지(http://www.nl.go.kr/ecip)와
국가자료공동목록시스템(http://www.nl.go.kr/kolisnet)에서 이용하실 수 있습니다.
(CIP제어번호: CIP2012003278)」